阅美文

鸟声中的乡愁

祖克慰 著

祖克慰

西苑出版社

图书在版编目（CIP）数据

鸟声中的乡愁 / 祖克慰著 .—北京：西苑出版社，
2018.12
ISBN 978-7-5151-0668-7

Ⅰ. ①鸟… Ⅱ. ①祖… Ⅲ. ①散文集—中国—当代
Ⅳ. ① I267

中国版本图书馆 CIP 数据核字（2018）第 289947 号

鸟声中的乡愁
NIAO SHENG ZHONG DE XIANGCHOU

出 品 人	赵　晖
责任编辑	陶永学　辛小雪
特约策划	凌　翔
责任印刷	陈爱华　严令升
责任校对	刘娟娟
封面设计	戴　敏
出版发行	西苑出版社 XIYUAN PUBLISHING HOUSE
通讯地址	北京市朝阳区和平街 11 区 37 号楼　邮政编码：100013
电　　话	010-88636419　传真：010-84281520
	E-mail：xiyuanpub@163.com
印　　刷	三河市金元印装有限公司
经　　销	全国新华书店
开　　本	710mm × 1000mm　1/16
字　　数	160 千字
印　　张	12
版　　次	2019 年 3 月第 1 版
印　　次	2019 年 3 月第 1 次印刷
书　　号	ISBN 978-7-5151-0668-7
定　　价	49.80 元

目 录

第三辑　听见燕子的呢喃

第四辑　为爱殉情的苍鹭

第一辑　鸟声中的乡愁

清音浅唱野百灵

嘀哩哩，嘀哩哩，总有一种声音，在耳边响起。我在清晨时分，在蒙眬的睡眠里，听到这样的声音。我知道，那是鸟的叫声，或者说，是鸟的歌唱。这是很多年前，烙在心中的声音，在我的记忆里复苏。

那时我在乡下，声音从山坡上穿过窗棂，震动着我的耳膜。那么清脆，那么悠扬，韵味又是那么雅致。我听到窗外的树叶簌簌作响，露珠噼啪噼啪落地的声音。城市是听不到这样的鸟鸣的，不要说野百灵，就是麻雀的叫声，也是稀有的。我不知道为什么，从乡下到城市，远离家乡，在没有野百灵生活的城市的清晨，它们的鸣叫，总在我的耳边响起。也许，这种声音，早已融入我的记忆。

野百灵是一种灰色的山雀，只有翅膀与头部是铁红色相间，看起来与百灵鸟相似，比百灵鸟稍微小一点，没有什么美感，就是平平常常一山雀。也有人说，它们就是百灵鸟的一种。从形体上看，差别不大，我无法肯定。但这种看起来不起眼的小鸟，鸣叫声特别的动听，飞过之处，留下一串的歌声，嘀哩哩，嘀哩哩，嘀哩哩嘀哩哩……

听得人心里一阵阵的骚动。因为它的声音美，乡村人把它叫作野百灵。后来我才知道，所谓的野百灵，就是云雀。或者说，是云雀的一种。

我喜欢晴朗的日子，蓝天白云下，层次分明的山野，绿树成荫、层层叠叠、一望无际。原野，被绿色覆盖。这样的日子，随便抬头，阳光下，绿树上，到处都有鸟的身影。我喜欢在蓝天下看鸟飞翔，在绿树丛中寻觅鸟的身影。看着它们蹦蹦跳跳，听着它们的悠扬叫声，心情的愉悦是无法形容的。

这是一种特殊的情感，我少年时代，很多日子是在乡村度过的。我时常赶着羊群，在山坡上游荡。羊吃草时，我就躺在树荫下听鸟叫，啾啾啾的麻雀，滴溜溜、滴溜溜的黄鹂，咕咕咕、咕咕咕的鹌鹑……少年时代的乡村，是一个鸟的家园，那些可爱的鸟们，就是乡村大世界的歌手。在鸟鸣声中，我寂寞的乡村生活，充实而快乐。

没有人知道我的寂寞，我的父母不知道，他们日出而作，日落而息，繁重的劳动，把他们压得喘不过气来，他们没有时间，也没有精力了解我是否快乐。在学校里，老师只管给我上课，也从不问我学习是否快乐。只有在山坡上，只有那些鸟们，知道我的不快乐，知道我的寂寞。它们看到我孤独的身影，看到我百无聊赖的样子，对着我热情地歌唱，唱得我心花怒放，唱得我阳光灿烂。

在众多的鸟中，我喜欢其貌不扬的野百灵。它们的鸣叫，是那么的婉转，叫得我浑身酥软。野百灵的叫声，让我知道什么是荡气回肠。我时常在鸟鸣声中，香甜地睡去。时至今日，我依然固执地认为，鸟的鸣叫，是最好的催眠剂。

并不是所有的鸣叫，都是美妙的音乐。野百灵也一样，有时它们的叫声急躁，一副气急败坏的样子，听起来特别的刺耳。每次听到它们急躁的鸣叫，我就知道，不是鸟巢被毁掉，就是鸟蛋被掏走，或者是雏鸟被人拿回家喂养。出现这样的情况，野百灵就会在鸟巢的上空盘旋，不停地鸣叫。仔细听，那优美的鸣叫，变成了难听的骂人声。在乡村，人们把野百灵叫作“日妈鸟”。

后来才知道，说野百灵是“日妈鸟”，是乡村人为保护这种鸟，编造出的善意谎言。我常想，我们的先辈是纯朴和善良的，也是智慧的。也许他们不懂得生态对人类的重要性，可他们知道，一个美丽的家园，也需要树木花草、野兽小鸟。

我小时候，是从不喂养野百灵的。不是怕被骂，是怕听到野百灵难听的鸣叫。其实，在乡村，很多喜欢养鸟的人，都不养野百灵。这种鸟不好看，更不好养，养过野百灵的人都说：野百灵气性大，关进鸟笼，头耷拉着，不吃不喝，活活饿死。

村子里的老歪养过野百灵，他是养鸟高手，几乎没有他养不活的鸟。因为难养，老歪偏就养野百灵，不知道咋回事，野百灵到了老歪的笼子里，活蹦乱跳，没多少天，就养得膘肥体壮，挂在院子里，叫声悠扬，引得好多养鸟的伙伴围观。那叫声，听得我心动，羡慕不已。

因为羡慕，我也想养一只野百灵，给老歪说了很多好话，老歪答应帮我养一只。可我后来一直也没养一只野百灵，至于原因，记忆有点模糊，搞不清了。好像是我那年参加高考，落榜后心情失落，无心养鸟；也好像是我后来当兵，去了云南边陲，远离了家乡。养野百灵的事，就放到了脑后。退伍回乡后，为了生计四处漂泊，没有时间养鸟。再后来，我离开老家，走进了县城，走进了城市，离家乡越来越远。养一只野百灵的愿望，一直未能实现。

我在乡村长大，对乡村生活，常有一种怀念。怀念父母乡亲、古典的瓦屋、牛羊的叫声；怀念熟悉的山坡、河流还有庄稼，那些小麦、水稻、玉米、高粱。可在我的内心，一直留恋的是那些鸟们，那些鸟声。

聆听野百灵的鸣叫，是一种美的享受。在我听来，野百灵的歌唱，是风的呢喃，是雨的滴答，是山的低吟，是河流的浅唱，是庄稼拔节的脆响。这样的声音，是纯净的、清脆的、委婉的。于我，一如天籁。

野百灵，总是在我看到一只鸟的瞬间，听到一声鸟鸣的时候，想起家乡，勾起我深沉的思乡情结。我就是在这样的思绪里，莫名地回到家乡，看望母亲，然后走进山坡，寻找那些鸟们。在山坡上，那种远去的声音，在我的耳边回荡。

嘀哩哩，嘀哩哩，那一声声鸣叫，瞬间在我的血液里流淌、沸腾。

催春的催耕鸟

从古典的原野里流淌而来，从唐诗宋词中飞翔而来，在季节的变换中轻轻歌唱。那一声声呼唤，清脆如泉水叮咚，土地开始充实丰盈，庄稼开始苏醒萌芽。我听到嫩芽破土的哗啦声，我听到小麦拔节的簌簌声，还有镰刀霍霍的声音。

“播谷播谷，早播早熟……”声音是那么的熟悉，在我远古的记忆里，在我跳动的血液里。这样的声音，让我在季节里躁动。很多年，听到那一声声的清脆，乡村农耕的场景就出现在我的眼前。我不能不在这样的季节里，眺望乡村，凝视土地、庄稼。

突然有一天，我在单位看到了它们，那些久违的身影。我现在的单位，在名满天下的独玉盛产地独山脚下，紧靠着白河，前后有数百亩桃园和花木。春天来临，各种各类的鸟生活在这里。催耕的布谷鸟，时常在我们单位的树上蹦来飞去。它们常张开翅膀，用嘴梳洗着五彩斑斓的羽毛，然后仰起头“咕咕，咕咕咕咕”歌唱着，歌声淳厚而嘹亮。

这是多么熟悉的声音，很多年后再次听到，澎湃的心嗵嗵作响。

在乡下时，父亲告诉我，这种鸟叫布谷鸟，也叫催耕鸟。季节变换中，催耕鸟告诉我们，清明到谷雨，要犁耙土地；谷雨到立夏，要插秧种稻；小满来了，要准备工具，收割小麦。每逢季节来临，催耕鸟都会准时而来，在村庄盘旋，不停地鸣叫：“播谷播谷，早播早熟……”

催耕鸟，真正的名字叫杜鹃鸟。它的叫声略似“歌歌郭果”，在江南，农民听到叫声，说是催他们“割麦插禾”；在北方，有人说它在告诉我们“早播早熟”，更多的人说是“播谷播谷”。杜鹃鸟，在人们的意识里，是催耕的使者。

似乎不是传说，杜鹃鸟被称作“催耕鸟”，古已有之，古代的诗词歌赋，多有记载。宋代蔡襄诗曰：“布谷声中雨满犁，催耕不独野人知。荷锄莫道春耘早，正是披蓑化犊时。”陆游诗曰：“时令过清明，朝朝布谷鸣，但令春促驾，那为国催耕，红紫花枝尽，青黄麦穗成。从今可无语，倾耳舜弦声。”古人称布谷鸟为“催耕鸟”或者“催工鸟”。

布谷鸟的叫声，根据人们的理解，可以听出很多种不同的意思。麦子熟时，农人听到的叫声是：“快黄快熟，快黄快熟。”北方养蚕时节，黄澄澄的柞蚕，爬满了柞坡，布谷鸟来了，“咕咕，咕咕……”不停地叫着，养蚕人听了，声音就变成了“不够，不够……”养蚕人就骂：“撑死你，还没吃够啊！”恋爱中的男人听了，就成为“亲亲哥哥，亲亲哥哥”！不同的心绪，可以听出不同的语言，不同的韵味。

我在老家时，不喜欢催耕鸟的声音。每当布谷鸟声声鸣叫时，父亲就会说：“快要插秧了。”父亲说完这句话，就对我们兄弟说：“运肥吧。”于是我们兄弟拉起架子车，把猪圈、羊圈、牛圈里的土肥，一车一车拉到稻田里，一锨一锨撒均匀，然后就开始犁地。地犁耙完毕，父亲又开始组织我们兄弟插秧。

我最不喜欢插秧，站在腥臭的泥田里，身上溅满了污浊的水珠和斑斑泥点，脸上汗水流过的地方，布满了擦汗时的泥渍。一天下来，累得我们兄弟直不起腰来，一个个东倒西歪。这个季节，对于我们兄弟来说，是最难熬的日子。

插罢春秧，秧苗刚刚返青，气还没喘匀实，熟悉的声音又响起了："割麦插禾，割麦插禾。"父亲又说："麦黄梢了，马上就要割麦了，把该准备的家伙什都要准备好，割麦时不耽误事。"我们开始赶集，割麦的镰刀，扬场的木锨桑杈，还有玉米、黄豆等种子，一应俱全，全部在集市上采购回来，准备着收麦种秋。

闲暇之时，我还是喜欢催耕鸟的。青春年少的我，最喜欢听的是"亲亲哥哥，亲亲哥哥"！这样的声音，怎么听怎么顺耳，百听不厌。我那时候看《红楼梦》，正看得有滋有味，一门心思想着美丽、多愁善感的林黛玉。那时就想，长大以后一定找一个像林黛玉一样美丽而忧郁的姑娘。我就喜欢林黛玉那伤感的样子，她是我青葱少年时的偶像。

父亲总是不让我看《红楼梦》，父亲说："看啥书，看看又咋样？不挡饥不挡饿的，没有粮食，照样饿掉大牙。"父亲的话，我一句也没听进去，他说他的，我看我的，看着看着我就迷迷糊糊了。在迷糊中，我多么希望有一个像林黛玉的姑娘，走进我的梦中，在我的脸上狠狠地亲上一口。可梦总是会破灭，我从没梦到过林黛玉一样美丽的女孩，也没有梦中的女孩在我的脸上亲我一口。

对于父亲的唠叨，我从不往心里去。说实话，我不喜欢种地，那种面朝黄土背朝天的日子，不是我想要的生活。我希望能离开乡村，走进城市，娶一个城市姑娘，彻底摆脱乡村贫穷的生活，那是我少年时代的一个梦想。

后来我结婚了，我的老婆不是城市姑娘，也不是林黛玉，既没有林黛玉的多愁善感，也没有林黛玉的花容月貌。我一直在想，现实与幻想总是有着很远的距离。但我至今依然喜欢布谷鸟的鸣叫，不是因为它们的"播谷播谷"，也不是"割麦割禾"。那一声声鸣叫，在我来说，就是一声声的“亲亲哥哥，亲亲哥哥”！

父亲早已离开了我们，走进了他热爱的土地。我也由一个乡村孩子，在经过艰难的拼搏后，走进了城市。但是，喧闹的市声于我而言，心生烦躁。很多年后，岁月的风，在我的脸上划出一道道皱纹时，我才发现，在我的内心，依然喜欢乡村，喜欢乡村的宁静，喜欢乡村的淳朴，喜欢乡村的鸟鸣。

“播谷播谷，早播早熟……”多么的动听。而我更喜欢的是“亲亲哥哥，亲亲哥哥”！

千声百啭画眉鸟

季节总是不停地变换，和煦的春风刚吹过，一场细雨如期来临。被雨水浸润过的大地上，眠了一冬的小草，伸了一下弯曲的腰身，哗啦啦露出了嫩黄的针芽，阳光一照，小草由黄变绿。大地在不知不觉中，披上了绿色的衣裳。还有树，发芽的发芽，开花的开花，花花草草，把原野装扮成一个缤纷的世界。

草色青青之时，地下的昆虫也缓缓地爬上了草丛，鲜美的嫩叶，成了它们的美味。画眉鸟就在这个时候，飞上树梢，飞落草丛，它们在花草间穿梭，寻找可口的美味。那些正在享受青青嫩叶的昆虫，还没来得及品味一下鲜美的青草汁液，就成了画眉鸟口中的大餐。

画眉鸟在草丛里蹦蹦跳跳，每吞下一只昆虫，就会高兴地扑棱一下翅膀，“啾啾——啾啾……”不停地鸣叫。一只画眉鸟叫起来，很快，很多画眉鸟也跟着叫起来，“叽啾——啾啾——叽溜，啾啾啾——叽溜溜——叽啾啾……”山野里，到处都是画眉鸟的鸣叫声。

这些悠扬的旋律，是大自然的声音，是风的回响，是水的律动。这样的声音，没有修饰，没有雕琢，没有驯化，是发自内心的，是和谐的，我喜欢这样的声音。

天蓝风清的日子，听到画眉鸟的鸣叫，是最惬意的。我喜欢在春天的某一天，走进大山，躺在花草丛中，躺在树荫下，枕着一块石头，侧着耳朵，静静享受大自然给我带来的美好。很多日子，我就是在有山有树有草的地方，听鸟。我也会带一本书，边听鸟鸣边看书，在大自然中，感受知识给我带来的快乐。

我居住的县城，也有卖鸟的，不多，三五家吧！每家也就三五十个鸟笼，装着百多只各种各样的鸟。我去过，很多时候会站在那里，看鸟。鸟的模样很好看，七彩缤纷，招人喜爱。我就那么站着看鸟，从来不买。有时候我也会蹲下来，用手摸摸鸟笼，逗逗鸟。可那些鸟从来不叫，偶尔叫一声，也是无精打采。就“啾”一声，没有了第二声。我总觉得，笼子里的鸟，叫不出大自然的声音。

其实这也不是我说的，很早就有人这样认为，他就是宋代大诗人欧阳修。他写过一首《画眉鸟》:“百啭千声随意移，山花红紫树高低。始知锁向金笼听，不及林间自在啼。”如果是你，在大山里听了画眉鸟的鸣叫，再听听笼子里的画眉鸟叫，你也能写出这样的诗。

想想也是，在一个春光明媚的日子里，你走到树林里，画眉鸟在开满花朵的树枝上，蹦蹦跳跳，一会儿飞到树梢上，一会儿飞到花丛中，自由自在地飞翔，随着自己的心意尽情愉快地唱歌。这样的声音，与锁在笼子里的画眉鸟叫出的声音，是不是有着很大的差别？似乎是不言而喻了。

我不是说，养在笼子里的画眉鸟，一定叫不出美妙的声音。但有一点，笼子里的鸟，虽然它们的叫声也婉转，但仔细地听，你总能听到一丝的压抑，或者是沉闷。

我曾与一位养鸟人闲聊，他说，养一只画眉鸟不难，养一只善鸣的画眉鸟不易。现在的人养鸟，不大讲究，也就养着玩玩；真正的行家，养一只画眉鸟，要费很大的工夫。驯化画眉鸟，要有耐心。首先是遛鸟。没有驯服的画眉鸟，刚捉回来，还不能适应环境的变化，看到生人或者听到其他的噪音，野性复发，惊悸乱扑。让画眉鸟适应环境，就要遛鸟。遛鸟的最佳时间，是早晨和黄昏，提着鸟笼到公园林地，或者是野外，将鸟笼挂在树上，让其鸣唱。再者是靠鸟。画眉鸟善于模仿同类及其他鸟类鸣唱，为了让它学到更多鸟鸣声，就要到鸟类众多的地方，让它跟着其他的鸟学习。时间久了，它们就会跟着那些善鸣的鸟高声鸣唱，且鸣叫声变化无穷、悦耳动听。另外是练习打斗。画眉鸟驯熟之后，还要学习打斗，以增进其战斗技能，练习打斗时，选的鸟要实力相当，不能与勇猛善斗的鸟练习，一旦对手强大，斗败后士气难振，从此不敢再战。训练时，不能分出胜负，要适时将它们分开，停止战斗，这样两只鸟都会认为战胜对方，自鸣得意，振翅高鸣，意犹未尽。

老先生说，我卖的画眉鸟，没有这样好的鸟。就是有，也很少有人懂。这些画眉鸟，能叫几声，就很不错了。想听画眉鸟叫，还是去大山里吧，只有山里的鸟，才是真正的鸟。这话说得经典，我相信。

在春天里，走进大山，看看山花的红黄白绿蓝，烂漫缤纷，看看清澈见底的溪水，哗哗啦啦，再看看枝叶葱茏层次分明的树木，无限的景色，伴着“叽溜溜”的鸟鸣，那种欣喜和快慰，一如山间清流泻出，俗尘的喧嚣，荡然无存，留下的只是那悦耳的音韵流转。这样的日子，虽不是天天都有，但也足以称得上是神仙生活了。

进山听画眉鸟叫，还可以让你听出不同的韵味。如果你用心听，画眉鸟的叫声分为大叫、小叫两种。大叫时声音高亢奔放，比玉珠落盘更清脆更明亮；小叫则不拘时日早晚，只要高兴即叫，声音婉转动听……如果你再用一点心，就可以听出它们情绪的波动，通过它们的叫声，可知道它们是喜是悲，是快乐还是恐惧。

走在大山里，你听到画眉鸟的叫声是“啾……啾……”声音里带着一丝颤音，那是画眉鸟在受到惊吓时，说我害怕。如果它们发出“呜……呜……呜……”并不时地扑棱着双翅，它是在告诉你，我爱你，见到你真高兴。而发出“嘎——叽”的声音，鸟的羽毛竖了起来，这样的声音，是十分恐惧的惊叫。人与鸟是否相处和谐，尽在鸟声里。

鸟的叫声，带给我们的永远是快乐，那种来自大自然的声音，永远是最美妙、最动听的韵律。如果我们真的爱鸟，就要远离它们，给它们创造一个安全的、宽松的、宁静的生存环境。也只有我们的爱，才会让它们发出快乐的歌唱！

花瓣上的金翅雀

春天刚来，桃花就开。人们说：今年的桃花开得有点早，我倒不觉得，每年的这个时候，桃花已早早地开满园，只不过是早几天晚几天的事，季节赶着呢。

往些年，单位的楼前楼后都是桃园，站在楼上，抬眼就是花海，一片片的桃花，开得烂漫，粉的红，紫的红，白的红，让人眼花缭乱。最近两年，李宁体育园征地，那上千亩桃园，桃树被砍掉，建成了各种各样的球场，有网球、足球、排球、篮球等球场。球场的附近，种上了草，球场和草坪，转眼间就替代了桃园。

我们单位就在李宁体育园中间，不知是出于何种考虑，李宁体育园保留了两片桃园，紧邻着我们单位，楼前一片桃园，大概四五十亩；楼后一片桃园，二三十亩的样子。可能是为了美化环境，临着白河的这两片桃园，就保存了下来。每年春天，桃花绽放，看桃花的人来了一拨又一拨，很是热闹。

桃花开时，鸟就多了起来，麻雀、喜鹊、啄木鸟、绣眼、金翅鸟、戴胜鸟、燕子、斑鸠等各种鸟，走了又来，来了又走，鸟鸣声不断。白河里还有鹭鸟、野鸭等水鸟，许多小孩子不看桃花专看鸟。大城市里，小孩能看到这么多鸟的地方怕是不多，也只有在我们南阳。

看多了桃花，就没了新鲜感，每年桃花开与不开，我已不大留意。突然有一天，就看到了满园绽放的桃花；突然有一天，又看到满地凋零的花瓣。就觉得，日子过得真快，转眼间，桃花开了又零落。

桃花开的那几天，我在为一本内部刊物编稿，长时间待在电脑边，感觉有点疲劳，就站起来伸伸懒腰，活动活动身体。就在这时，一阵“叽叽喳喳”的鸟鸣声传来，敲打着我的耳膜。我打开窗子，看到两只鸟在桃园花瓣间蹦蹦跳跳，每次跳动，都会留下一串鸟鸣，随着风透过窗子，在我的耳边萦绕。

两只鸟娇小玲珑，身着黄绿色的羽毛，粉红色的小嘴，肩部、背部为栗褐色；尾巴上的羽毛灰色，尾羽基部呈鲜明的金黄色，十分的可爱。阳光下，它们扑扇着翅膀低飞时，翼端金黄色的羽毛，在光线的照射下，闪着熠熠的光泽。

鸟是一对金翅雀，那闪闪发亮的金黄色，就是它们独特的标志。这是一种久违的鸟，在我们这里，数量很少，能看到数十只金翅雀，已是很多年前的境况。我大概有十多年没有看到这种鸟了，现在突然看到它们，心中有一种说不出的惊喜。

阳光很好，暖洋洋地照着桃园，绚丽的花瓣，红得剔透。金翅雀前一只后一只，在树枝上跳跃，每次弹跳，有花瓣坠落，纷纷扬扬。美丽的花，生命是那么的短暂，刚开几天，就开始凋零，脆弱得经不起一只鸟的弹跳。

走在前边的，是一只雄鸟，羽毛艳丽，背部褐色，腰金黄色，尾羽黑色，翅膀黑色并点缀金黄色斑，腹部灰黄色。而后边的那只，应该是雌鸟，体色虽说没有差别，但颜色略显黯淡。我有点想不通，鸟类里，那些鲜艳亮丽的鸟，多是雄性，而雌性鸟，大都灰头吧唧的。比如孔雀，开屏的是雄鸟，七彩斑斓。这与人类不一样，男人的穿着打扮，色彩单一，式样呆板，而女人则光鲜亮丽，花枝招展，这大概是鸟与人的不同。

那只雄鸟，不停地在树枝上跳跃，不经意间，就看到它的嘴里衔着一片花瓣，一只鸟衔着一片花瓣，显得格外的耀眼。雌鸟看到雄鸟嘴里的花瓣，可能是羡慕，或者是撒娇，跑上去就啄，雄鸟一扭头，雌鸟啄了个空，就继续啄雄鸟嘴里的花瓣。雄鸟跳到另外的树枝上，雌鸟不依不饶，“叽叽”叫着，紧追不舍。

我看了就想笑，这是一对恋爱中的鸟，或者是新婚的鸟。它们是那么的亲昵、浪漫、羞涩、撒娇，与热恋的男女没有什么区别。看着它们幸福的样子，青春年少时的初恋记忆，就浮现在眼前。我突然就有一点嫉妒、羡慕、向往。

在树上跳跃了一阵，两只鸟飞落到草地上，刚开春，很多草还在睡眠中，只有很少的草刚刚醒来，伸出嫩黄的芽，掩映在枯萎的荒草丛中。那只雄鸟，在草丛中不紧不慢地寻觅着，似乎是在寻找一粒草籽，或者是在寻找一只醒来的昆虫。雌鸟则蹲在一边，看着雄鸟在草丛中走来走去，一脸的幸福。

许是捡到了一粒草籽，雄鸟很兴奋，尾巴一翘一翘屁颠屁颠地走向雌鸟，把嘴里的那粒草籽送到雌鸟面前，雌鸟伸出嘴巴，那粒草籽就到了雌鸟的嘴里。雌鸟伸了伸脖子，“叽叽喳喳”地叫了几声，似乎是表示感谢，或者是夸奖雄鸟心疼老婆。于是，雄鸟也“喳喳”回应了几声。

雄鸟受到老婆的夸奖，又屁颠屁颠地在荒草丛中寻觅，不时地用嘴在草丛里啄一下，可能不是一粒草籽，雄鸟有点失望，愣怔了一下，看了一眼雌鸟，又开始寻找。终于找到一粒草籽，雄鸟衔着草籽，转向雌鸟，可它刚抬起腿，就被一根纤细柔软的草茎缠着了腿，它被绊得趔趄了一下。它再次抬腿，依然无法挣脱草茎的束缚，雄鸟被一根柔韧结实的草固定在那里，无法脱身。

雄鸟“叽叽喳喳”地鸣叫起来，声音有点急促，带着一丝惊恐。听到雄鸟的鸣叫，静静等待的雌鸟，似乎是感到雄鸟有危险，一溜碎步，来到雄鸟跟前，“喳喳”两声，像是在安慰雄鸟，然后开始用嘴猛啄缠在雄鸟腿部的草茎，一下、两下，不停地啄，可那根草茎太结实了，那根草依然缠在雄鸟的腿上，雄鸟怎么也挣不脱。

也许那不是一根草茎，而是几根草茎，如果是一根草茎，早就被啄断了。在桃园里，生长着一种我叫不上名字的野草，草的叶子长达尺余，干枯后柔韧结实。隔着十几米的距离，我无法看清，是不是那种结实的野草。但我能清晰地看到，雄鸟扑扇着翅膀抬腿挣扎的景象。

雌鸟并没有放弃，它换了个方位，继续不停地啄着，雄鸟也低下头在自己的腿上啄，只是它与那些草茎还有距离，总是啄空。雄鸟有点烦躁，不停地挣扎，发出“叽叽”的鸣叫。雌鸟看起来很镇定，不紧不慢地啄着那根草茎。终于，草断开了，雄鸟抬起腿弹了弹，好像是在活动被野草缠得有些麻木的腿，然后跟在雌鸟的身后，一溜小跑离开了草丛。

可能是感到了草地的危险，两只鸟飞上了树枝，站在树枝上，“叽叽喳喳”地鸣叫着，声音洪亮清脆，惊落了片片桃花，那些飘落的桃花，姿势优雅而又伤感。

我长长地出了一口气，揪着的心放了下来。其实，这样的情景对于鸟来说，可能时不时就会出现，但我们无缘一见。我为这只鸟感到庆幸，那是一些草茎，如果是一张网呢？也许，这只美丽的金翅雀，就没有那么幸运了，等待它的结局，将是凄惨的。

要说幸运，我觉得我也是幸运的，我在不经意间，看到了这令人感叹的一幕。是的，有谁还看到一只鸟解救另一只鸟的过程呢？

乡间有俗语说：“夫妻本是同林鸟，大难临头各自飞。”从这对金翅雀身上，我看到的是在危难之时，鸟的义无反顾。它们可能是夫妻鸟，也可能是热恋的鸟，抑或是一对朋友鸟，不管是什么鸟，在同伴危险来临时，它没有飞走，而是挺身相救。雌鸟的行动告诉我，对于鸟的错误解读，只能是我们人类的主观臆想。

那对鸟还在桃花丛中穿梭，刚才的危险，它们似乎已经忘却。也可能是那些美丽的桃花，让它们留恋，不忍离去。

我走出办公室，向桃园走去，春风徐徐，阳光明媚。隔着铝合金栅栏，我看见满园桃花缤纷，一对金翅雀在花中飞舞。

哭泣的戴胜鸟

很多人喜欢莺歌燕语，鸟声盈耳，我也一样。那些婉转的鸟鸣，让人心情愉悦。

是的，鸟的啼鸣，是美妙的，是大自然赋予我们最美的声音。而鸟那些忧伤的呜咽呢，谁人听过？也许你听到过，但你没有感觉；也许压根你就不知道那是鸟的哭泣。是的，你不知道，对于你，早已习惯了鸟声的愉悦。

作为动物，人与鸟是一样的。人之所以为人，是因为人会说话，可以直接地表达自己的思想。鸟之所以为鸟，是因为鸟会鸣叫，它们通过鸣叫，诉说自己的喜怒哀乐。高明的人，发不出鸟的婉转鸣叫；而高明的鸟，也说不出人话，至多鹦鹉学舌而已。因此，人与鸟，都有着异类无法超越的智慧。我是这样认为的，不管你信不信。

此时此刻，一只鸟正面向蓝天白云和苍茫大地，轻轻地诉说着悲伤，那一声声呜咽，带着一丝颤音。我听见“扑扑扑……”的声音由强变弱，最后的那丝颤音，好似在喉咙中“咕噜”了一下，没有发出来，但又实实在在地发了出来，微弱得只能感觉。

那一刻，我就觉得，那些微弱的、带着一丝颤音的“扑扑”声，就是一只鸟的哭泣。

我的面前，是一只戴胜鸟，头顶五彩羽毛，尖长细窄的小嘴，错落有致的羽纹，看上去大方稳重，端庄美丽。唐朝诗人贾岛的《题戴胜》，描写的就是戴胜鸟。“星点花冠道士衣，紫阳宫女化身飞。能传世上春消息，若到蓬山莫放归。”

就是这只鸟，它头朝下吊在一张网上，翅膀被细如发丝的尼龙丝缠着，可能是为了逃脱束缚，挣扎时用尽了气力，此刻它无力地耷拉着脑袋。再细看，翅膀上有血迹点点。我知道，鸟一旦被这种网缠着，总是拼命地挣扎，最终，那些细细的尼龙丝勒紧了翅膀，进入身体的某个部位，鲜血流淌。

不知道是谁发明了这种网，长达数丈，宽约丈余，可以固定在果园、林子、田野里，鸟在上面飞行时，很容易撞到网上，瞬间被细密的尼龙丝线缠绕，被网粘着的鸟，结局很悲惨，非死即伤，最后成为人们口中的美味。

我的单位紧临白河，处在李宁体育园正中心，到处是绿地，还有风景树林、果园，偏居城市一隅，是鸟儿出没的地方，喜鹊、麻雀、戴胜鸟、啄木鸟、苍鹭、白鹭、乌鸦、燕子等鸟类多达数十种。不知从什么时候开始，单位前面的风景林和后边的桃园里，时常会出现几张网，那些张网捕鸟的人，定时来收获粘在网上的鸟。

我曾在一个中午，看到一张网，上面粘着三只鸟，一只斑鸠，一只戴胜鸟，还有一只我叫不上名字的鸟。它们吊在网上，忧伤地鸣叫着。我剪开那张网，幸运的是，那些鸟只是被丝线缠着，没有受到伤害。每一只放飞的鸟，在飞向天空时，都发出了欢快的鸣叫。

其实，对鸟的伤害，不只是在林子里。在大地之上，你在不经意地行走中，随时可以发现惊心动魄的杀戮。在我的老家，每次在山野里行走，都会看到三五个人背着粘网，在山野里寻找张网的最佳位置，或者是正在张网捕鸟。他们是捕捉一种叫斑鸠的鸟，然后拿到酒店里出售，每只鸟十至十五元，而那些可怜的麻雀和其他小型鸟类，也常常误撞在网上，因为不能出售，成为捕鸟人口中的美味。

那些美丽的生命，当它们正在快乐地歌唱时，正当它们展示自己的绚丽时，被一张网缠绕，歌声顿时喑哑，羽毛纷纷坠落。生命的脆弱，让你惊讶和心颤，随之而来的是莫名的伤感。看到一只鸟的死亡瞬间，那种忧伤，总是在一段时间里挥之不去。

多少年来，我已习惯了这种忧伤。混浊的河边，葱郁的林子，总会有一只鸟的尸体出现在你的眼前。看到那些僵硬的鸟的尸体，总是不自觉地想起它们飞翔的姿态。在白河边，我看到过一只白鹭的尸体，白色的羽毛，白得晃眼，而美丽的羽毛下，发出一阵阵刺鼻的腐烂气息，在波光荡漾的水色映照下，弥漫开来。

没有人愿意面对死亡，但有人却喜欢观赏死亡，那些捕鸟的人，他们就是死亡的观赏者，当一只只鸟，惨死在他们的手中时，不知道他们是怀着一种什么样的心态呢？对于捕鸟人，我相信，他们面对一只鸟的死亡，脸上没有忧伤。你看到他们写在脸上的微笑，那种贪婪的笑，让并不丑陋的脸变得丑陋。贪婪的可怕，就是无视生命的存在，丢失了一颗对生命的敬畏之心。

那只戴胜鸟，还挂在网上，看到鸟网，我的心里顿生一种厌恶，我想扯下那张网，可网悬挂得太高，一头拴在一棵高高的杨树上，另一头拴在一根竹竿上。树太高，我爬不上去，好在那根竹竿插在地里，没费力气，就拔出了竹竿。我掏出一把小小的剪刀，把缠在戴胜鸟身上的丝线一根一根剪断，那些细小的丝线，深深地勒进鸟的翅膀，嵌入肉中，折断了一根细小骨头，已经结痂的血与羽毛粘连在一起。还有一处伤在鸟腿上，丝线已经嵌入鸟腿，像刀子划过一样，留下一道刀口。

我足足用了十多分钟，才剪断缠在鸟身体上的丝线，我把鸟放在地上，那只鸟的翅膀耷拉着，身体轻微地颤抖着，它想飞，可张了张翅膀，终于没有飞起来，那只受伤的腿，始终不敢落地，就那么一直翘着。眼睛半睁半闭，偶尔睁开一下眼睛，也没有了原来的清澈，它看看我，眼睛里布满了迷茫。

看着这只鸟，我的眼睛也一样是迷茫的，一种无以言说的忧伤盈满心头。在这样的清晨，在阳光洒满大地的美好时光里，我的心中只有凄凉。一只鸟的遭遇，让我郁闷，久久不能释怀，没有比这更让人心情沉重的了。也许从清晨的阳光开始，到阳光散去最后一抹余晖，我将在沉重的氛围中，度过一天。

无意间，我抬起头，看到粗大的杨树上，有一个树洞，洞内有一两根细小的草茎挂在洞口，那是一只鸟的巢。也许，那个鸟巢，就是这只戴胜鸟的家。此刻，鸟巢空寂，树叶无言，只有我的一声长叹，瞬间消失在一片寂静之中。

如果那个鸟巢，是戴胜鸟的巢，我知道，它注定无法回家。看着眼前的鸟，它迷茫的眼里，是无言的忧伤，可能是为了鸟巢中的卵，它那未出世的儿女，也可能是即将离开美好世界的那种眷恋。

虽然我没有看到鸟眼中的泪水，但我相信它的心中一定盈满了泪水。家就在眼前，却走不进家。不要说一只不会说话的鸟，就是人，也是一种残酷的伤痛，或者是深深的遗憾！

那一刻，我突然就觉得，它应该回家。我一定把它送回家。那个鸟巢，就在杨树的枝丫间，那根斜生出的树枝，被人砍去后留下一个疤，历经岁月的风霜，雨水的洗刷，形成了一个洞，正好可以让鸟筑巢。

我为这只折翅的鸟，做了简单包扎，希望能挽回它的生命，但我知道，我无法挽回它的生命。一只鸟，不要说被吊在网上，身上多处受伤，哪怕是长时间粘在网上，也很可能会夺去它的生命。鸟是很脆弱的生灵，一些鸟哪怕是抓回来关进笼子，它们也往往会因为受到惊吓而死。

那个树洞并不高，我把包扎好的戴胜鸟放在树洞里，露出一个头，我希望它在生命最后的时刻，能看看它曾经飞翔过的蓝天，看看它曾栖息过的林子和七彩的花、绿色的草，把生命中的那些美好留在它短暂的记忆里。

我从树上下来，抬起头，突然发现，戴胜鸟此刻正仰着头，眼睛直视清晨蔚蓝的天空，一动不动。美丽的戴胜鸟，你是不是在留恋那曾经留下过你自由身影的蓝天？

太阳洒在林子里，片片叶子，在阳光的照射下，格外的鲜绿。多么希望，蹲在巢里的鸟，明天还能看到明媚的阳光。

一群鸟从远处飞来，天空中顿时传来婉转的鸟鸣，清脆、悠扬，余音袅袅，萦绕于耳，久久不散。

忧伤的绣眼鸟

清晨对于一只鸟来说，并不是一段美好的时光。秋天的早晨，尽管太阳已挂在天边，感觉还是有点清凉。一只鸟站在院子里的树枝上，“叽——”叫了一声，一会又“叽——”叫了一声，声音有点疲惫，看上去似醒未醒，睡眠不足。

在清晨，似乎所有的鸟都是这样，萎靡不振。也许，刚刚醒来的鸟，羽毛被露珠打湿，翅膀耷拉着，看上去有点凌乱。虽然它们习惯性地抖抖翅膀，抖落一些露珠，但潮湿的空气和凉风，依然让它们感到一丝寒意。因此，单调的鸣叫，是它们对早晨的一种抗拒。

落在树枝上的那只鸟，是一只绣眼鸟，我打开窗子的时候，一眼就看到了它眼睛上白色的眼圈。它就站在距我十多米的一棵玉兰树上，因为清冷，少了平时的活跃，很少扭动，只是偶尔叫一声：“叽——”鸣叫声有气无力，有着某种寂寞和忧伤。

在我们北方，绣眼鸟性情活跃，常常成群结队，在树枝上来回跳跃，寻找昆虫。它们的鸣叫格外的动听，“叽啾——叽啾——”婉转的叫声可以与黄鹂媲美。看到一只孤零零的绣眼鸟，还真不多见。在单位的院子里，我不止一次看到这种美丽的鸟，几只或十多只在院子的玉兰树上上蹿下跳，也有的在草坪上溜达，一副悠闲自得的样子。

但是，眼前的绣眼鸟，看上去很孤独，孤独得有点慵懒。太阳蹿出一人多高，阳光照在树的叶片上，发出凝重的绿色光芒，树叶上的露珠，慢慢地蒸发，化成一缕雾气，瞬间消失。那只绣眼鸟，依然蹲在树枝上，阳光照在它身上，它熟视无睹，那种习惯性地抖动翅膀，也被它省略了。我看到很多鸟在阳光下抖动羽毛，然后飞上天空，开始一天的捕食。而这只绣眼鸟，似乎没有捕食的欲望。

我不知道它是生病了，还是睡眠不足。也许是它真的太孤独了，在孤独中享受着阳光和风的抚摸。孤独有时候需要宁静，在宁静中缓解孤独带来的郁闷。人孤独的时候，就会独自坐在屋内，或者是找一个僻静的地方，在寂寞的时光里，排解内心的孤独。如此说来，鸟与人一样，是有思想的。看着眼前的这只鸟，我想是的，鸟是有思想的，特别是孤独的鸟。

看到它孤独的样子，我突然想起在乡下时我养过的那只绣眼鸟。那是一只雄性的红肋绣眼鸟，体形漂亮、鸣声悦耳、声音多变，看着令人喜爱。抓住那只绣眼鸟后，我给它扎了一个很美的鸟笼，给它最好的食物，可是那只绣眼鸟并不领情，不停地在鸟笼里扑腾。再后来，独自蜷缩在鸟笼的一角，半天也听不到一声鸣叫，似乎是在抗议。

为了调教它，我给鸟笼套上了笼套，套上笼套，绣眼鸟就不会在笼子里乱撞了。套笼套还有一个好处，就是调教它鸣叫。绣眼鸟喜欢在灯下鸣叫，白天用笼套罩住鸟笼，晚上开灯后去掉笼套，鸟就“叽啾叽啾”地叫个不停。绣眼鸟的鸣叫声悦耳动听，有高、中、低三种音调，听起来有带水音的、有像虫鸣的，最洪亮的鸣叫像夏天的蝉鸣，音域宽广，鸣声持久，养鸟人称之为绣眼鸟中的上品。

但是，那只绣眼鸟，依然如此，很少鸣叫，偶尔鸣叫一声：“叽啾——”听起来很微弱，好像我没有喂它食物，饿得有气无力的样子。后来请教一位养鸟高手，他告诉我，养绣眼鸟，最好是养一对，容易成活，叫声洪亮。我下了很大功夫，想给它找一个伴，就是找一只雌性的绣眼鸟。虽说绣眼鸟不怎么怕人，但不容易捕获。因此，抓一只雌绣眼，一直未能如愿，最后我不得不把它放飞。

眼前的绣眼鸟，是不是在等待什么？我想起前天，那只死去的绣眼鸟。

那是一只雄性绣眼鸟，额头宽阔，背部草绿色，两肋有栗红色条纹，鸟体修长，看上去玲珑秀丽。那只鸟不知为什么，飞进了单位的走廊。走廊是封闭的，用天蓝色的玻璃密封。那只绣眼鸟飞进走廊后，看到来来往往上班的人，受到了惊吓，在走廊里飞来飞去，可能是急于脱逃，误把玻璃当蓝天，一个劲地往玻璃上撞。

看到绣眼鸟不时地往玻璃上撞，我把密封的窗口打开，想让它飞出去，可它总是找不到打开的窗口。大概过了十多分钟，那只绣眼鸟就从撞上去的玻璃上掉了下来。我急忙过去，想把它捡起来放到窗外，没等我走近它，它就惊恐地飞起来，然后又一头撞在玻璃上……看着躺在水泥地上的绣眼鸟一动不动，我走过去，用手把它扶起来，我的手刚离开它的身体，它马上就倒了下去。可能是撞得太狠撞晕了吧！我把它放到院子里的草坪上，心想，休息一阵，凉风一吹，它就醒了过来。

中午下班，我走到草坪上，看那只绣眼鸟。很远就看见，有一只绣眼鸟在草地上蹲着，它的身边，是早上的那只绣眼鸟，依然趴在草地上一动不动。我走过去，惊飞了蹲着的绣眼鸟，它“叽”的一声，飞到了草坪边的玉兰树上。再看躺在地上的绣眼鸟，早已没了呼吸。

这只绣眼鸟，是不是前天的那只？就是蹲在死去的绣眼鸟旁边的那只鸟。它们是不是一对夫妻鸟？我不知道，绣眼鸟是不是贞鸟，是不是那种生死相随的鸟呢？但我愿意相信，这只绣眼鸟，就是前天死去的绣眼鸟的妻子，它是在等待，等待着丈夫回来，回到它的身边，生儿育女，比翼双飞。

突然，一种莫名的伤感在我的心底涌起，为一只死去的绣眼鸟，还有那只在忧伤中孤独等待的绣眼鸟。其实一只鸟，不管它是死是活，对于人们来说，是微不足道的。因为它们的微不足道，人类的杀戮，从未间断。何况，这只绣眼鸟的死，只是个意外。

在这之前，还有一只啄木鸟，也误入密封的玻璃走廊里，在走廊里乱窜乱撞，单位的同事，为它打开了封闭的窗口，那只鸟幸运地飞了出去。而这只绣眼鸟，尽管没有啄木鸟幸运，但起码有人为它打开了窗口，没有刻意地伤害它，它的死，似乎是一种宿命。

此时此刻，我看着那只鸟，就觉得它应该是那只死去的绣眼鸟的妻子，它的孤独，或者说是忧伤，都是为了一个诺言。两只鸟结为伉俪，就是一种无声的诺言。为了坚守诺言，它选择了等待，等待爱的归来。

这样一想，突然间觉得，它是不是在等待丈夫，它与那只死去的绣眼鸟是不是夫妻鸟似乎已不重要。是的，看到同类死去，一只鸟的悲伤，似乎也在情理之中。

我无意再纠结了，天地之大，自然万物，生老病死，是自然规律。也许一只鸟的消失，就是另一只鸟的新生。活着，就要快乐。快乐地活着，是对死者最好的怀念。

不知道那只鸟是否懂得这个道理，但愿它能懂得。

那只蹲在树枝上的绣眼鸟，依旧蹲在那里，依然是那样的颓废。太阳越来越高，天暖和起来，两只绣眼鸟从院墙外的杨树上飞了过来，站在它身边的树枝上，叽叽啾啾叫着，似乎是与它说话。可它对同类的到来，无动于衷。可能是感到无趣，新来的两只绣眼鸟，叫了一阵，然后扑扇着翅膀飞走了。

又来了一群麻雀，呼啦啦落在树枝上，麻雀是很热闹的鸟，刚在树枝上落定，就开始歌唱，“叽——叽叽——叽喳——叽叽喳喳……”有一只麻雀，从另一枝树枝上跳到绣眼鸟跟前，叫了几声，突然飞向天空，另外的麻雀，扑棱棱跟着。

玉兰树恢复了平静，寂静的树枝上，只剩下那只孤独忧伤的绣眼鸟。

我走出办公室，捡起一粒石子，向绣眼鸟抛去。我听见“嗖”的一声，一只鸟箭一般弹向天空。鸟飞过，天空中响起一串“叽啾——叽啾——”的鸣叫声。

这也许就是一个生命新的开始。我想。

哀伤的喳喳鸡

我喜欢在记忆里打捞，远离我的那些生活片段，一点一点被我捞出，曾经消失的记忆，又鲜活起来。回忆，总让我身心愉悦。今天，当我想起一只鸟时，被遗忘在某个角落的往事，如一幅画，在我的眼前越来越清晰，好像还在昨天。

我就这样捞着捞着，捞出了一只叫“喳喳鸡”的鸟，还捞出了一片芦苇园。而那鸟，那种叫“喳喳鸡”的鸟，早已淡出了我的视线，我不知道它们飞到了哪里。少年时的苇园，也从我的家乡消失。我能做的只是回忆，在回忆中，再现当年的情景。

依稀还记得，家乡的那些芦苇园，不多，四五个。每年乍暖还寒时，堰潭上游的滩涂，不经意间，长出了一片嫩黄的芦苇，密密麻麻，一簇挨着一簇。阳光下，哗啦啦地疯长，拔节的声音，噼里啪啦。刚立夏，齐刷刷一片，一人多高。站在远处看，耀眼的绿。

芦苇园一片浓绿的时候，“喳喳鸡”来了。很远就能看到它们在芦苇上面飞来飞去，“叽叽喳喳”地叫个不停。这是一种棕褐色的鸟，眉纹淡黄色，胸部有不太明显的灰褐色纵纹，下体的白色略黄。鸟虽不大，但它们的鸣叫声高亢嘹亮，家乡人给它起了一个不雅的名字：喳喳鸡。

在我们老家，没有人知道它们真正的名字，但问一种叫“喳喳鸡”的鸟，很多人都知道。其实“喳喳鸡”只是一种形体普通的鸟，没有黄鹂、画眉的华丽，也没有鹦鹉、八哥的巧舌，容易被人们忽视。从形体和鸣叫上看，“喳喳鸡”与大苇莺有点相似。是不是，我不敢肯定。因此我只能说，它叫“喳喳鸡”。

芦苇簌簌地拔节，转眼间，遮天蔽日。“喳喳鸡”的巢，一个接一个地筑了起来。走进芦苇园，抬起头，你会看到一只鸟巢，在三五根芦苇的半腰悬挂着。鸟巢是芦苇的叶子和水草，外面看着乱七八糟，毛烘烘的，但鸟巢内很光滑。也许是为了安全，鸟巢筑得很高，一个人伸着手，无法触摸。

“喳喳鸡”是一种很机警的鸟，它们时常栖匿于苇丛中，遇到危险时，用两只爪子紧紧地抓着芦苇，攀附在芦苇秆上，头朝上，嘴巴伸向天空，紧抿的身子伸得笔直，在芦苇叶的遮掩下，一动不动。它让我想起了啄木鸟，在遇到雀鹰追捕时，身子紧贴树干，头朝上，眼睛注视着对手。现在想起，不得不佩服，它们是鸟类中的智慧之鸟。

尤其是在“喳喳鸡”繁殖期间，它们的警惕性更高。大多时间，“喳喳鸡”蹲在附近山坡的树上，或者是芦苇丛的顶端，时不时地大声鸣叫，似乎是在告诉人们，不要靠近我，不要靠近我的家。它们的鸣叫声，在哺育子女期间，听起来高低起伏，极具音韵，十分优美动听。我知道，它们优美的鸣叫，来自母爱的力量。

我少年时，喜欢去芦苇丛中，去山坡上闲逛。在没有电视、没有书籍的岁月，内心的寂寞无法排解。很多时候，我就静静地坐在芦苇园边，看蓝天上的云朵，看堰潭里的鱼儿嬉戏，看芦苇园里飞来飞去的鸟。烦躁时，侧耳听鸟的鸣叫，半晌半晌地听。

那时候的河水清澈见底，清得能看清一条小鱼微红的鱼翅，甚至能看到一只小虾，在水草丛里慢慢腾腾地爬动。芦苇园里的田螺，黏黏糊糊地贴在芦秆上，一种叫“蹬倒山”的蚂蚱，伏在苇叶上，暖风吹过，一晃一晃，“啪嗒”一声掉进水中。偶尔会看到一只野鸡，随手甩一块石子，野鸡扑棱棱跑得没了踪影。“喳喳鸡”受到惊吓，三五成群“叽叽喳喳”，腾空而起，有的飞上山坡的林子里，有的飞上蓝天。

我总是觉得，“喳喳鸡”的叫声，是美妙的。对于鸟，我天生地热爱，所有鸟的叫声，都是美的声音。可有一天，我却听到了它们撕心裂肺地鸣叫，那声音至今还在我的记忆里回荡。

是哪一年，记忆有点模糊，不清楚了。但依稀记得，是在端午节前后，我和少年好友小明、小坡去南沟芦苇园玩，我们在芦苇丛中抓田螺，看到一个鸟巢，里面传来“叽叽”的声音。抬头一看，鸟巢里有几只小鸟在叫。看到小鸟，小坡说：“养过麻雀、角角（百灵），还没养过‘喳喳鸡’，弄一只养养吧！”于是小坡抓了一只“喳喳鸡”，欢天喜地地出了芦苇园。

走出芦苇园，刚到田埂上，两只“喳喳鸡”在我们的头顶上盘旋，一边盘旋一边鸣叫，叫声凄惨。我们抬起头，看到两只“喳喳鸡”扑棱着翅膀，张着嘴使劲地大叫。我和小明有点不忍，对小坡说：“叫得多可怜，把它放回窝里吧！”小坡说：“就拿走一只，让它们叫吧，叫一阵就不叫了。”

记得此前，我帮一个叫蕾的女孩抓过一只“喳喳鸡”。也是这片苇园，也是小鸟的父母在天空中，追着我们鸣叫。多么相似的场景，可结局却是那么的不同。小坡不顾小鸟父母凄惨地鸣叫，坚持拿走了那只小鸟。而蕾在听到小鸟父母揪心的鸣叫后，把小鸟放回到鸟巢。

那只拿回去的“喳喳鸡”，小坡养没养活，我已没有印象。但那凄惨的哀鸣，至今记得。

那年秋天，秋风刚过，抿在一起的芦苇花，花穗由灰变白，开始变得蓬松。一瓣一瓣的花絮，像飘飞的柳絮，又像轻舞的雪花，在天空中纷纷扬扬，飘来飘去。秋过冬来，大片的芦苇，在哗哗的镰刀声中，纷纷倒下，还有那空空的鸟巢。

家乡的芦苇，是何时消失的，没有了记忆。只记得，南沟那片芦苇园，早已变成了水稻田。我回去看望母亲时，还帮着种过水稻。其他的芦苇园，也都慢慢地变成了水稻田。这应该是二十世纪八十年代末的事，算算也有二十多年了。

没有了芦苇园，“喳喳鸡”也随之消失。我后来回家，多次到田野里转悠，一直没有看到这种鸟。也可能它们还生活在这片土地上，把巢筑在树林里，但我没有看到。那种美妙的声音，从我的耳边悄然消失。

一种叫“喳喳鸡”的鸟消失了，没有人关注，就像一片树林消失，没有引起人们重视一样。对于乡村的人来说，一片林子，一片芦苇，没有比土地、庄稼更重要。构建一个人类、动物、树木和谐共存的绿色家园，似乎还很漫长。

声单韵雅灰鸽子

春天的清爽，让人有一种说不出来的愉悦。苏醒的大地，树在发芽，草在萌绿；艳丽的花朵，开在树上，开在草丛。走在原野，暖风吹过，草香伴着花香，醉人心扉。鸟也喜欢春天，喜欢春天里的花花草草，在这样的日子里，鸟们一只只地飞上了山坡，在绿丛中，轻轻歌唱。

在乡村，我喜欢这样的季节，在晴朗的日子里，我会走上山坡。我可能扛一把锄头，也可能扛一把镢头，去田间干活。也可能啥也不干，在山坡上溜达。到处都是鸟的歌唱，“叽溜溜、啾啾啾、嘀哩哩……”听着鸟的鸣叫，又有谁不愿意，在春天里走进原野呢？

走在山野里，从众多的鸟声中，冷不丁传来一阵阵“咕咕——咕，咕咕——咕”的鸣叫声，这是灰鸽子。严格地说，是灰斑鸠。但我们家乡不叫它灰斑鸠，也没人知道它是斑鸠，人们都叫它灰鸽子。我总是认为，灰鸽子是山野里鸟类中的另类，它们不像麻雀、野百灵、黄鹂鸟，叫声清脆动听。它们的声音，深沉浑厚，跌宕起伏，余韵悠长。这样的声音，在我看来，是一种地道的乡村鸟音。

我在乡下时，还听到这样的叫声，“吱吱——”声音刺耳，拖得很长，持续两三秒钟。这种叫声很独特，与众不同。有人说，这是灰鸽子受到惊吓时发出的声音。也有人认为是灰鸽子落地时发出的独有的声音。还有人说，是灰鸽子求爱时的声音。前两个说法似乎有点道理，但说是灰鸽子求爱时的鸣叫，是错误的。灰鸽子求爱时的鸣叫是很温柔的，“咕咕咕——咕咕咕——咕咕咕……”叫声轻柔、委婉、饱含深情。

灰鸽子，一种中等体形褐灰色的鸟。头顶略显蓝灰色，尾尖白色，明显特征为后颈有一道黑白色半领圈，嘴巴灰色，脚为粉红色。此鸟善跑；飞行似鸽，常滑翔；栖息在山地、丘陵或平原的林区。灰鸽子在我们家乡虽不是很多，但也随处可见，很平常的一种鸟。

我在家乡时，春夏秋冬，常常看到一群群灰鸽子，在乡村原野的上空飞翔。它们成群结队，在树的枝头鸣叫，在山坡上悠闲漫步、追逐嬉戏，在田间地头寻觅食物。它们像勤劳的农民，早出晚归，为生计而忙碌着。它们会为一条虫子、蚂蚱，一粒麦子、稻谷而高兴。每当捉到一只昆虫，或是捡到一粒谷物，它们就兴奋地“咕咕——咕”地鸣叫。如果没有找到食物，它们就会失望地“咕”一声，带着某种失落。

食物充足的季节，灰鸽子闲得散漫，不管是在麦田，还是在草地，它们总是漫不经心，短粗的腿，抬得慢慢腾腾，眼睛也不再四下寻觅。食物对于它们，没有更多的吸引力，哪怕是看到一只蚂蚱，它们也不会急于捕捉，甚至看着蚂蚱一蹦一蹦地逃去。这样的日子，对于灰鸽子来说，是惬意的。没有了饥饿，生活就过得悠闲自在。

这是一种温顺的鸟，它们时常光临农家小院，或在农家的房前屋后。俏皮的小孩甩一块石子，它们便“咕咕”地叫着，飞到树枝上，有时就在地上跳一下，换个地方，继续一晃一晃地寻觅着什么。似乎它们总是在寻找食物，但大多的时候，它们并没有真正地在觅食，悠闲地散步，也许是它们的习惯。

农人一年四季有干不完的活，他们无暇顾及一只鸟是否在他们的院子里。农人大多在想，哪块庄稼需要浇水，哪块庄稼需要锄草，哪块庄稼需要施肥，农人总有想不完的农事。对于一只鸟，他们有时会看一眼，或者根本不看。鸟在院子里溜达就溜达吧，农人也是要溜达的，他们溜达的地方，是在空旷的原野，是在绿油油的庄稼地。

灰鸽子与农人是两个不同的个体，也是独立的个体。他们各忙各的事，各干各的活，和谐地相处着。灰鸽子的眼里是大地上的谷粒、草籽，或者是昆虫，它们的眼里没有人。农人的眼里是庄稼，是饱满的收获，灰鸽子在他们的眼里，不及一棵麦苗，常常被忽视，或者是视而不见。现在看来，人与鸟的这种漠视，其实也是一种和谐。

记得有一年，我与父亲割麦，一只灰鸽子突然从麦田里飞出来，落在不远处的麦捆上，眼睛骨碌骨碌地瞪着我。我捡起一块土坷垃，甩过去轰撵它，可我甩一块土坷垃，它换一个麦捆，就是不走。父亲说："割麦呢？你还有闲心，跟一只鸽子逗什么？"父亲的眼里，是黄灿灿的麦子，是雪白雪白的白面馍。

割到前边，哗啦啦一阵响，三只小鸽子扑棱棱从麦地里跑了出来，它们身上的绒毛已褪，马上就要出窝，但还不会飞。看到那三只小鸽子，老鸽子"咕咕——咕"地叫着。父亲说："天太热，歇一会吧！"我知道，父亲是为了那三只小鸽子，怕我们割麦惊扰着它们，我们不走，老鸽子是不敢去带走小鸽子的。但父亲不说，父亲只说是天热，要休息。我和父亲走上山坡，父亲坐在老栗树下，抽了四五支烟。我们再走回麦地时，几只灰鸽子已不见了踪影。

回家时，父亲突然对我说："没有了窝，那几只小鸽子，也不知道能不能活？"父亲看似对庄稼以外的东西漠不关心，但他却牵挂着几只鸽子的命运。我那时才知道，总是严肃的父亲，其实有着一颗温暖、善良的心。

其实，和谐，是彼此的关心，彼此的尊重，彼此的爱护。人与人是这样，人与动物也是这样。很多年来，这种灰色的鸽子，就是在这样的环境里生活着，不断地壮大着种群。

我前些时日回家，走到家乡的小河边，突然听到“咕咕——咕”的叫声，河滩上，几只灰鸽子在那里蹦蹦跳跳地嬉戏。河中央的漫水桥上，几个妇女在洗衣服，她们一边洗衣服，一边说笑，笑声咯咯地响，传出很远。那几只灰鸽子，溜达着，偶尔发出一两声“咕咕——咕”的叫声，似乎是在回应河中的笑声。没有比这样的场景更让人感到愉悦的了，我是这样想的。

“咕咕——咕。”“咕咕——咕。”叫声有点单调，但在我看来，其实就是天籁！

麻雀是乡村的精灵

麻雀是属于乡村的，就像庄稼是属于土地、河流是属于大海一样。很多年以来，我一直就是这样认为的，它们在我的意识里流动，融入我的血液里。

我从来没有怀疑过，麻雀是乡村的歌手。很多时候我在想，乡村就是个大舞台，麻雀是站在舞台上的歌手。在自己的家门前，麻雀的歌声是那样质朴，没有一点造作。它们的歌声，虽没有百灵鸟那样行云流水般的优美，也没有画眉鸟的那般婉转百回，但它们的歌声带着泥土的芬芳，让庄稼人听得心花怒放。农人喜欢麻雀，大概就是从喜欢它们的歌声开始的吧！

在乡村，最初的歌声，来自麻雀的啁啾。那一声声的“啾啾”，叫醒了沉睡的大地，山青青，地碧绿，树发芽，大地被浓郁的绿色覆盖。因此，在乡村人的眼里，麻雀就是乡村的歌手。麻雀的歌声，为沉寂的乡村点缀着一点点的情调，让村庄在睡眠中醒来，焕发着盎然生机。

记忆里的乡村，最多的鸟是麻雀。它们成群结队，在乡村里生活。

农家的屋檐下、墙洞里，是它们筑巢的地方，它们与人为邻，生儿育女，繁育后代。在乡村，麻雀就像农人饲养的家禽，穿梭于农家，在人们眼前飞来飞去，蹦上跳下，与鸡儿鸭儿争食抢吃。它们在村庄的上空，自由地飞翔，尽情地鸣叫。

乡村是麻雀的老家，麻雀是属于乡村的。在我看来，只有乡村，才是麻雀唯一的家园。乡村的房前屋后，是麻雀筑巢的地方；乡村的绿树，是麻雀歇息乘凉的枝头；田野里的庄稼，是麻雀天然的粮仓。乡村是麻雀最佳的生存空间。在乡村，麻雀是自由的。尽管有时候，麻雀也会飞到城市，在城市的高楼上栖息，但生活在城市里的麻雀，充其量只是移居在城市里的漂泊一族，当它们在喧嚣的闹市里，享受过繁华后的落寞，它们最终还是选择了乡村。从某种意义上说，它们真正的故乡在乡村。

乡村是淳朴的，乡村人是憨厚的，他们有着宽阔的胸怀，可以包罗万象。不论麻雀飞向哪里，不论麻雀是否还会回来，在乡村人的观念里，麻雀就是乡村的子民。麻雀不是人，但在乡村，麻雀与人一样，享受着人的待遇。其他的鸟，很少有这种待遇，它们大都栖息在大山里、山坡上、树林里，顶风沐雨，艰难地生存着。

人与麻雀的和睦相处，形成了一道独特的乡村风景。在我家的阳台下面，有一棵高大的石榴树，石榴成熟的季节，常有麻雀在石榴树上蹦蹦跳跳，在裂开的石榴上啄食。寂寞之时，我常常站在阳台上，看麻雀自由地蹦跳。有一天，我在阳台上撒了一把小米，黄灿灿的小米，吸引了麻雀。它们穿过护栏，跳上阳台，在阳台上啄食小米。我靠在门框上，看它们啄食，它们也看看我，扑棱了两下翅膀，好像要飞，但它们看我一动不动的样子，没有对它们构成威胁，就继续停下来啄食。慢慢的，它们看到我时，就像没看到一样，自顾自地啄着地上的小米。吃饱后，麻雀们在阳台上“啾啾”地鸣叫，似乎是对我给它们喂食小米的回报。

后来的一段时间，麻雀们不时地穿过护栏，在阳台上啄食我撒下的小米，然后在阳台上高一声低一声地鸣唱。寂寞的日子，因为麻雀而显得生动。

在我的老家，人们喜欢养鸟。春天，很多农家会养一两只鸟，在鸟鸣声中，享受着鸟给人带来的快乐。但乡村很少有人养麻雀，只要有树，不愁听不到麻雀的鸣叫。这绝对不是我的想象，乡村人，是真的不养麻雀。房前屋后的树上，到处都是麻雀，鸟叫声不绝于耳，为什么要养麻雀呢？

印象中，清晨的第一声啼鸣，是从麻雀开始的，睡梦中的农人，在麻雀的歌声中，睁开睡意蒙眬的眼睛，开始了一天的劳作。常常在清晨，伴着初升的阳光，麻雀们成群结队，往返于乡村，它们时而掠过村庄、农舍、田野，洒下一串歌声；时而汇聚在树林里，齐声合唱，“叽叽叽，啾啾啾”，清脆的歌声响彻乡村。在麻雀的歌声中，季节在轮回，人事在变更，庄稼在拔节，农人在收获。

乡村的麻雀，和乡村的农人一样，生活在社会的最底层。它们是鸟类的平民，没有燕子那种很“绅士”的燕尾服，也没有鹦鹉那样华丽的外衣，不能进入上流社会。它们的形象，在鸟类中，有点瘦小，甚至有点萎靡不振。缺少了鹦鹉的艳丽、鹰的雄健，从它们的身上，你很难看到哪怕是一点的华贵。它们的生活，单调而又枯燥，就连它们的飞翔，看起来也显得杂乱，无章可循，没有美感，也少了一种精神。

在乡下时，每次看到麻雀，都觉得它们畏畏缩缩，一副不敢理直气壮的样子。它让我想起了长期生活在乡村的农民，有一种深深的自卑感，那种自卑，似乎是与生俱来的。我那时就想，生存环境的优劣，可以改变一个人的一生。这让我想起考上大学走出农村的孩子，他们从山沟里走进了城市，走上了工作岗位并当了官，山娃子一下子变成国家干部，谁又能看出这就是当年的那个怯怯懦懦的山娃子？

谁也不会想到，就是这些看上去有点自卑、有点畏畏缩缩的鸟儿，却有着许多华贵的鸟儿所没有的坚强与自尊。它们虽然卑微，但活得自由自在，它们用清脆的歌声表达着自己的不屈，向命运抗争，以顽强的毅力抵御着来自外界的诱惑。

许多年前，我在老家生活时，童年伙伴老歪，曾经养过两只麻雀，他把麻雀关在一个美丽的鸟笼里，给它们充足的食物。可那两只麻雀，从不吃老歪给它们的食物。它们忍着饥饿，在笼子里飞上飞下，拼命地鸣叫，一心想逃出鸟笼，最终精疲力竭而死。那两只麻雀，值得尊重，它们面对诱惑，从不动摇，在抗争中壮烈地死去。它们的死，让我肃然起敬。

在乡村，麻雀与农人，是两个不同的群体，但又是一个和谐相处的群体。麻雀因乡村而得以生存，乡村因麻雀而显得生动。一个村庄，如若没有麻雀，那还叫村庄吗？在农人看来，没有麻雀的村庄，就失去了生存的活力。说透了，没有小生命生存的地方，大生命就会失去安静而又祥和的生存环境。

每当我走到村庄，看到成群的麻雀飞过，在蓝天上留下一串的歌声，我就知道，鸟儿飞过的地方，是人们和平的家园。

斑鸠声声鸣断肠

春天的时候，回了趟老家。下了车，就是一溜的山坡。沿着山坡下的乡村公路，扭七拐八往家走。走着走着，看到几个人，背着一张大网，手里拎着编织袋，迎面走来。打了照面，看看认得，是邻村的。说了几句话，就听见编织袋里有响动，问了才知道，是粘鸟的。看那编织袋，估摸着也有一二十只。心想，现在还有粘鸟的，也没人管管。

晚上吃饭时，不知咋的，就想起了下午的事。问弟弟，粘的什么鸟？弟弟说：都是一些大鸟，主要是粘斑鸠。现在粘鸟的很多，一只斑鸠，送到饭店，要十多元呢！三两个人，出去一天，最少也粘个一二十只，转转手，就是二三百元。

斑鸠我知道，在我们家乡，这是一种较为常见的鸟。家乡的山坡上，它们的身影常出现在人们的视野里。应该说，斑鸠是羽毛华美的鸟。它的上体羽毛以褐色为主，头颈灰褐，似葡萄的颜色；额部和头顶灰色或蓝灰色，肩羽的羽缘为红褐色；上背褐色，下背至腰部为蓝灰色；尾的端部蓝灰色，中央尾羽褐色；颏和喉粉红色；下体为红褐色。它是一种观赏价值较高的鸟。

可以说，我是听着斑鸠的叫声长大的。尤其在雨声淅沥、久雨乍晴的日子，走在山坡上，随处可以听到“咕咕——咕”“咕咕——咕”的叫声，那一声声的鸣叫，萦绕在宁静的山坡上，格外动听，这是乡村最有味道的歌声。宋代大诗人欧阳修在《田家》一诗中写道：“林外鸣鸠春雨歇，屋头初日杏花繁。”远处鸠声悦耳，近处杏花映日，雨后的江南大地，到处展现出一派农家雨后新晴的明媚春光。欧阳修写的是江南，但江南与江北，似乎也没多大差别。我的家乡，不仅有斑鸠悦耳的歌唱，也有十里杏花。

斑鸠与麻雀、喜鹊等鸟一样，没有迁徙的习惯，它们终年生活在同一个地域，算得上是典型的留鸟。在我们的家乡，不论是村庄，还是山野，一年四季，随处可见它们飞翔的身影。听斑鸠的鸣叫，最好是在春天，这段时间是斑鸠求偶交配的季节，它们的叫声是为了呼唤异性的到来。可以说，在春天，斑鸠的鸣叫，是爱的呼唤。

我们家乡，民风淳朴，乡亲们生性憨厚，人与人之间，人与动物之间，和谐相处。尽管也有捕杀动物的现象，但毕竟是个别行为。我记事时，很少看见有人捕杀鸟类。也有人捕鸟，那是捉回家喂养的。喜欢养鸟的大都是儿童与年轻人，他们养鸟，是为了排解寂寞的生活，给沉寂的生活，增添一点快乐。

那些年代，如果有人吃鸟，村里人看见，都会露出不屑的神情。在乡人的观念里，鸟是有灵性的动物，是上天赐予大地的灵物。那时候动物格外多，可吃动物的人，却出奇少。二十多年过去了，动物少了，很多的野生动物，还被列入动物保护法，但喜欢吃动物的人，却越来越多。不知道这是社会的进步，还是社会的倒退。

没有想到的是，二十多年一晃而过，乡村的淳朴，乡村的和谐，被物化了。淳朴的乡村，充满了铜臭；憨厚善良的乡亲，也变得冷酷。昔日被视为灵物的鸟类，不仅成了他们口中的美味，也成了他们赚钱的工具。当人把一种动物看成钞票时，他们的心，就在慢慢地变黑，被那污浊的铜臭熏黑。

现在，在我们老家，你常常会看到背着粘网的人，他们拿着编织袋，在山坡上、在河岸、在果园里穿梭。他们在寻觅，寻觅那些前来觅食的斑鸠。那些斑鸠，在他们的眼里，是可口的美味，是花花绿绿的票子。他们的眼睛，放射着贪婪的光。

我曾在一个秋天，在我们家乡的一个果园里，看到密布着数张大网，每张网约5米宽、50米长，将果园围得密密实实。只要有鸟儿飞进去，就别想逃出来。用网粘鸟，鸟触网后，就会本能地挣扎，最终羽毛插到网丝中被缠住。我特意看了他们的网，网丝很细，网悬挂得也很松弛。只要鸟碰到网上，绝对没有逃脱的可能。

我在那个果园里，曾与捕鸟人有过这样一段对话。

我问："现在的斑鸠好逮吗？"

捕鸟人："还可以吧，不过，现在斑鸠少了，只要那些斑鸠碰到网上，没跑。"

我问："没人管吗？"

捕鸟人："谁管啊？派出所的人，他们哪顾得上管我们，我们不赌博、不嫖娼的，抓我们干啥？再说，抓着了，也罚不了几个钱。"

我问："现在的斑鸠多吗？"

捕鸟人："比起前几年，那是少多了。现在的鸟也学能了，都跑到山里去了。"

这让我联想起二十多年前，那个年代，到处都是斑鸠的身影，它们成群地到农田里觅食。还有的斑鸠，它们就生活在村庄，把家安在树上，与村人和睦相处。很多时候，你会看到斑鸠群在天空上飞翔，在村庄的上空盘旋，人与斑鸠，构成了乡村最具诗意的风景。转眼之间，这些与我们和谐相处的鸟儿，远离了天空，远离了村庄。频繁的捕杀，使斑鸠对人产生了极度的恐惧。

看看现在，斑鸠筑巢，大都远离了村庄，它们把巢筑在高大茂密的树林中，也有的筑在凌乱的栗毛丛中。斑鸠的巢，筑得并不复杂，多是一些枯枝和杂草，筑得很柔软、温和，但非常隐蔽，不易让人发现。

我记得小时候，在我的老家，就有一对斑鸠将巢建在我家的院子里，两只斑鸠，不停地忙碌着。孵卵时，母斑鸠与公斑鸠轮流值班，除了觅食，两只斑鸠很少分离，一只在窝里孵卵时，另一只就蹲在窝边的树枝上，形影不离。每次回家，都能听到斑鸠“咕咕——咕，咕咕——咕”的鸣叫声。

很多年前，我觉得一个村庄，最美的风景，就是成群的鸟儿掠过蓝天，扑棱棱落在村庄的房屋、大树上，自由自在地鸣叫。那样的村庄，在我看来，是诗意的村庄，是生动的村庄。可那样的村庄，只能在我的梦中。

二十年前的和谐，被我们用几年的时间打破了。如果再来修复我们与鸟的关系，实现人鸟共存共荣的和谐景象，怕是需要多少个二十年才能实现。就这一点来说，我们失去的，并不是斑鸠，而是一个我们几代人构筑的美丽家园。

第二辑　渴望鹰的飞翔

猎　鹰

鹰是高傲的。在无际的蓝天上，鹰自由飞翔，高昂的头颅，藐视大地万物。只有那些奔跑的生灵，一只野兔，或者是一只老鼠，才会让鹰放下高傲的姿态，从高远的天空，箭一般射下来。

自由的鹰，独与天地精神往来，永远是桀骜不驯的。它们在蓝天、森林、岩壁、大漠的高空舞蹈、翱翔，它们曼妙的姿态，是多么的唯美壮观。我喜欢看鹰的飞翔，每次看到鹰在天空上翻飞，或者箭一般捕捉猎物，我的心总是莫名地激动。

对于我，鹰是灵魂的图腾。

并不是所有的鹰都是高傲的。曾经的桀骜不驯，曾经的独来独往，在严酷的生存环境里，低下了高傲的头。这就是猎鹰。

从自由的鹰到听命于主人的鹰，鹰经历了痛苦和屈辱。那种生不如死的苦难，对于鹰来说，是刻骨铭心的。当鹰经历过生命中野性的背叛，它们就不再属于天空，哪怕是飞上蓝天，在自由的空间里，它们依然属于主人。在它们的意识里，那个从前的鹰已经死去，活着的鹰是猎鹰，是为主人捕捉猎物的鹰。

那种对鹰炼狱般的改变，就是熬鹰。而熬鹰，就是把一只野性的鹰，训练成一只家养的鹰。它们是主人手中的枪和弓箭，通俗地说，是一种捕猎工具。

在村子里，喜欢熬鹰的人，我只记得闻老八。应该说，闻老八是专业的猎人，孤单一人的他，与鹰为伴。一只鹰，维持着生计，为他带来了生活上的微薄收入。靠着鹰，他吃喝不愁，喝酒吃肉，日子过得还算潇洒。这在村子里，是不多见的。

所谓的熬鹰，是人与鹰的对峙，不吃不喝不睡觉，直到鹰彻底臣服。臣服的鹰，光滑润洁的羽毛，凌乱不堪；高昂的头，蔫头耷脑。熬鹰人其实并不比鹰好受，一只鹰熬下来，人就走了形，满眼血丝，面容憔悴，走路踉踉跄跄，犹如大病一场。熬鹰，熬的是心劲，一种灵与肉的洗礼。

我少年时，看过他熬鹰。那样的场面，刻在记忆里，很多年后，依然清晰。

闻老八逮的那只鹰，是一只苍鹰。一般的苍鹰，个头都不大，但闻老八逮到的那只鹰，个大体雄，尖嘴利爪，野性十足。闻老八逮到这只鹰后，把它圈在一个笼子里，鹰在笼子里上蹿下跳，左右冲撞，试图脱离束缚。闻老八看着它折腾累了，给它一只小鸡，它理都不理；又给它点水，它扑扇着翅膀，一下子把水打翻。还没等闻老八收回手，那只鹰尖利的喙，狠狠地啄在闻老八的手上，划出一道血口子。

闻老八笑笑，很高兴地对人们说：这是一只雄性十足的鹰，我喜欢。

其实，村子里的人知道，闻老八遇上了对手。尽管闻老八是个熬鹰高手，但这只野性的鹰，不能不让人怀疑这场博弈的结局。究竟是人把鹰击败，还是鹰把人打败，也许还是个未知数。

闻老八知道，人们看着他，是准备看他的洋相。他对我说，我要把这只鹰驯成一只出色的猎鹰，我不能成为他们的笑话。

驯服这只鹰，不能用以前的驯鹰套路。闻老八对人们说。但怎样一个驯法，他神秘地笑笑，没有说。

按照以前的熬鹰方法，逮到鹰之后，驯鹰人对鹰关爱有加，精心喂养，为鹰做皮绊、制眼罩，每天放飞，进行调教。熬鹰之前，要把鹰喂得膘肥体壮，然后再进行拉膘，锻炼鹰肌肉的力量。但闻老八面对的是一只体格健壮、野性凶猛的鹰。为了制服这只鹰，闻老八反其道而行之，不给鹰增膘，直接开始驯鹰。

熬鹰开始前，闻老八给鹰洗胃，就是给鹰灌一种特制的水，洗完胃，又给鹰洗热水澡，让鹰出汗。做完这些后，闻老八在自己的院子里选一块空地，竖起一根柱子，用一根结实的细铁链拴着鹰的双腿，固定在一定的范围内，然后把一些鸡仔、兔肉之类的东西放在鹰的面前。刚开始时，那只鹰对面前的食物看也不看。后来，可能是饿极了，鹰的眼睛就盯着那些食物。再后来，那只鹰开始扑扇着翅膀捕食。可鹰被固定在一定的距离内，看着食物就在眼前，但每次扑过去，总是无法捕到那些食物。闻老八这一招特阴，不给鹰喂食，还给鹰洗胃，让鹰饥饿难忍，这就是诱食。

看到眼前的食物，却无法吃到，鹰十分地恼怒，它用尖利的喙，猛啄腿上的铁链子，啄得嘴角血沫子横飞。看看无法啄断链子，鹰又气又急，更加猛烈地啄食，像箭一样弹出，又被铁链子拽回。于是，鹰无奈地发出刺耳的鸣叫，声震耳膜，簌簌作响。

看着鹰做着无谓的挣扎，闻老八无动于衷，他喝着烧酒，眯缝着小眼，一脸的冷漠。喝一阵酒，闻老八就把原来的食物收起来，然后再一块块、一只只抛起来，抛到鹰的面前，挑逗着鹰，让它看到吃不到，以此来激怒鹰，让鹰更加凶猛地扑过去，捕捉那永远也捕不到的食物。

夜晚，也是鹰最难熬的时间。夜幕降临时，闻老八就把鹰拴在一根专门驯鹰的粗绳子上，绳子不粗不细，鹰站上去绳子就摇摇晃晃，站立不稳。如果鹰站稳了，闻老八就站在绳子边，用一根手指粗的棍子，不停地敲打绳子，让绳子来回摆动，鹰就无法睡觉，这才是真正的“熬鹰”。这是阴毒的方法，不让鹰吃喝，也不让鹰睡觉。很多时候，由于极度的疲劳，鹰萎靡不振，稍不小心，“啪”的一声，就掉在了地上。看着鹰掉在地上，闻老八拿起一壶清水，倒在鹰的头上，给鹰冲冲澡，再给它喂点盐水，既能给鹰提精神，又不至于把鹰饿死。

看到鹰喝了盐水后，有了点精神，闻老八就又开始挑逗鹰，在反复折腾下，鹰躁动不安。它把满腔的怒火，撒向闻老八，看着闻老八喝酒，鹰就猛然飞扑过来，直奔闻老八而来，那样子，好像一下子就想把闻老八置于死地。闻老八手握酒壶，冷冷一笑，抓起一块兔肉，向鹰抛去。鹰看着从眼前飞过的兔肉，发出一声长长的惨叫。

每次长啸过后，就是反复地扑咬，扑咬落空后，又是长啸，喷飞而出的是点点血水，溅落在鹰的羽毛上，泥地上，一如飘落在大地上的殷红花瓣。那一声声的惨叫，是痛苦、无奈、愤怒的哀鸣。泣血之声，在空旷的暗夜，声震原野。

闻老八似乎格外的精神，几个夜晚不睡，并无困意。也许是酒精的作用，闻老八看起来有点亢奋，布满血丝的双眼，灼灼闪光，他用箭一般的目光注视着鹰，与鹰对视，那目光，似乎可以穿透鹰的五脏六腑。看到闻老八那两道直射而来的光，鹰的眼里，虽然满含怒气，但少了一些高傲。

几个夜晚下来，鹰的野性大失。闻老八再挑逗它时，它的反击就明显弱了下来。闻老八再看鹰时，鹰就有了一丝怯意。鹰的眼里，那束灼灼逼人的怒气，一闪而过，目光变得飘忽不定，不敢与闻老八直视。就连鹰的鸣叫声，也变得沙哑、有气无力，少了许多的悲壮。

终于，鹰安静了下来，不再做无谓的抗争。那一度高昂的头，缓慢而又无力地垂了下来。鹰不再怒目相视，把眼光转向另外一个方向，盯着院子里的树。

闻老八知道，鹰的野性已退。他走向鹰，用那只被鹰啄过的手，从鹰的头部开始，滑过颈部、背部和翅膀，手过之处，闻老八感觉到了一丝轻微的战栗。但那只鹰，并没有任何的反抗。闻老八笑笑，对着鹰说：乖，真听话。

鹰喉咙里咕噜了一下，嘴张了张，低下了头，鹰屈服了。

驯化，可以把凶猛变成温顺，可以把人变成魔鬼，也可以把魔鬼变成人。比如鹰，这个大自然的骄子，天空中挟风裹电、气冲霄汉的猛禽，通过一番血与火的洗礼，自此铩羽败北，脱胎换骨。一个桀骜不驯的自由灵魂，成为一只被人奴役的狩猎工具。

熬鹰只是驯化猎鹰的一个步骤，要想把一只野性的鹰，驯化成一只真正的猎鹰，这只是开始。

当一只鹰被熬掉野性后，就开始对鹰进行驯化。训练鹰前，闻老八给鹰喂食，嫩鸡仔、野兔、小鸟、鸽子，都是鹰的美味，让鹰大吃大喝，增加鹰的营养，培养鹰与人的关系，消除鹰对人的恐惧感和敌意，融洽感情。

捕猎训练，是每只猎鹰都要经历的。鹰的尾巴上有十六根羽毛，凭这十六根羽毛，根据不同情况，鹰可以调节起飞、制动、滑翔、下坠和捕捉猎物。在训练鹰捕猎时，就要严格地控制鹰的尾羽。在训练前，闻老八用丝线把鹰的尾羽一根一根地缠起来。羽毛与羽毛之间，要掌握好松紧，缠得紧，鹰飞不起来；缠得松，鹰就有可能趁机逃跑。

缠好羽毛，闻老八把鹰带到山坡上，找一块平缓、宽阔的坡面，把准备好的野兔、小鸡用一根长绳子拴着，然后，放鹰去抓捕猎物，直到鹰吃饱。第二天再训练时，只要鹰捕捉到猎物，闻老八就上去把猎物夺下来，不让鹰吃，一次又一次，直到最后，才给鹰吃些猎物。经过一段时间训练后，开始给鹰松羽毛，每次松开几根，半月下来，鹰被缠着的羽毛全部被松开时，鹰就彻底被驯化了。

驯化成一只猎鹰后，就可以上山捕猎了。捕猎前，还要给鹰戴上眼罩，用上绊脚，这就是农村说的："不见兔子不撒鹰。"鹰一旦离开猎人的手，收获的不是野兔，就是野鸡。偶尔，还能捕捉到大的猎物，像黄羊、狐狸，甚至是一匹弱小的狼。

鹰捕猎的场面，十分壮观，也令人神往。猎手左手架鹰，右手牵狗，那样子看上去很神气。苏东坡在《江城子》中写道："老夫聊发少年狂，左牵黄，右擎苍。锦帽貂裘，千骑卷平冈。"左牵黄，右擎苍。意思就是：左手牵着狗，右胳膊上架着鹰，到野外捕猎，那种奔放和豪情，不能不令人向往。

我看过闻老八捕猎，出发前，用一块牛皮缠在胳膊上，那只鹰就蹲在闻老八胳膊的牛皮上。据说是为了保护自己，因为鹰爪非常锋利，稍不小心，就会划破胳膊。狗是一只灰色的土狗，个头不大，但训练有素，看着温顺，但凶猛异常，不可小觑。

狩猎的场地，大都是在山坡上，野兔、野鸡等动物经常出没的地方。到了狩猎的地方，就把猎狗放出来，让猎狗在山坡上林子里四处乱窜，目的是用猎狗哄撵猎物。猎狗在哄撵猎物时，闻老八就迅速地揭开鹰的眼罩，扯去鹰的脚绊。一旦发现猎物，闻老八就会发出一声呼哨，听到主人的口哨，猎鹰就像士兵听到了进攻的命令，箭一般射向天空，向受到惊吓落荒而逃的猎物扑去。不管猎物是天上飞的，还是地上跑的，顷刻间就命丧猎鹰的尖嘴利爪之下。

猎鹰猎杀野兔，场面十分恐怖，动物之间的战争，不亚于人与人之间的搏杀。猎鹰看到一只野兔，腾空而起，在天空中盘旋一圈，一个俯冲，直奔野兔而来，扬起翅膀向野兔扇去，野兔被猎鹰打得一溜翻滚，还未站稳，猎鹰的一只利爪伸过去，瞬间割断兔子的皮将爪子刺进肋骨，还没等野兔挣扎，猎鹰的另一只爪子就把兔子的脖子割断了。

每次猎鹰捕到猎物后，闻老八的脸就笑开了花，眼睛眯成一条缝，从随身的袋子里掏出一块肉，猎鹰张开嘴，吞下那块肉后，很满足地抖抖肩，然后等待主人的哨令。

闻老八说，一只好猎鹰，一年能捕捉数百只猎物，可以养活三五口人。闻老八说这话我相信，他一个人靠一只猎鹰，吃喝不尽，日子过得很滋润。

遗憾的是，闻老八六十多岁就故去了。他的那只猎鹰，在他死去后，被人放飞。

我在乡下时，每每看到天空中盘旋的鹰，就会想起闻老八的那只猎鹰。不知道放飞后的猎鹰，是否还能回归野性。我想，一只被驯化的鹰，大概很难适应曾经属于它的自由的天空，是或不是，我无法给出答案。

闻老八死后，村子里就没有了熬鹰人，也没有专业的猎手。就是有熬鹰人，弄一只鹰，也不是一件容易的事。天空中的鹰越来越少，十天半月也难看到一只鹰的影子。

不要说鹰，就是野兔，也越来越少。野鸡、黄羊、狐狸更是踪影难觅。是的，我家乡的山坡，早已光秃秃的，没有一棵树。只有一层一层种啥不长啥的梯田，纵横在山坡上。环境的破坏，让野生动物失去了赖以生存的家园。

真的很怀念那段逝去的岁月：蔚蓝的天空，白色的云朵，青翠的山，碧绿的水，野兔满山跑，苍鹰天上飞。

鹰的猎杀

我在深秋，在一个风和日丽的下午，在我家乡的山坡上看到一只鹰。那一刻，我躺在山坡上，任凭金黄色的阳光在我的脸上肆行。午后的阳光很温暖、很绵柔地拂来拂去，像恋人的手，有一种痒酥酥的感觉。我眯着眼睛，很享受地看着天空中飘浮的云朵，白色的云，金色的云，瓦灰的云，一朵朵，一团团，在我的眼前飘荡。就在我看着不断变幻的云朵时，一只鹰，好像是从云朵里钻出来，出现在我的眼前。

褐色的鹰，棕黑色的鹰，黑色横斑的鹰，它的羽毛披着金光，在我的头顶盘旋。它一会扑扇着翅膀在天空中转来转去，不知疲倦地飞翔；一会伸直翅膀，停止扇动，悬在天空中，静止不动。当我感觉它要从天上掉下来时，它突然翅膀一抖，一个侧翻，从一朵云彩飞向另一朵云彩，画出一道优美的弧线。

我喜欢看鹰在空中翱翔时的姿态。鹰在飞翔时，两翅水平伸直，或稍稍向上抬起，偶尔也伴随着两翅的扇动，飞行快而灵活。尤其是在开阔地的上空飞行或沿直线滑翔的身姿，极具美感。而鹰在捕捉猎物时，一个俯冲，直线追击，身手之敏捷，气势之迅猛，令人震撼！

鹰不紧不慢，在天空中盘旋，就那么飞呀飞，不知疲倦。我觉得鹰有点傻。好像天空中有一个巨大的磁场，吸引着鹰，让它落不下来，升不上去。说鹰傻，我其实何尝不傻呢？我仰着脸，瞪着眼，傻傻地望着天空，看一只傻鹰在飞，看得眼花缭乱，看得痴痴迷迷，看得眼睛发酸。我突然就想笑，鹰傻吧，人怎么也傻呢？

鹰飞着飞着，冷不丁一个俯冲，箭一般地向地面射去。很突然、很凌厉、很敏捷，好像鹰的身后，有一股巨大的力在推着它，向地面弹射。此时的鹰，已经不再是一只鹰，而是一枚射出的弹头，射向目标。这样的速度，出乎我的意料，让我感到惊讶。

究竟是什么东西，让鹰在瞬间做出如此迅猛的动作？让鹰做出超出人们想象之外的力量，飞速直下？

我在鹰扑去的方向，看到一只野兔。这是一只体形较大的野兔，在鹰扑下来的那刻，野兔正在一块花生地里觅食。它很散漫地在花生地里走来走去，或者是蹦来蹦去。那块已经收获的花生地，可能有农人收获后遗落的花生，野兔正在寻找一枚掉在土地里的花生。在此前的一段时间，或者是刚刚，它还在土地里捡到一枚花生，花生的美味，还停留在唇齿之间。它也许还在品味着美味带给它的享受时，它不知道，危险已经降临，一只鹰正在天空中窥视着它，寻找机会，准备下手。

野兔与鹰，此刻都有着相同的想法，希望能够享受一餐美味。野兔在寻觅一枚花生，那是它梦寐以求的美味。确实，一枚花生，对于一只野兔，有着巨大的吸引力。于是，它在空旷的土地里很细致、很耐心地寻觅着。而鹰也在寻觅属于它的美味，它希望看到一只野鸡，一条蛇，或者是一只老鼠。所以鹰在天空中不知疲倦地飞翔，寻找目标。很不幸的是，当贪图美味的野兔寻找美味时，鹰也在寻找美味。野兔作为鹰的美味，出现在鹰的视野里时，一场博弈不可避免地发生了。

野兔似乎在冥冥之中，感到了某种威胁，突然停下觅食，两只耳朵直立，接着开始抖动，野兔有点惊恐。只一瞬间，野兔撒腿就跑。野兔的前面，是一堵石头砌起的石墙，一丈多高。石墙是农人防止田埂垮塌堆砌起来的，可能年代久远，石缝里长出一墩柞树丛，深秋季节，柞树落叶，留下一根根枝条，像一柄柄利剑，直向苍穹。野兔像觅到了一根救命稻草，一头扎进柞木丛中。

弹跳而下的鹰，正在极速前进时，突然收着翅膀，放慢速度，然后一个缓冲，画出一道弧线，飞向石墙对面的山坡，落在一棵松树上，眼睛盯着石墙下的柞树丛，或者是盯着躲在柞树丛中的野兔。我站在山坡上，隐隐感到，鹰眼中射出的那道寒光。

野兔是聪明的，野兔知道，躲在柞树丛中，鹰不敢抓它。鹰也是聪明的，鹰也知道，美味虽好，但命更重要，没有命，再好的美味，也无法品尝。鹰的聪明在于，如果经不住美味的诱惑，很有可能，它会一头撞在石墙上，不是丢命就是撞折翅膀，更有可能，那些像利剑一样的枝条，会刺穿它的胸膛。

鹰可能是太饥饿了，它以足够的耐心，等待着野兔走出柞树丛。野兔面对着凶猛的鹰，产生了极大的恐惧感，毛发倒立，瑟瑟发抖。野兔不想就这样被鹰当作美味吃掉，就躲在树丛里不出来。鹰与野兔，就这样对峙着。

在漫长的对峙中，鹰眯起眼睛，看上去似睡非睡，混混沌沌，一副迷迷糊糊的样子。这似乎给了野兔一次逃跑的机会，野兔急于逃命，它不想失去这次机会，看准鹰打瞌睡的间隙，从柞树丛中走出来，刚伸出头，身子离开柞树丛，鹰的翅膀就动了一下。野兔看到鹰并没有睡着，又一头钻进柞树丛，一动不动。

柞树丛又恢复了以前的平静，鹰再次闭上眼睛。只有风，很轻微的风，掠过鹰的羽毛。

终于，鹰失去了耐心，扑扇着翅膀，弹向天空。鹰并没有离去，或者说并没有放弃。鹰在天空中盘旋了一阵，落在石墙后边山坡的一棵松树上。鹰给野兔制造了一个离开的假象，给野兔一个逃跑的机会，也给自己一个捕食野兔的机会。

鹰是狡猾的，鹰是阴险的，鹰也是聪明的。在自然界里，动物与动物之间，拼的不仅是力量，拼的更是智慧。谁的智商高，谁就能获得最终的胜利。

悄无声息，四野寂静。野兔似乎觉得危险已经退去，悄悄地探出头，四下张望，除了树，除了风，什么也没有。野兔轻轻地从柞树丛中跳出来，再次小心地四下张望，它感到已经没有危险，便顺着石墙下的排水沟，向山坡方向走去。但是墙很短，很快，野兔就暴露在鹰的视野里。鹰要的就是这样的结果，它拔地而起，然后一头扎下来，向野兔扑去。

野兔看到鹰扑过来，感到有点意外，顿时惊慌失措。但野兔很快就镇静下来，看到鹰朝自己扑过来，仰面躺在地下，抬起双腿，准备在鹰扑过来时，给鹰一脚。野兔的这一招叫“兔子蹬鹰”，特别歹毒，只要鹰扑过来，野兔一脚下去，鹰非死即伤。但野兔面对的是一只有经验的老鹰，看到野兔的架势，迅速收着翅膀，然后直拔高空，躲过了野兔设置的陷阱。

看到鹰识破了自己的阴谋，野兔开始有点惶恐，它感觉到对手的强大，似乎嗅到一丝死亡的气息。野兔沉不住气了，一个鹞子翻身，站起来撒腿就跑。

鹰等待的就是这一刻，看到野兔翻身逃跑，鹰一个俯冲，迅疾向野兔扑去，眼看鹰爪就要刺进野兔的背部，野兔却猛然停下来，也就是一米的距离，鹰扑了个空。

趁鹰扑空之际，野兔迅速折回身，向石墙跑去，野兔知道，只要躲进柞树丛中，鹰就是有天大的本事，也无可奈何。但是，鹰没有给野兔第二次机会，再次腾空而起，然后又是一个俯冲，对准野兔的脊背，把鹰爪深深地刺了进去。

鹰虽然刺中野兔的脊背，但并不致命。野兔还想做最后的挣扎，它没有回头，它知道，只要回头，鹰就会啄瞎自己的双眼，把自己活活啄死。野兔用尽全身的力气，想拖着鹰跑，把鹰拖死，哪怕是拖个半死，自己就有生还的可能。

鹰爪刺中野兔后，无法自己拔出爪子，如果野兔不回头，鹰是不敢在地面停留的。所以鹰在捕获猎物后，遇到狡猾的猎物，会迅速腾空而起，而不至于被猎物拖死。鹰没有给野兔机会，虽然稍有迟钝，但还是弹跳而起，把野兔悬挂在半空中，只留下野兔临死前惊恐的“吱吱”声。

我突然生出一丝怜悯之心，觉得野兔有点可怜。我在想，当野兔面对死亡威胁时，它的内心，该是多么的无助，多么的悲哀，多么的绝望。那最后面对死亡而发出的恐惧“吱吱”声，就是冷酷无情的人，也会心存不忍。

有好几次，我想伸出援手，拯救那只活在恐惧和死亡氛围里的野兔。也许，只要我吼一声，或者抛一块石子，就能轰走那只鹰，野兔就可以获救。但我没有做，并不是我有铁石心肠，而是我觉得好奇，我想看看是鹰能杀死野兔，还是野兔能杀死一只鹰，或者是谁也没有杀死谁，战成平局。

这只是我当时的心态，是我那一刻的真实想法。

其实，在自然界里，弱肉强食是动物们生存的法则。大自然中的万事万物，谁都无法摆脱这一自然法则，谁违背谁就会被淘汰。达尔文提出了物竞天择、适者生存的思想，其实就是弱肉强食。年老体弱的、身患疾病的、不能适应大自然规律的动物，最终都将被强者吞食，这是无法避免的结局。

无疑，在鹰与野兔的博弈中，鹰是强者，野兔是弱者，这是无法改变的事实。作为食草动物的野兔，如果大量地繁殖，而草类无法承受野兔等食草类动物的食用，势必会造成植被退化，环境恶化。而鹰等食肉动物的出现，无疑是食草动物的天敌，阻止了它们的大肆繁殖，从而使生态保持了平衡，促进了动植物的和谐生存，共同发展。

那只叼着野兔的鹰，掠过天空，落在一棵松树上，开始享受美味。

其实，当鹰与野兔相遇的那一刻，我就知道了答案。但我想看到奇迹，见证奇迹。我希望野兔能杀死鹰，改变一次弱肉强食的局面。其实，在自然界里，野兔杀死鹰的过程，很多人都看到过，只是我无缘一见而已。

“兔子蹬鹰”，绝对不是虚构。野兔拖死鹰，在乡村也并不鲜见。我之所以没有伸出援手，就是想看看野兔是怎么杀死鹰的，以此满足我的好奇心。从某种意义上说，那只被鹰杀死的野兔，不是鹰杀死的，是我的好奇心杀死的。但那时的我，并不觉得我有多么残忍。

是的，我不是残忍的人。就今天看来，鹰与野兔的搏杀，只是自然界里正常的现象。事实上，就是我伸出援手，救了那只野兔，但谁又能说野兔明天不会碰见另一只鹰？我有能力救得野兔一时，但我能救得它一世吗？答案是显而易见的。

在自然界里，每天都在上演着这样的生死悲剧，可谁又能阻止悲剧的发生？不能，我不能，你也不能。因此，我认为，尊重自然法则，就是对动物们最大的尊重。

以后很多年，我看到过鹰猎杀野兔，也看到过鹰猎杀雉鸡，但我没有伸手相救。我所能做的，就是看到野兔在绝望的“吱吱”声中，悲惨地死去；看着雉鸡美丽的羽毛，在天空中飘飞，像下一场七彩的羽毛雨。

鹰之死

一

我喜欢鹰，严格说，是喜欢鹰的飞翔。我在乡下时，在晴朗的日子，喜欢走上山坡，坐在松树下，坐在田埂上，坐在光滑的石块上，仰望蓝天，看白云在我的眼前掠过，看一望无际的蓝。鹰总是在我不经意间，出现在我的眼前。它有时在天空中飞翔，有时在我的眼前一闪而过，有时落在我前面的松树上。那时我就觉得，大地上的鹰真多，多得你一想到鹰，鹰就出现在你的视线中。

我一直认为，鹰的飞翔，是所有鸟类中姿态最美的飞翔。是的，在瓦蓝的天空中，一只鹰在飞，它扑扇着两只硕大的翅膀，一上一下不停地扇动。然而，当你在眨眼的瞬间，鹰停止了扇动的翅膀，停留在天空中，一动不动，像定格在蓝天之上。其实鹰一直在飞，只是速度有些慢，在缓缓地向下。如果是看到猎物，鹰盯着目标，像一支箭，嗖地射向地面，当你再看时，它已腾空而起，鹰爪上挂着一只正在挣扎的猎物。不管是振翅飞翔，还是滑翔，再或者是箭一般的弹射。鹰，总是把最美的姿态呈现给你。

老家在乡下，有山有丘陵，山上有树，多是松树，密密麻麻绵延数十里、上百里。远远看，一片苍翠的绿色，把山遮蔽得严严实实，除了绿色，你看不到其他的色彩。走在松林里，一棵接一棵的松树，遮天蔽日，蓝天变得斑斑驳驳，硕大的树冠把人淹没，有一种压抑的感觉，让你透不过气来。丘陵上也是树，树多是杂树，刺槐、栗树、黄栌，偶尔有三五棵桃树，还有一墩墩栗毛，杂乱地生长在山坡上。走上山坡，你就走进了一片绿色。就是村庄，也长满了树，杨树、柳树、梨树、桃树、枣树、杏树，各种各样的树，把村庄染成一片浓绿。

鹰经常掠过天空，在山坡上盘旋，在村庄的上空盘旋，然后飘落在树梢上，盯着山上的野兔、飞鸟、野鸡，盯着村庄里的鸡、鸭。山上的野兔、飞鸟、野鸡，鹰可以肆无忌惮地捕猎，随心所欲地追逐。但村庄里的鸡鸭，鹰一般不敢轻举妄动，看着地上的美味，鹰总是小心翼翼地环顾四周，看到没有危险，才会腾空而起，然后把身体弹向猎物。

在乡村，生活太过枯燥，枯燥得看见什么都稀罕。天空中飞过一只鹰一只鸟，人们仰脸看半天；过一架飞机，人们惊叫着欢呼着，直到飞机没了影子；来一辆汽车，人们盯着看，直到汽车消失在人们的视线里。我没事时，喜欢走进山坡，看鹰看鸟。汽车我不喜欢。有一次，村子里来了一辆吉普车，看到车门开着，我刚坐上去，还没把座位暖热，那个师傅瞪着眼，大吼一声，把我从车上拉了下来，还踢我一脚。后来，我看见汽车就远远地走开，一眼也不想多看。飞机我会看，但不会仰着脸傻傻地看半天，我觉得那不属于我。我觉得，只有鹰只有鸟才属于我，我想怎么看就怎么看。

在村子里，有人不喜欢鹰，他们家的鸡鸭丢失了，怀疑是被鹰叼走了。但我不这么认为，鸡鸭丢失，可能是黄鼠狼，也可能是狐狸，也可能是狼，为什么是鹰呢？我家有一次丢了一只鸡，我妈说是被鹰叼走了，骂鹰可恶，骂鹰该死。我对我妈说，不是鹰，是黄鼠狼把鸡叼走的，我亲眼看到的。其实，我根本就没看到鸡是被黄鼠狼叼走的。

我就这么喜欢鹰，为什么喜欢，其实我自己也说不清。也许，那个年月，鹰的飞翔，给我寂寞的生活增加了一些色彩。

二

我时常在寂寞的时候，在心情烦闷的时候，在遭受挫折的时候，走上山坡。山坡就在我家的房后，我沿着缓坡，走上坡顶，坐在一块麻骨石上，傻傻地看树，从眼前看到很远的地方，把树林看成一片凝重的绿色；傻傻地看天空，看蓝天上的白云，看白云下飞过的一群鸟，看一只鹰出现在我的眼前。有些时候什么也没看到，有些时候真的就看到一只鹰，或者多次看到鹰在天空上盘旋。

没有农活干时，我会走到远离村庄的地方，独自看天空、看大地、看树林、看河流，漫无目标。

锐是我在乡村时的女友。严格说，锐不是我的女友，虽然我对她心存好感，却没有一点爱的感觉。但锐死心塌地地喜欢着我，喜欢得一塌糊涂。我觉得锐有点傻，我哪点值得她喜欢？论家庭，穷得叮当响；论相貌，也不是特别的帅气；论地位，我家三代农民，没有一个当官的。可锐却莫名其妙地喜欢我，这让我有点不理解。

行走在山野里，除了人与人之间的趣事，你还会看到一些平时不容易看到的动物奇趣。曾经有一次，看到过一只狼，从我眼前十几米远走过，它看到我吓得一愣怔，停着了脚步，看我站着没动，龇了龇牙，然后晃悠悠地走进树林，吓得我出了一身冷汗。我还看到过狐狸与刺猬的较量，狐狸看到刺猬后，跑过去抓刺猬，刺猬就缩作一团，任凭狐狸把它推得团团转，就是不露头。狐狸虽有点不舍，却没有办法，只好无奈地离开了。动物之间的争斗，看着真的很刺激。

在我的记忆里，最惊心动魄的是鹰抓野兔。我曾多次看到过鹰与野兔的殊死搏杀，看得我心惊胆战。我觉得，自然界里残酷的搏杀，一点也不比人类逊色。看鹰抓兔子，绝对不亚于看一场惊悚的电影。

有一次，我在南山岗挖花生，累了坐下休息，看到一只鹰蹲在一棵高大的松树上，眯着眼，似睡非睡的样子。突然，鹰的翅膀抖了一下，我还以为是我惊动了它。没等我眨一下眼，那只鹰“噌”的一声从树梢上弹起，向一块空旷的花生地飞去。我看到一只野兔从花生地里跳出来狂乱地奔跑。四条腿的野兔虽然善于奔跑，但跑不过天上的飞鹰。那只野兔可能是一只年轻的兔子，没有经验，不知道躲避，不知道迂回，只管直线跑。鹰一个俯冲，一只爪子就抓在野兔的屁股上，野兔本能地回过头看，鹰趁机把另一只爪子刺进野兔的脖子里，野兔弹腾了几下，就不动弹了。

动物界的较量，没有永远的胜利者。还有一次鹰抓野兔，遇上了一只很有经验的老兔子，鹰就没有上次那么幸运了。野兔看到鹰扑过来，先是左跑然后右跑，不走直线，哪里有树林荆棘，就往哪里钻，但最终还是被鹰抓住了屁股。但老兔子很狡猾，它不回头一个劲地跑。鹰的爪子刺进兔子的肉中，无法自己拔出，被老兔子拖着跑了很远，差点被兔子拖死。幸运的是，鹰最终挣脱了老兔子，幸免一死。

还有一年夏天，我和锐去南洼，意外地看到一只鹰惨死在兔子的手中。那是一只很有实战经验的野兔，看到鹰斜着身子俯冲下来，迅速地躲开了鹰的利爪。野兔躲开鹰后，并不逃跑，而是仰面八叉地躺在地上。鹰不知是兔子的计谋，扇动着翅膀向野兔扑去。就在这时，野兔突然弹出后腿，重重地蹬在鹰的肚子上，鹰猝不及防，一头栽倒在地上，扑扇了几下翅膀，再也没有飞起来。

那场面十分惊险，看得锐时不时地发出一声夸张的尖叫。锐说，兔子能杀死一只鹰，我还没看到过。锐对鹰没有好感，她家住在东山坡，孤零零的一家，喂的鸡鸭，时常丢失。锐一直认为，她家的鸡鸭，是鹰叼走吃了，她恨鹰偷吃她家的鸡鸭。

那只鹰被我捡了回去，做了一个标本。

三

秋天，我在地里收玉米。那一年的玉米棒子格外大，看着喜人。两分玉米地，巴掌大一块，掰了满满一架子车玉米棒子。我拉着玉米棒子往家走，快到家时有一个缓坡，我撅着屁股伸着头，吃力地往上拉，车轮胎就像瘪了气，再用力也不往前走，还直往后退，累得我满头大汗。正在发愁时，觉得身子猛一轻，架子车骨碌骨碌往前转。扭过头，原来是锐在帮我推车子。

刚到家，不等我把玉米棒子卸下来，锐就拉着我走。锐对我说，她家的鸡又丢了一只，刚才看到一只鹰，蹲在她家屋后一棵老松树上。那棵松树我知道，长在东山坡顶上，粗壮高大。鹰蹲在树梢上，居高临下，两面山坡都在它的视线之内，有个风吹草动，看得清清楚楚。锐喊我，就是让我帮忙杀死那只鹰。

走到东山坡，果然看到那只鹰，还傻不拉几地蹲在树梢上。锐用手指着鹰说，就是那只该死的鹰。我心想，这只鹰也真该死，蹲在那里长时间不飞走，等着找死。锐的父亲拿出一支土枪对我说：瞄准点，把它打下来，省得再祸害家里的鸡，正下着蛋呢！

说实话，我有一两年不打猎了。自从两年前放走那只怀孕的母兔以后，我就发誓不再打猎。那只怀孕的母兔，在我用枪对准它时，它既没有逃跑，也没有惊恐，用平静的目光望着我，等待着死亡的降临。就是那次打猎，让我对动物有了怜悯和敬畏。可我无法拒绝锐，这个对我痴迷的女孩，她总是在我需要帮助的时候，出现在我面前。对于锐提出的要求，我没有理由拒绝。

我掂着枪，猫着腰，像一个贼，蹑手蹑脚地靠近那只鹰。我知道，这只鹰并非就是叼吃锐家鸡的那只，可是它出现在不该出现的地方，因此，它的结局，只能是悲剧。在离鹰三十多米的地方，我站住了，靠在一棵松树上，把枪架在松枝的枝丫间，瞄准那只毫无防备的鹰。此时，我只要轻轻地扣动扳机，那只鹰就会随着一声枪响，从树上掉下来。

我不能打死它，自从我发誓不再打猎的那天起，我从没摸过枪，也没有伤害过一只生灵。我轻轻地用枪拨拉一下松枝，树枝发出轻微的响动，可那只鹰并没有听到树枝的簌簌声，依然蹲在那里。我想再拨拉一下树枝，但我不能，我的身后不远，站着锐和她的父亲。

我把枪口稍稍抬高了一些，也许这样，那只鹰能逃过一劫。可是，土枪装的是铁砂，铁砂射出枪口就会形成扇面，鹰在枪响时，会本能地起飞，这样一来，我没有把握不击中鹰。于是，我把枪口向下挪了挪，这样虽说有点明显，但不容易击中那只鹰。我就这样想着，扣动了扳机，随着一股青烟和“砰”的一声枪响，那只鹰扑扇着翅膀飞走了。

听见枪响，锐和她父亲跑了过来，其实，他们已经看到那只鹰飞走了。锐说，你的枪法不是很准吗？怎么没有打中？我不好意思地说，打得有点偏低，失手了。锐的父亲看着我，笑笑说，常在河边走，哪有不湿鞋，虽说没有打中，但也把它吓个半死，这只鹰，怕是以后再也不敢来了。

我说，是的。只要它不是个傻鹰，它就不会来。锐说，你才傻呢，枪口放那么低，能打中吗？锐的父亲走后，锐对我说，别以为我不知道，你是故意放走那只鹰的，对不对？看我有点不好意思。锐又说，我不怪你，这说明你心地善良，以后会对我好的，是不是？

四

秋天刚来，农活就出来了。先是掰玉米，接着是收花生，豆类开始采摘，水稻也金灿灿的。秋天的某一天，我在地里摘豆子，不大一块豆地，半晌就摘完了。天有点热，闷热的那种，这样的天气，人是受不了的。那热，你感觉不到热的流动，但时时就在你的身上弥漫，很沉重的那种，好像就压在你身上，让人喘不过气来。

田埂上有一排桐树，硕大的树冠，留下一片树荫。我点燃一支烟，坐在树荫下凉快。树上有两只麻雀，也不怕人，在我的头顶“叽叽喳喳”地叫着，跳来跳去。还有几只麻雀，在豆地里蹦跳。我不知道它们是不是在觅食，我想小小的麻雀，是咽不下豆粒的。也许是在啄食草籽，或者是在寻找一条虫子。它们不知道热，在田野里玩得自由自在，玩得开心快乐。人是不能与麻雀比的，人怕热，麻雀却不怕。人不自由，麻雀自由。麻雀想干什么就干什么，人想干什么却干不成什么。比如我，不想摘豆荚，可父母逼着我摘。我就想，有些时候，人还不如一只麻雀活得自在。

正在想麻雀时，冷不丁看见一只鹰追逐一只野兔。在乡村，野兔随处可见，经过一个夏季的繁殖，野兔格外多。到了秋天，食物充足，野兔膘肥体壮。走在山野里，时常可以看到野兔从树林里、从庄稼地里跳出来，飞奔而去。鹰抓野兔，并不鲜见，时不时就能看见鹰与野兔的搏杀。

我眼前的这只野兔，看到鹰后，并没有恐惧地惊叫，也没有四处狂奔，而是朝着田埂上的那排桐树跑去，然后蹲在桐树下，瞪着眼睛观察着鹰。鹰在桐树上空盘旋着，盯着野兔，但始终没有冲下来抓野兔。其实，不是鹰不想抓野兔，而是不敢冲下来抓。鹰是担心冲下来时撞到桐树上，撞折翅膀。这只鹰在天空中盘旋了一阵，无可奈何地向远方飞去。看到鹰飞走后，野兔从桐树下跳出来，一溜烟钻进庄稼地里，没了影踪。

说野兔狡猾，一点不假，这只野兔，不费吹灰之力，就把凶猛的鹰斗得灰头土脸地离去了。不过自然界就是这样，斗智斗勇，适者生存。弱小的野兔，在弱肉强食的生存环境里，只有依靠自己的智慧，才能繁衍生存。

我这样想时，锐气喘吁吁地站在我的面前。锐说，让我好找，我都跑半架山了。我说，啥事啊，把你慌的？锐说，那只傻鹰又来了。我说，那真傻到家了，跑来找死啊！锐说，赶紧走吧，这次可不能让这只傻鹰再跑了。其实，锐说的那只鹰，谁知道是不是上次的那只鹰。我们老家这一代，天上飞的鹰，大多是苍鹰，长得一模一样，很难分清是哪只鹰。

回去的时候，我对锐说，你喊喊小江，他的枪法比我准，我没有把握杀死那只鹰。小江是我们村子里有名的打猎能手，经常上山打猎，次次不落空。我让锐喊小江，是有缘由的。小江喜欢锐，一直在暗中追求锐。小江多次问我，哥，你到底喜不喜欢锐，要是不喜欢的话，就干脆挑明。要是喜欢，就不要拖着，给她一个明确的答复。我对小江说，我与锐只能是兄妹，是不可能成为夫妻的。小江说，你不喜欢的话，那我就开始追锐了。小江追了一年多，可锐不喜欢他，从没正眼瞧他一眼，这让小江很伤心。

小江曾经对我说，哥，你说为啥锐不喜欢我？论家庭，我们家比你家富裕吧，是不是？论长相，我也不比你差，是不是？论地位，好歹我爹也是村里的支书，不比你家差吧，是不是？要说我不如你的地方，就是我没有多少文化，不会写文章。我就搞不明白，写文章能当饭吃还是能当钱花，你说是不是？

小江说的是实话，他各方面条件都比我好，可锐就是看他不顺眼。

我也曾劝过锐，可锐说，小江人不错，可不知道为啥，我就是不喜欢他。就像我，对你那么好，你却不喜欢我一样。有些事，是说不清的，我现在想通了，看缘分吧！

我、小江和锐赶到东山坡时，那只鹰早已飞走了。锐说，这只傻鹰，这次咋就不傻了。小江说，飞走就算了，这事就交给我吧，只要傻鹰再来，我就让它有来无回。

五

锐交代的事，小江很上心。没事的时候，小江就拉着我到东山坡瞎转悠，等待着鹰的出现。我们俩蹲在山坡上，抽着烟，眼睛盯着天空。山坡上很寂静，除了风，除了虫鸣，除了几声鸟叫，就是我们的喘气声。我们期待的鹰，一直没有出现。

烦躁的时候，小江就骂鹰。鹰听不见小江骂，当然也就不会来。就算鹰能听见小江骂，也不会来。鹰也不傻，躲都躲不及，还能飞过来吃小江的铁砂子。锐不喜欢小江，大概不是因为小江读书少，不会写文章，可能跟小江急躁的性格有关。

鹰是在我们等待了三天后飞过来的。那天我和小江很无聊，一边在山坡上抽烟，一边投掷石子打锐家的鸡，石子打在鸡身上，鸡疼得“咯咯”叫着满山跑。可能是鸡的叫声吸引了鹰，一只鹰出现在天空上，然后落在东山坡顶的那棵松树上。鸡看到鹰飞过来，吓得扑棱着翅膀往家跑。鹰看着鸡满山跑，没有追逐鸡，而是蹲在松树上，居高临下，一副胜利者的姿态。

看到鹰稳稳地蹲在树梢上，小江把烟头掐灭，用脚踩了踩，掂起手中的土枪对我说，哥，这次可不能让它跑了，我俩同时瞄准，我先开枪，如果没打中，你就迎头开枪，要快。说实话，我虽然枪法准，但能不能打下一只惊飞的鹰，心里没有把握。不过，打住打不住，对我来说，并不重要。因为，我并不想射杀这只鹰。

那只鹰昂着头，不时地扭着头四下环顾，似乎是在观察附近随时出现的美味。但它不知道，此刻，一只黑洞洞的枪口已经对准它，危险正在降临。小江是猎手，把枪架到松树枝丫间，还没等我架好枪，小江的枪就响了。随着枪声，那只鹰“嗵”的一声，掉在了地上。原来，小江并没有打算让我开第二枪。

看到鹰掉在地上，小江把枪一丢，跑过去捡那只死鹰。可当小江跑到鹰跟前时，那只鹰挣扎着站起来，扑扇着翅膀向前奔跑。鹰跑过的地方，留下一道道鲜红的血印，足足跑了十多米。然后蹲在地上喘着粗气，每喘一下气，就有一股鲜血涌出，那场景十分惨烈。看到鹰蹲着不动，小江跑过去伸手去抓那只鹰，就在此时，那只鹰在小江手中猛地弹了一下，把利爪狠狠地刺在小江的手掌上。小江“哎呀”一声，咧着嘴巴，把那只鹰狠狠地摔在地上，鹰弹弹腿，躺在地上不动了。

小江捡起那只鹰，用手不停地扇着鹰的头，边扇边骂：该死的鹰，都快死了，还有劲抓我。我叫你抓我，我叫你抓我……我看了看小江，有点不耐烦地对他说：你手不疼了，还有力气打它？

这是一只硕大的苍鹰，背部棕黑色，腹部密布着灰褐色和白色相间的横纹，尾巴灰褐色，大约有两斤多重，这样大的鹰，在我们家乡是不多见的。

我不敢再看那只鹰，我觉得，那只鹰的眼里，除了迷茫，还有一种无法言说的东西，是不甘还是仇恨，我说不清楚。

六

那一年秋天，挖过花生，割罢稻谷，刨完红薯，锐和我做短暂告别之后，流着眼泪，伤心地离开了家乡，去了北方的一座城市打工。这是1990年的深秋。

小江在锐走后不久，也离开家乡，去城里找锐。两年之后，小江如愿以偿与锐结了婚，婚后两人一起去了南方。

生活似乎还沿着原来的轨迹运行。早晨炊烟升起，夜晚暮色朦胧。山坡还矗立在那里，河流依然东流。只是，山坡上长满了斑秃，树林日渐减少，河流慢慢混浊。成群的飞鸟，在天空中消失。山野里，野兔也少了很多。

原来的山坡上，树木稀疏的地方，变成了土地。先是张家开一块荒地，后来是李家也开一块荒地。山坡上土地多了，树木就少了，山坡没有了昔日的苍翠。

1992年秋天，家乡兴起了大规模的开荒造地，大片大片的松树林，在刀凿斧砍声中，在痛苦的呻吟中，轰然倒下。曾经茂密的树林，变成了一块块梯田。人们在一片欢呼声中，收获着花生、红薯、小麦、绿豆和黄豆。

二十世纪九十年代中期，随着打工潮的兴起，村子里的青年男女，怀揣着梦想，离开了赖以生存的家乡。或南下，或北漂，把乡村甩在身后。乡村里，留下的是老人和孩子孤独的身影。山坡上的梯田，随着青年男女的离开，慢慢荒凉了，大片的梯田，长的不再是庄稼，而是丛生的杂草。

曾经人欢马叫的乡村，陷入长久的寂静。甚至连常见的鸟们，也形只影单，孤独地鸣叫。村庄里没有了鸡鸭，山野里没有了野兔，鹰也就不再光顾。

那一年，我怀揣着一颗落寞的心，离开老家，应聘到一家金融单位从事文秘工作。

那一年，听说锐与小江离了婚。据说小江生性多疑，性格暴躁，家庭经常硝烟弥漫，两人最终分道扬镳。

锐、小江和我，还有曾经在天空飞来飞去的鹰，都很少回到我们曾经生活过的村庄。偶尔走进久违的村庄，也无缘相见。村庄里，多少人和事，多少美好和丑陋，随着时光的流逝，被岁月的风尘轻轻掩埋。

孤独的雀鹰

在鸟类世界里，雀鹰无疑是强大的。这种强大，来自雀鹰对其他鸟类的无情杀戮。

雀鹰，也叫黄鹰、鹞鹰、鹞子等。雀鹰体形较小，雄鸟上体灰色或暗灰色，胸、腹和两胁灰白色，布满横斑；雌鸟体形较雄鸟大，上体灰褐色，胸、腹呈暗褐色横斑。雀鹰在鹰科鸟类中，无论身姿，或是体形，均具有一定的美感，可以说，雀鹰是鹰类中的美鸟。

每年的四五月，是雀鹰的繁殖期，此时的雄鸟求偶心切，鸣叫声频繁、洪亮，在空中边飞边叫。遇到合适的雌鸟，两只鸟在林地上空盘旋，在树林之间穿梭，互相追逐、嬉戏。雌雄两鸟交配时，大多在松树、栗树等树枝上进行。雌鸟在枝头站立，伸颈扭头，注视着雄鸟，不时地鸣叫几声，似乎是在呼唤雄鸟。雄鸟听到雌鸟的呼唤，来到它的身边，跳在雌鸟的背上，将双翅张开，保持平衡，雌鸟则将尾羽上翘，双方尾羽左右摆动，发出欢快的叫声。交配完毕，它们抖动身体，梳理羽毛，然后离去。

我们家乡，这种小型的猛禽，似不多见。它们大都生活在森林里，河谷地带。偶尔会飞过来一只，从我们的头顶掠过，人们总会仰着脸，看它在天空扑扇着翅膀快速地飞翔，看它滑翔时定格的翅膀，一种美的造型。

乡村人，不知道它是雀鹰，农人把大型的鹰科鸟类称为老雕，把中小型的鹰科鸟类称为老鹰，甚至把大型鹰科鸟也称为老鹰，老鹰是所有鹰类的官称。他们没有时间去区别鹰的种类，也不想区别。对于农人来说，究竟是什么鹰，并不重要。农人没有必要去区分那些与他们无关紧要的事物，他们的脑子里想的是土地、庄稼、耕牛以及家禽家畜。

不要说是农人，就是我，也不知道天空中的鹰，其中的一种是雀鹰。我那时收集了很多鸟类的图片，当然，也包括一些鹰。可偏偏就没有雀鹰，很长一段时间，我把雀鹰当老鹰。

知道被称为老鹰的鹰是雀鹰，有点偶然。那天，表哥回乡探亲，在我家屋后的山坡上溜达，看到一只鹰凌空而下，只是一瞬间，抓走一只鹌鹑。我对表哥说："老鹰真厉害，眨眼工夫，就抓走一只鹌鹑。"表哥笑笑说："这不是老鹰，你说的老鹰一般不抓这么小的鸟的。这种鹰体形比苍鹰小，叫雀鹰，喜欢抓一些麻雀、山雀、老鼠之类的小动物，尤其喜欢捉老鼠，是鹰类中的'捕鼠能手'，偶尔也吃些昆虫。"

表哥说："咱们这里说的老鹰一般是指苍鹰，是一种中小型猛禽，背部褐色，有不明显暗斑点；腹部淡黄褐色，有黑褐色纵行斑点。雀鹰看上去与苍鹰有点相似，但体形比苍鹰更小。苍鹰喜欢捕食像野兔、黄鼠狼、鸽子、雉鸡等大一点的动物，饥饿时也捕食家禽；雀鹰捕食的对象是小型动物和昆虫。"

我开始对雀鹰有了一些关注，不是觉得它有什么奇特，只是好奇。后来才知道，雀鹰并不像我想象的那样难觅其踪。在我们家乡，很多时候，它就在我们的身边。只是，我们缺乏对它的深入了解，误把雀鹰当苍鹰。

对一种事物，如果你不了解它，你可能会觉得它很平常，司空见惯的平常。当你真正了解它时，你就会觉得，它的身上，有许多不为人知的东西。比如雀鹰，在看似凶猛、神秘的背后，也有着可爱的一面。雀鹰，就是一种很有趣的猛禽。

2013 年，我在单位捉到一只误入玻璃走廊的雀鹰。那天下午去上班，走进密封的走廊，突然听见一阵“扑扑棱棱”的声音，抬头张望，看到一只鹰在密封着的玻璃走廊里飞来飞去，寻找出口。但每次都撞在玻璃上，撞得玻璃“砰砰”作响。我走过去，打开几扇玻璃窗子，但这只鹰怎么也找不到窗口，不停地往玻璃上撞，可能是体力消耗过大，或者是被撞晕了，最终从玻璃窗子上滑落下来。

没费什么劲，我就抓着了这只雀鹰。但令我意想不到的是，这只被撞得瘫软的雀鹰，力气很大，在我手中不停地挣扎，我用右手去抓它时，一不小心，尖利的鹰爪刺进我的手指，顺手流血。

我把它放在一个纸箱子里，又放了一些碎肉，想让它补充体力。但它很倔，看着新鲜的猪肉，动也不动。下午去市内开会，我把鹰关在办公室，开会回来，推开办公室，雀鹰受到惊吓，在办公室内飞来飞去。我去看纸箱里的肉，早已被它吃得精光。晚上我又放了一些肉，第二天又吃完了。我觉得它的体力已经恢复得差不多了，打开门，想放它走，但它却没有走的意思。第三天，雀鹰与我熟悉了，不像以前那样凶狠，有时候还友好地蹲在我的肩膀上、手掌上，样子温顺可爱、憨态可掬。

其实，动物与人一样，都是有感情的，那只我救助的雀鹰，从敌视到熟悉，再从熟悉到产生感情，仅仅用了三天时间，这似乎不可想象，但却是真实的。由此可见，再凶猛的动物，也有情感基因。

对于雀鹰，很多人会认为，雀鹰像其他的鹰一样，具有坚韧不拔、不屈不挠的毅力。这只是我们的想象，在这一点上，雀鹰似乎缺少了鹰族的血统，变得有些懒散，缺乏耐心。

很多时候，雀鹰在追捕着鸟类，可它们得手的概率很低。聪明的鸟，看到雀鹰，会躲在隐秘处，一动不动，与雀鹰对峙，这是毅力与耐心的较量。在这方面，啄木鸟是最聪明的鸟了。一只雀鹰，看到一只啄木鸟，就飞过来追捕，看到雀鹰，啄木鸟就会趴在树干上，凝视着站在树枝上的雀鹰。两者之间的距离可能很近，也可能稍远一点，但不管距离多远，只要啄木鸟弄出一点响动，就会被雀鹰发现，成为雀鹰的美食。

但是，啄木鸟表现出的耐性，令人吃惊。啄木鸟在雀鹰的目光之内，没有胆怯，没有浮躁，始终保持不动的状态。雀鹰似乎没有太多的耐心，在左顾右盼一阵后，没有发现目标，雀鹰很失望，扑扇一下翅膀，“嗖”地飞离了大树，去寻找下个捕猎目标。凭着耐心，啄木鸟战胜了雀鹰，最终得以幸存。

与啄木鸟相比，雀鹰是一种极没有耐心的飞禽，它不愿意浪费太多的时间，去对付一只鸟。其他鸟类似乎也知道雀鹰的脾性，它们太了解对手了，在大多数情况下，它们在面对雀鹰的追捕时，都会隐藏起来，保持静止状态，一次次逃脱雀鹰的追捕。

最没耐心的时候，是雀鹰抓野兔时。雀鹰看到野兔，一个俯冲，凌空而下，其速度之迅猛，令人惊讶。但野兔不会束手就擒，看到雀鹰飞扑过来，正在急速奔跑的野兔，突然来了一个急刹车，飞扑而来的雀鹰一下子就扑了空，当雀鹰醒过神来，野兔早已躲在草丛或灌木丛中了。看不到目标，雀鹰并不去寻找，而是飞落在树上，四下观望，希望野兔再次出现在它的视野。但这只是雀鹰的一厢情愿，野兔是不会出来自寻死路的。在等待一阵后，雀鹰只得无奈地离开。

对于大个子的野兔，雀鹰往往需要反复进攻。第一次进攻，可能在野兔身上留下几道鹰爪；第二次进攻，可能导致野兔受伤。这样反复地进攻，最终野兔的体力耗尽，成为雀鹰的盘中餐。不过，雀鹰很少捕杀野兔，它们似乎不愿把时间、精力甚或是体力，浪费在野兔身上。因此，关于雀鹰抓野兔的故事，只是我的道听途说。

雀鹰的强悍，是在欺凌弱小时表现出来的。有些时候，雀鹰会把其他鸟类的巢，据为己有。喜鹊是筑巢高手，它们把巢建在大树上、铁塔上、烟囱上，细小的树枝，是喜鹊筑巢的材料，用树枝筑起的巢，结实耐用。喜鹊在自己筑起的巢里，居高临下，一副傲视大地的样子，凛然不可侵犯。

雀鹰可以蔑视喜鹊，它会在某一个时刻，占据在喜鹊的巢里，把喜鹊的巢，当作自己的家。精心修筑的家被雀鹰侵占，喜鹊当然不会放弃，不时地围着鸟巢鸣叫，或者趁雀鹰不注意时，发起突然袭击，以此夺回丢失的家园。喜鹊与雀鹰的战争，有时会持续几天，甚至几个月。但弱小的喜鹊，无法夺回属于自己的家，最终带着遗憾离开了家园。

雀鹰并不能称为真正的捕鸟高手，它们在一次次的捕鸟失败中只好无奈地寻找其他的食物。在雀鹰的食谱里，鸟只占百分之十五，昆虫占百分之五，而老鼠高达百分之七八十。很多时候，雀鹰忍着饥饿，瞪着空洞的眼睛，寻找猎物。生存的艰难，远远超出我们的想象。

我曾经观察过雀鹰，它们大多是在蓝天上飞翔。我曾看一只雀鹰飞翔，看得我的脖子发酸，也没看到它落在树枝上歇息，而是越飞越高。我那时就觉得，雀鹰是一种不知疲倦的飞禽。后来知道，雀鹰也会劳累。但劳累时的雀鹰，依靠宽大的翅膀，借助风的力量，在天空上滑翔。

我有些时候想，雀鹰在天空上不知疲倦地飞翔，是不是为了更好地观察，发现地面上可以充饥的食物？我想是的。每当鸟们、鼠们出现在雀鹰的视野里时，正在飞翔的雀鹰，会突然从天空中如箭一般射向目标，然后抓着猎物，飞落在树枝上，饱餐一顿。

谁说不是呢？也许对于雀鹰来说，飞翔，是为了更好地生存。

我总觉得，在天空中飞翔的雀鹰是孤独的。我在家乡，常看到雀鹰形单影只，除了春天的交配季节，很少成双成对。的确，雀鹰是孤独的，但孤独并不代表孤单。那种孤傲脱俗、凌云九天的英姿，正是因为孤独，美才得以展示。

孤独，从某种意义上说，是为了不再孤独。

孤独，也可能是为了保护种族。现在很多人，为了经济利益，捕捉鹰类。我看到过有人捕捉雀鹰。他们捕捉雀鹰的网，设计得很精妙，四边用四根铁棍支撑，形成一个“门”形，网看似一张网，但实际是三张网，在立柱处设有“机关”。大网中间套着一个小网，小网是用来放诱饵的，当空中的雀鹰发现小网中的麻雀去捕时，只要碰触到网，网就会迅速滑落，把雀鹰网住，而且越动缠得越紧，直到雀鹰无法动弹。

一般来说，每一张网，每次只能捕到一只雀鹰。如果雀鹰是成双成对，或者是三五成群，那么一张网里，网着的就不是一只雀鹰，而是两只，甚至三五只。因此，孤独的雀鹰，用孤独的生活方式，保护着自己，保护着种族的延续。

据说，捕获的雀鹰，被转手倒卖，最终被制作成标本，出售给喜欢收藏的人，有的甚至倒卖到国外，以此牟取更大的利益。贪欲，是万恶之源。

但是，随着人们保护动物意识的不断提高，随着文明进程的渐进，也许有一天，在乡村、在山林、在河流，到处可以看到它们自由自在地觅食、自由自在地飞翔的身影，累了也可以毫无防备地在树上歇息。因为自由，青山绿水之上，蓝天白云之下，到处都是祥和的家园。

我这样想时，感觉有雀鹰从我的头顶飞过，箭一般地射向远方。

蜂鹰从我的头顶飞过

一只蜂鹰，在花红柳绿的季节，从我的头顶飞过。

这是春天，一场春雨过后，树木和野草疯长，拔节的声音，扑扑簌簌。转眼一看，绿色里，开满了红的白的花，山川田野，被五颜六色的花朵覆盖，大地，一片花的海洋。

在花香弥漫的时节，养蜂人来到了山野，成群的蜜蜂来到了山野，在花丛里飞来飞去，寻寻觅觅。蜂鹰就在这个时候，扑扇着优雅的翅膀，姗姗而来。

蜂鹰是一种极具美感的鸟，它们的羽毛，从头到尾，由灰、黑、棕、黄色组成，飞翔时，翅膀上呈现云雾状带横斑，看上去不那么鲜艳，但给人一种深沉而厚重的美。蜂鹰头顶上的羽冠，显示出一种威严庄重，这在鸟类大家族里是不多见的。在鹰族里，更是绝无仅有的。风头蜂鹰，应是由此而来。

蜂鹰的飞翔，更具宁静之美，跃入蓝天之时，扇动翅膀之后，便是长时间的滑翔，倏忽之间，你会觉得那是悬挂在天空的风筝，或者是一朵飘浮的云。那种美，是极具诱惑的，让你长时间把目光投向天空，不忍移去。

蜂鹰最喜欢的食物是蜂类，不然就不叫蜂鹰。蜜蜂、蜂蜜、蜂蜡、蜂卵，还有黄蜂、胡蜂都是蜂鹰的捕食对象。饥饿时，也捕一些昆虫、老鼠、青蛙，还有蛇。

春天，百花绽放，蜜蜂在百花丛中飞来飞去，忙忙碌碌地采蜜。蜂鹰冷不丁就飞了过来，落在树枝上，头一扭一扭地四下观望。如果不是太饥饿，蜂鹰是不会对采蜜的蜜蜂产生兴趣的，它们懒得去捉一只蜜蜂。蜂鹰在树枝上观望一阵，“嗖”的一声飞走了。

其实，蜂鹰不是真的飞走了，一只只的小蜜蜂，在蜂鹰的眼里，只是一碟小菜。它要的不是小菜，它要吃大餐。蜜蜂飞回的地方，是它们的家。那里有几十箱甚至上百箱的蜜蜂，有它吃不完的蜂蜜。

蜂鹰来到了养蜂的地方，养蜂的人，正在采收蜂蜜，一个个蜂巢，里面是深黄的蜂蜜。养蜂人把蜂巢从蜂箱里拿出来，刚转过身，蜂鹰就悄无声息飞了过来，偷食蜂蜜。养蜂人只要扭过头，它就又飞上了树梢。有的蜂鹰干脆把蜂巢啄下一块，叼到树上，慢慢地享受着鲜美的大餐。

养蜂人很生气，弯腰捡块石头，对准蜂鹰扔了过去，蜂鹰翅膀一闪，叼着蜂巢，扑棱棱飞走了。养蜂人很无奈，苦笑一声，继续采收蜂蜜。刚刚弯下腰，蜂鹰就又飞了过来。对于蜂鹰，养蜂人感到既可恨又无奈。

夏天，是蜂鹰一年中觉得最美好的季节。山野里，到处都是美味。黄蜂、蛇、老鼠、青蛙、昆虫。蜂鹰每天享受着大餐，吃得膘肥体壮。

黄蜂，是蜂鹰的首选。家乡的大山里，有一种黄蜂，蜂巢像一个圆圆的球，挂在树上，家乡人把这种黄蜂巢叫“人头骨碌包”。里面是黄蜂产的卵，也叫蜂蛹。蜂鹰很喜欢蜂蛹，白白胖胖的蜂蛹，鲜美无比，诱惑着蜂鹰。

蜂鹰对付黄蜂的巢，方法很简单，就是把蜂巢从树上啄掉，然后用尖利的嘴，啄破蜂巢，把里面的蜂蛹一条一条地吃掉。

黄蜂看着自己的孩子被蜂鹰吃掉，却无能为力。蜂鹰的脸部，有鳞片一样致密的羽毛，头盔一样保护着蜂鹰，使蜂群奈何不得。黄蜂的毒针，无法刺破蜂鹰的羽毛，把毒汁送进蜂鹰的身体。它们只能愤怒地飞来飞去，把毒液毫无目的地射出，以此排泄心中的仇恨。它们的愤怒是徒劳的，它们终究无法挽回那些即将成形的小生命。

蛇，也是蜂鹰不愿放过的美食。在茫茫的大山里，在宽阔的原野里，蛇扭动着灵巧的身体，在草丛中、在山林里出没。此时，蛇可能是想找到一只青蛙，填充它那干瘪的肚子。蛇在寻找青蛙或者是田鼠时，被一只蜂鹰看到了。对于蜂鹰来说，蛇是鲜嫩的美味，让它垂涎。蜂鹰堵着了蛇的去路。看到蜂鹰，蛇身子一抖，扭转身就要逃跑。蛇知道，再不跑就没命了。

蜂鹰是不会放过蛇的，蛇刚扭过头，蜂鹰就又堵在蛇的面前。蛇似乎没有了退路，昂起头，做出一副决斗的样子。蜂鹰看着蛇，凤冠上的羽毛根根竖了起来，对准蛇就啄。蛇看蜂鹰扑过来，嘴里吐着红信子，蛇头来回摆动，躲避着蜂鹰。但没几个回合，蛇就被蜂鹰啄得头破血流，没有反抗之力。看着慢慢瘫软的蛇，蜂鹰又狠狠地啄了几下，看到蛇一动不动，蜂鹰很高兴，不紧不慢地享受着鲜嫩可口的蛇肉，直到把蛇吃得只剩下一副骨头。

对付老鼠，更是蜂鹰的拿手好戏。蜂鹰的眼睛很锐利，站在高高的树枝上，四下寻觅，它想找到可以充饥的东西。一只田鼠，出现在它的视野里。田鼠悠闲地出现在农人收获过的田地里，东瞅瞅，西看看，想找到一粒撒落在土地上的粮食。

就在这个时候，蜂鹰从树上俯冲下来，田鼠看到蜂鹰，恐惧地缩作一团，然后打个激灵，迅速逃跑。可来不及了，蜂鹰已冲到它的面前。田鼠是不会束手就擒的，它拼命地逃着。看到田鼠逃命，蜂鹰并不着急，很轻松地上前，对准田鼠，啄了一口，田鼠“吱”的一声，再逃。蜂鹰看到田鼠寻找石缝，或者是鼠洞，就再上前啄了一口，把田鼠甩回到原来逃命的地方。

蜂鹰并不急于杀死田鼠，这样的游戏很有趣，蜂鹰没有玩够。反反复复，田鼠早已筋疲力尽，田鼠不再逃跑了，田鼠知道，所有的努力，都是徒劳。面对死亡，田鼠十分恐惧，蜷缩着身子，瑟瑟发抖，在恐惧中，等待死亡的降临。

在自然界里，动物间的无情杀戮，无一不充满着腥风血雨。每一个生命的消失，都有一幅血淋淋的画面。

谁也无法逃脱死亡的威胁，蜂鹰也一样。当蜂鹰寻找捕获目标时，自己也是其他动物捕食的目标。蜂鹰一不小心，就成了更为强悍的动物口中的美味。

动物间的搏杀，是生存的需要。每一种动物，都有它们自己的天敌，它们在残酷的拼杀中，顽强地生存着。动物们就是在无情的杀戮中，平衡着生态，这是自然规律。

在追杀中，蜂鹰惊慌失措，昔日的优雅，已随着恐惧，变得有点狼狈。它们仓皇地飞上蓝天，从我们的头顶呼啸而过。

猫头鹰之死

有一种鸟，我不敢正视。在我的内心深处，常对它怀有一种愧疚。这种鸟，它的名字叫“猫头鹰”。在我们乡下，也叫作“报丧鸟”。

一个人，不敢面对一种鸟，就像在黑暗的角落里待久了，怕见阳光。那些曾经发生的事，离我很远，记忆有些朦胧，但也离我很近，好像就在昨天。它常常从记忆里跳出来，让我感到不安。

我的不安，来自两只猫头鹰。那两只鸟，它们蹲在我家房屋后面的大树上，“咯咯咯、咯咯咯”地笑着。在夜晚，划破夜空，格外地刺耳。也许那声音太大了，惊动了我，让我感到可怕。我的怕，来自“夜猫子进宅，无事不来”的俗语。它们笑着笑着，突然就听到一声轰响，刚要扑扇翅膀飞起来，却没有来得及飞，就“扑通、扑通”从树上掉了下来。

那一年，我二十岁。那时我还在家乡，一个叫柴庄的小山村。我们家乡，一溜的山坡，山坡上长满了松树、槐树，还有满山的栗毛，把家乡的山坡装扮得郁郁葱葱。人们时常到山坡上采蘑菇、挖野菜、捡鸟蛋。

乡村生活，因为有山、有树、有动物而显得生动。

我的家乡，虽说不上是森林公园，但可以称为“动物公园”。家乡的山坡上，生活着上百种鸟，如野鸡、斑鸠、鹌鹑、麻雀、喜鹊等鸟类，还有野猪、狼、野兔、黄鼠狼等动物。树林中到处都有飞鸟的啁啾，它们不知疲倦地歌唱着，优美动听的歌声，穿越山坡、树林，时时在原野上回荡。走在山坡上，不经意间，你会看到奔跑的野兔、幽灵般的黄鼠狼，还有那些笨拙的野猪。

被我枪杀的那两只猫头鹰，就生活在我家乡的那片树林里。它们本来可以在林子里无忧无虑地鸣叫、飞翔。可它们却无意间，飞到我家的大树上，在那里咯咯地笑。它们怎么也不会想到，它们的笑声，在人类看来，是一种不祥之音，是会招来杀身之祸的。

是的，在我看来，那就是不祥之音。那年，我的父亲五十四岁，正处在生命的壮年。父亲是在外唱戏时，突然得的病，先是坐骨神经疼，疼得腰都直不起来。坐骨神经疼，并不是什么大病，可后来转为了风湿性心脏病，在医院治疗了一段时间，回到家中养病。

我那时被乡里抽调，正在协助搞计划生育。就在工作快要结束时，突然传来了父亲病重的消息。于是，晚上回到了家里，伺候着父亲。

在父亲去世前夕的一个晚上，一家人陪着父亲说话，突然就听到了一阵阵“呜哈哈、呜哈哈”的声音，那声音，既像是哭声，也像是笑声，凄厉悲惨，让人听了毛骨悚然。联想到父亲的病，感觉有一种不祥之兆。

第二天晚上，又有一种更奇怪的声音传来，像人的笑声：“咯咯咯、咯咯咯……”一会儿一阵。母亲听了那声音，脸色突变。母亲说：“夜猫子在叫呢？”经母亲的提醒，我们才突然明白，原来这两天的怪叫声，是猫头鹰的叫声。

母亲的脸，有点苍白。母亲说：“‘不怕夜猫子叫，就怕夜猫子笑。’看来，你伯（父亲）的病，已到了临危。”其实，那时候，父亲的病已到了无药可治的地步，医生也交代，要我们准备后事。可我们兄弟怎么也不相信，父亲五十四岁，看起来脸色红润，咋看也不像快要离世的人。

在乡村，家里有病人，听到夜猫子的叫声，预示着家里的病人要么病重，要么病人即将离世。最可怕的是，听到的叫声是夜猫子的笑声。夜猫子笑，按我们家乡的说法，就是病人快要死去，无药可治。也就是说，夜猫子的笑声，是向人们传递一种死亡信息。

那时的我，对猫头鹰知之甚少，总以为，猫头鹰的到来，是不祥之兆。

在乡村，人们常把猫头鹰当作“不祥之鸟”，又称它们为“逐魂鸟”“报丧鸟”。因此，农人对猫头鹰进宅，是很忌讳的。尤其是有病人的农家，常把猫头鹰的到来，与死亡联系在一起。

猫头鹰来到我家后院，让我闻到了一丝死亡的气息。我不想让父亲死，毕竟父亲才五十四岁啊！这可恶的夜猫子，却给我带来了这种我不愿意听到的信息。我恨那两只猫头鹰，它们不该把这种信息传递给我，打破了我最后的希望。就在那一刻，我决定，一定要杀死它们。在我的意识里，只有这两只猫头鹰的死，才能换来父亲的平安。这些在今天看来很可笑的想法占据着我的心，使我对猫头鹰产生了一种刻骨的仇恨。而仇恨，是会让人失去理智的。

那两只猫头鹰，就蹲在我家房屋后的一棵大树上。那是一棵楝树，在十月的季节里，没有一片叶子，光秃秃的，只有几串楝子，悬挂在树枝上。那天晚上，我拎了一支土枪，装满了火药，为了把那两只猫头鹰彻底消灭掉，我装了一把铁砂子，足足有一二百粒，就我的枪法，绝对会万无一失。

枪杀这两只猫头鹰，是它们第三次来到我家时，当我听到它们发出一连串“咯咯咯”的怪笑声时，怒从心头起，恶向胆边生，我掂起那支土枪，悄无声息地溜到房后，站在墙角，对准了它们。此时，两只猫头鹰还在那里“咯咯咯、咯咯咯”地笑着，它们做梦也没想到，此时此刻，有一支要命的土枪，正对准它们。随着一道火光和一声轰响，它们的笑声戛然而止。

猫头鹰死了，父亲的病，也没见好转，而且日渐严重。在打死猫头鹰几天后的晚上，父亲永远地闭上了眼睛。

有人把愚昧与无知连在一起，意思是说愚昧才会无知。而我认为，无知导致了愚昧。很多时候，愚昧是罪恶的根源。那两只猫头鹰，它们是无辜的。它们本不该死去，可人的无知而产生的愚昧，导致了它们的死亡。

在我们的家乡，由无知而导致的愚昧，造成了许许多多的动物悲惨地死去。那两只猫头鹰，只是其中的一个个案。

很多年后，那个曾经蛰伏家乡的青年，走出了家乡的小山村，来到了城市。环境的改变，使他学到了很多知识，而且爱上了文学，并义无反顾地从事生态散文的写作。也就是在这时，他想到了他曾经杀死的那两只猫头鹰，于是，他查阅了资料。资料显示："猫头鹰主要以黑线姬鼠、黑线仓鼠、大仓鼠、棕色田鼠等农田鼠类和小家鼠、褐家鼠等居民区鼠类为主食，也吃一些小型鸟类、哺乳类动物和昆虫，如雀类、莺类、蝙蝠、甲虫、金龟子、蝗虫、蝼蛄等。"

猫头鹰不但不是害鸟，还是一种益鸟哇！众所周知，猫头鹰捕食的老鼠，是臭名昭著的偷粮贼，它们不仅在农民的粮仓里行窃，还成群结队在农田中偷食。老鼠的臭名，《诗经》中就有"硕鼠硕鼠，无伤我菽"的记载。鼠害，在世界各国十分严重，一只猫头鹰每年可以吃掉一千多只老鼠，相当于为人类保护了数吨粮食。

其实，猫头鹰是个十分可爱的鸟，它的头，像家养的猫，看着逗人喜爱。如果没有那些强加在它们身上的恶名，猫头鹰看上去真的很可爱。猫头鹰生有一双尖锐的爪子，还有一双夜视眼，它抓捕食物的准确性极强，一旦发现老鼠，见一只抓一只，从不扑空。

在国外，人们对猫头鹰的崇拜，带有一种宗教般的色彩。古希腊神话中有个智慧女神叫雅典娜，据说她的爱鸟就是猫头鹰。因此，古希腊人对猫头鹰非常崇拜，认为它是智慧的象征。在日本、东南亚，猫头鹰是代表福气的吉祥动物。在童话故事里，猫头鹰则是智慧的象征，是森林的守护神！

离开家乡已多年，但那两只惨死的猫头鹰，成了我心中永远也抹不去的疼。使我感到欣慰的是，在我的家乡，猫头鹰已不再是一种可恶的邪鸟，人们也不再像当年那样，歧视痛恨猫头鹰，它们可以在家乡的山坡上，自由地飞翔。

当我写下这些文字，来怀念那两只被我无情枪杀的猫头鹰时，我知道，对于猫头鹰，我的心中，萌生的是一份敬畏。我相信，这种可爱的鸟，最终会得到人类的理解和关爱。

渴望鹰的飞翔

渴望鹰的飞翔，由来已久。多年以来，我一直以仰视的目光，看苍鹰在蓝天翱翔。在乡村，在天空，在山野，在森林，到处都有我寻觅的目光，我希望看见一只鹰，以凌厉、凶猛的姿势，出现在我的眼前。

我崇拜鹰，就像崇拜土地里的庄稼，如麦子、稻谷、玉米、高粱等，它们与我密不可分，用饱满的颗粒，以充足的养分，养育着我。我无时无刻不在吸取它们的养分，那些粮食，在我的身体里游走，在我的血管里流动，与我融为一体。

鹰没有在我的身体里，它在我的思想里，在我的精神里。

对鹰的崇拜，源于家乡的一个传说。在我们的家乡，关于鹰，有这么一种说法：一只鹰出生了，刚刚长出翅膀，就要经受母鹰残酷的训练。在母鹰的严格要求下，通过成百上千次的训练，幼鹰没多久就能独自飞翔。刚刚会飞的幼鹰，母鹰为了锻炼它们的胆量，就把幼鹰带到高处，或树梢或悬崖上，然后把它们从高处推下去。那些勇敢的幼鹰，活了下来，而那些胆怯的幼鹰，则被活活摔死。存活下来的勇敢的鹰，还要经受更残酷的考验。母鹰把它们的翅膀一个个折断，然后再从悬崖上推下去，经受住了血淋淋的训练，它们才能变成真正的鹰。那些没有经受住残酷训练的幼鹰，只有悲惨地死去。

母亲告诉我这个传说时说，并不是鹰母亲残酷，幼鹰能不能在蓝天上飞翔，就取决于这次的折翅。勇敢的鹰，在折翅后忍痛飞翔，便可以再生，很快就痊愈了。痊愈后的鹰，便长得强壮有力，可以在天空中自由飞翔。母亲说，没有鹰母亲的残酷，也就没有鹰在蓝天上的飞翔。

也许源于这个传说，人们对鹰，有着与生俱来的崇拜。这种崇拜，在我们家乡那片土地上，一代又一代地延续着。很多时候，鹰会来到村庄，在村庄的上空盘旋，它们希望看到一只鸡，然后以凌厉的姿势俯冲下来，迅速地抓住，美美地饱餐一顿。

看到鹰，没有人会伤害它们，看着自己家的鸡被鹰叼走，人们只是长长地叹口气。他们是在为那只叼走的小鸡叹气，也是为自家遭受的损失叹气。那个年代，在乡村，一只鸡，或许就是一两个月的油盐酱醋钱啊！

叹气归叹气，可也没见过谁去猎杀一只鹰。在人们的眼里，鹰就是那淘气的孩子，偶尔偷吃了一个鸡蛋一样。

很多时候我在想，在家乡，鹰就是大家庭里的一员。它们可以在村庄自由地飞翔，它们可以在饥饿的时候，随便吃一只鸡，或者是一只家兔。尽管它们吃的东西比较金贵，但没有人会由此产生怨恨。家乡人看见它们偷吃东西，也不过是吆喝几声，把它们赶走，就像父母训斥不听话的孩子。

应该说，人与鹰组成的家园，是和谐的。在家乡，天空上飞的是鹰，地上走的是人，鹰看着人，趁人不注意，偷偷地叼走了一只鸡；人看着鹰，心想，老鹰又来叼小鸡了，于是，大声地吆喝着鹰，农人吆喝鹰的声音很滑稽，嗷嗨嗨，嗷嗨嗨……这样的场景有点游戏的性质，但人与鹰已经习惯，在游戏中和谐地相处着。

这让我想起了小坡。小坡是个淘气的家伙，他也喜欢对着天空“嗷嗨”。小坡是我少年时代的玩伴，每次上山玩，小坡手里总是拿着一只弹弓，看见鸟打鸟，看见野兔打野兔，尽管我从没看到小坡打死过一只鸟，也没看到他打死过一只野兔，但他总是看见鸟和野兔就打。

早年间，乡下鹰多，不时看到鹰在天空飞翔，我们就仰着脸看鹰，看着看着，小坡就掏出弹弓，对准鹰就打，可弹弓子打到半空，画一道优美的弧线，垂直落了下来。于是，小坡用手做喇叭状，对着天空大声地吼叫：“嗷嗨嗨——嗷嗨嗨——嗷嗨嗨嗨嗨……”鹰在半空中，似乎听不到小坡的吼叫声，依旧在天空盘旋。每当这时，小坡就对着鹰骂骂咧咧，发泄鹰对他的忽略，或者是蔑视。

我年少时不懂事，喜欢掏鸟窝收鸟蛋，喜欢养鸟。父亲每次看到我掏鸟窝就会训斥我，也不让我养鸟。其实，父亲是喜欢鸟的，他不仅喜欢燕子、麻雀，也喜欢鹰。看到鹰，父亲总会仰起脸，看上半天，直到鹰飞离他的视线。

很多时候，父亲会望着天空，又数数院子里的鸡说：“咋就没看见鹰呢？”父亲说这话，是因为家里的鸡一只没少。母亲说：“看样子你是喜欢鹰来咱家吧？鸡没被叼走，你心里痒痒吧！”父亲这个时候就会笑笑：“人要活，鹰也要活，不就是一只鸡吗？”

其实，父亲活着时，每天都有鹰在天空中盘旋。只是鹰有着充足的食物，不需要鸡来充饥。田野里有很多的野兔、老鼠、蛇，都是鹰喜欢的美食。那些被叼走的鸡或者家兔，只是鹰偶尔的一些恶作剧罢了。

天空上什么时候少了鹰的飞翔，连我也记不得了。那时，父亲已辞别他热爱的土地和土地上的庄稼，还有天空上的鹰，已与他热爱的土地融为一体。父亲离世后，我也离开了家乡。那些我一度仰视的鹰，渐渐离我而去。

因为母亲的缘故，久居城市的我，闲暇之时，常回家乡。也许是城市的喧嚣让我烦躁，回到家乡，我喜欢一个人走上山坡，在山野里，眺望远方。家乡已不是我在家时的家乡，山上的松树、栎树、槐树，早已没了影子。那些树，被早些年开荒造地时砍伐一空，光秃秃的山上，有一块块的梯田。夏天时，种植的花生等经济作物，把山装扮得或多或少地有点生机。到了冬天，山就成了秃山。

没有树，我就仰着脸看天，天倒是很蓝，不像城市，灰蒙蒙的。可蓝蓝的天上，除了几片飘浮的白云，什么也没有。偶尔会飞过几只麻雀，也有喜鹊，斑鸠很少，半天看不到一只，黄鹂鸟更是稀少。我希望看到一只鹰，可没有如愿以偿。

鹰是少了，但我看到猎鹰的人却很多，他们带着猎鹰的家什，铁笼子、丝网，还有一种秘制的胶，在山野里、田垄里布下天罗地网，等待着鹰自投罗网。

他们用一只小鸡做诱饵，地上一道网，天上一道网，网上洒满了胶水。那只做诱饵的小鸡，被一根短绳拴着，小鸡不愿被拴，拼命地挣脱，边挣扎边“咯咯咯”地叫着，引诱着那些在天上飞翔的鹰。鹰经不住诱惑，俯冲下来捕捉小鸡，碰到网上的鹰，就被网上的胶水粘着，无论鹰怎么挣扎，都逃脱不了被捉的命运。

我母亲说，那些人很可恶，怎么连鹰也吃。母亲不知道，被捉的鹰，除了少部分被吃掉外，大多的鹰被杀死后制作成了标本，卖给外国人或者有钱的人，供人们欣赏把玩。还有的鹰，命运好一些，被卖到一些搞动物展览的团体，四处展览，以此牟取私利。

猎鹰的人，都是外地人，后来本地人看到有利可图，也加入猎鹰的行列。他们把猎到的鹰，装到铁笼子里，然后再卖给一些动物贩子，从中获利。

村子里的人说，现在的年轻人，什么都敢干，抓鹰不说，还敢吃鹰。

鹰肉一股子酸臊味，能吃吗？因为对鹰的崇拜，村子里的人，没有人吃过鹰，他们根本不知道鹰肉的味道。说鹰的肉是酸臭的，大概是为了防止人们捕杀鹰编出的谎言吧！

其实，就是家乡人不捕杀鹰，鹰也在减少。农药、化肥的滥用，森林的过度砍伐，工业废气的污染，都是导致鹰与动物逐年减少的因素。而这些不是我们这一代人可以解决的，是需要几代人努力才能解决的问题。

不仅是鹰，也不仅是动物，包括人都在遭受环境的污染。可有谁想过这些，答案明明白白，更不要说一只鹰，一只鹰对人类来说，微不足道。可有朝一日，在蓝天白云下，看不到鹰的影子，天空是不是有点寂寞？也许很多人不会意识到，因为，在我们生活的地球上，每天都有很多动物在消失。

并非是我信口开河，现在的人没见过鹰的很多，那些生活在城市里的人，他们早就记不清鹰的模样。他们也许在动物园见过，但他们看到的不是真正的鹰。动物园的鹰都被圈在铁笼里，毛色暗淡，无精打采，似睡非睡，萎靡不振，一如脱毛的凤凰。动物园里的鹰，没有了鹰的神采，甚至不如一只雄鸡。如果不是从那双偶尔睁开的眼睛里看到那骨碌碌、亮晶晶锐利的目光，你很难看出，它们就是展翅蓝天，以凌厉的姿势凶猛地捕食野兔、幼畜、鼠类的鹰。

鹰是生活在大地、蓝天上的，大自然中原生态的鹰，它们高傲、坚韧、凌烈、凶猛。天有多大，它们的舞台就有多大，风是音乐，白云是背景，它们是舞者。它们以优美的雄姿，在辽阔的苍穹振翅。清代文学家陈维崧写有《咏鹰》：“寒山几堵，风低削碎中原路。秋空一碧无今古……”写出了鹰的矫健迅疾。而“鲲鹏展翅九万里，扶摇直上青天”，又是何等的气概和气势呀！

有谁见过这样的鹰，大概不多吧！

我见过，那是很多年前，在乡村的天空上，在大山的森林里，在广袤的原野上，它们的身影让我震撼！

渴望鹰的飞翔，让我的目光，时常在天空中寻觅。但我看到的只是几片白云，还有偶尔飞过的一只鸟。

鱼鹰的忧郁

总是觉得，鱼鹰是很可怜的动物。它们活着，却不能自由地飞翔；它们辛勤劳动，却不能享受劳动成果。它们的命运，本可以掌握在自己手中，但却任人摆布。

这是一种通体黝黑的鸟，模样看上去有点懒散，嘴巴细长，像一把闭合的剪刀。如豆的眼睛，发着绿色的光，那感觉，有着一种深长的忧郁。看到它们的样子，总有一种无名的伤感。这伤感，来自它们那双忧郁的眼睛。

在我的意识里，它们应该是一种禽类动物，禽类动物是比较容易驯化的动物。我后来才知道，鱼鹰并不叫鱼鹰，也不是禽类动物，它叫鸬鹚，是一种以捕食鱼类为主的鸟。鱼鹰，是人们为它起的名字，鸬鹚变为鱼鹰，就沦为了一种工具。

我不知道，在没有成为鱼鹰前的鸬鹚，在它们自由自在生活时，它们是否也有一双忧郁的眼睛。但可以想象，没有成为鱼鹰的鸬鹚，它们应该是快乐的，它们的眼睛里一定会闪烁着灵性的光芒。

任何一种鸟，它们一旦离开群体，那种孤独，是无法言表的。很多年前，我养过两只黄鹂鸟，这种鸣叫声清脆优美的小鸟，在我的笼子里，失去了本性，喜欢蹦蹦跳跳的黄鹂，从此无精打采，一副恹恹的模样。而那嘹亮的歌喉，也瞬间喑哑，它们用沉默进行着无声的抗争。后来，我将它们放飞，这两只黄鹂，一路鸣叫，欢快地离去了。

没有比孤独更可怕了，但那种无助的忧郁，更让我们心寒。原本自由的鸟，面对着澄清的江水，面对着蓝天白云，却不能自由地翱翔，是多么的悲哀呀!

老家有座水库，叫鸭河水库，流经百余里，沿岸的乡亲，虽不靠打鱼为生，但耕作之余，也打打鱼，换些油盐酱醋钱。

常常在清晨或者黄昏，划子船就会出现在水库里。鱼鹰也同时出现在渔船上。船主人用一根细长的竹竿划水，鱼鹰就蹲在主人的肩膀上，或者是蹲在划子船的船沿上，等待主人的吆喝，只要主人一吆喝，鱼鹰就会箭一样的扎入水中。碧绿的河水，漾着微微的波纹。感觉中，河水是忧郁的，河边的林子是忧郁的，鱼鹰也是忧郁的。只有鱼鹰的主人，面带微笑，目光在河面上寻觅着，那是期待的目光。

鱼鹰很快从水里钻了出来，嘴里叼着一条活蹦乱跳的鱼，顺从地来到划子船上，主人取下鱼，从船舱里拿出一条小鱼，分给鱼鹰充饥。看到小鱼，鱼鹰们都不安分了，一个个扑到主人面前，争抢主人手中的小鱼。看着鱼鹰你争我抢的场面，主人美滋滋的，眼睛笑得眯成了一条缝。

最早抢到小鱼的鱼鹰，刚把小鱼吞到肚里，马上又扑到主人跟前，“嘎嘎”地叫着，向主人索要食物。看到主人没给食物的意思，鱼鹰们有的飞到主人的肩上，有的飞到船舷上，场面混乱而嘈杂。主人当然是不会给的，看到这种场面，主人收起笑容，脸唰地阴沉下来，对着鱼鹰打了个呼哨。听到主人的呼哨，鱼鹰们像听到了命令，瞬间鸦雀无声。

这样的场景，足以让人感到惊讶，但对于鱼鹰的主人来说，是再平常不过的事了。其实，也没有什么可以值得惊奇的，鱼鹰是经过驯化的鸟，听从主人的命令，是它们的天职。否则，鱼鹰就不是鱼鹰，而是自由飞翔的鸬鹚。

我那时并不是这样想的，我觉得，鱼鹰为什么不在水里吃饱后，再给主人捕鱼呢？后来才知道，鱼鹰下水前，主人用事先准备好的铁圈，套在鱼鹰脖子的下端，一旦鱼鹰想吞食捕获的鱼，就会被铁圈阻挡，鱼只能留在宽大的口腔里，却无法咽到肚内，只好把鱼乖乖地交到船上来。

其实，鱼鹰是个性情动物，经过长时间的驯化，变得乖巧顺从。就是主人不给它们套上铁圈，不是特别的饥饿，它们也不会偷食。说白了，鱼鹰早已被主人奴化。它们任劳任怨，严于律己，用忠诚，表白着自己的无私。

不是没有反抗，鱼鹰在饥饿时，在劳累过度时，在不情愿劳动时，一改过去的百依百顺，变得桀骜不驯。鱼鹰最为恼怒的是，主人把鱼从它的嘴里取出来时，看着一条条还在甩打着尾巴的鱼，脸上露出了贪婪的微笑。这个时候，鱼鹰很想得到主人的奖励，可主人只顾高兴，没有想起奖励鱼鹰。就在这时，鱼鹰趁主人没有防备，猛扑过去，用长长的喙，向主人的眼睛啄去。不过，这些雕虫小技，在狡猾的主人面前，似乎是徒劳的。鱼鹰很少得手。随之而来的是，鱼鹰老老实实地接受主人的惩罚。

用鱼鹰捕鱼，没有大的收获，鱼鹰只是一种简单的劳动工具。一般情况下，鱼鹰只能捕获一些小鱼，大多都在半斤左右，也有的鱼鹰捕获过斤把重的鱼，但很少。遇见大鱼，它们就会团结协作，往往需要三五只鱼鹰，才能对付一条大鱼，它们有的啄头，有的衔尾，把它连推带衔到船边，主人早就准备好了网兜，迅即用网兜捕捉。

但在那时，拥有几只鱼鹰，也是不小一笔财富。记得村子里有个姓任的老头，名字记不得了，人们都叫他三老头，大概六十多岁，无儿无女，独自一人生活。三老头喜欢喝酒，他喝酒的钱，都是卖鱼挣的。他当然不会捕鱼，他的鱼是鱼鹰帮他逮的。他买了五只鱼鹰，没事的时候，就去鸭河水库捕鱼。捕来的鱼自己从不吃，拿到集市去卖，卖完鱼后的第一件事，就是到代销点里打两斤散装白酒，再割两斤猪头肉，然后回家。

三老头从不干活，没事的时候，就喊三两个人在一块喝酒。酒喝完了，再去水库里捕鱼。他去捕鱼，从不用船，也没钱买船，他挣的钱都喝酒了，也有一部分用在女人身上，所以没有积蓄。他人很善良，人缘也好，除了不爱劳动，招惹寡妇外，没有什么毛病。

捕鱼时，他就坐在岸边，叼着烟袋，眯着眼睛，一口一口地吸烟，那样子很惬意。抽完烟，把烟锅用力在鞋帮上磕了磕，然后大声地吆喝起来："嗨嗨、嗨嗬嗬——"吆喝声在空旷的水面上此起彼伏，连绵不断，极有韵致。听到吆喝声，鱼鹰箭一般地从他的肩上飞起，一头扎进水里。

看到鱼鹰下水，他便继续吸烟，一锅烟吸完，鱼鹰就回来了，他把鱼一条一条地取出，轻轻地放在身边的鱼篓里。半天工夫，鱼篓就满了。他捕鱼与其他的人不一样，别人是有空就去捕鱼，只嫌捕的鱼少。可他是隔三岔五才去捕一次鱼，也就是说，没钱喝酒时，才去捕鱼。别人都笑他，说他是"两天打鱼，三天晒网"。他听了就笑，说："人不能太贪心，一下子把鱼捕完了，以后还去哪里捕鱼？"

七十多岁时，三老头生了一场病，医生说，不能再喝酒了，再喝，命都没有了。不喝酒，也就不用捕鱼了。老了，他就成了"五保户"，吃穿不用愁，有病有人管，还给些零花钱。不捕鱼，鱼鹰就派不上用场。有人想买他的鱼鹰，可他不卖。他说："这几只鱼鹰，跟我好多年，为我出了不少力，也该歇歇了。人，不是牲口，不能没良心。"那几只鱼鹰，他带到鸭河放生了。

像三老头这样的主人，恐怕没有几个。很多鱼鹰就没这么幸运，它们辛勤劳作，为主人获取了丰厚的财富，但下场十分凄惨，有的因病得不到救治而死，有的老了被主人廉价卖掉，还有的更悲惨，被主人炖汤吃了。它们的一生，由鸬鹚变成鱼鹰，由自由到被禁锢，命中注定，结局必然是充满了悲剧色彩。

鱼鹰捕鱼的时代，随着科技的发达，早已成为往事。大型渔网、拦河网、滚钩、炸药、化学药品，都用于捕鱼。划子船也早已变成了机动船，在宽阔的水面上，来去自如，现代化的捕鱼工具，让许多人成了暴发户。鱼鹰，已被时代淘汰，留在人们记忆里的，只是凝固的标本。

有些时候，我会想起鱼鹰，想起很多年前的划子船，想起放鹰捕鱼的渔人。他们划着小船，在辽阔的水面上，“嗨嗨、嗨嗬嗬——”地吆喝着，在吆喝声中，鱼鹰齐刷刷潜入水中，一会跃出水面，长长的嘴里，叼着一条银光闪闪的小鱼……那些场景，该是多么的诗情画意呀！

这似乎是一件可以遗憾的事，但我们没有理由遗憾。鱼鹰离开了渔人，离开了渔船，但鸬鹚回来了。从鸬鹚的眼睛里，你再也看不到那种忧郁的眼神。对于大自然来说，这比什么都重要。

第三辑　听见燕子的呢喃

听见燕子的呢喃

对于我，燕子不只是一只单纯的鸟。

我所有关于燕子的记忆，大都潜藏在我的意识里。我的眼睛所及之处，都是燕子的影子，剪刀似的尾巴，乌黑发亮的羽毛。我的耳朵所能听到的声音，都是燕子的呢喃。那种低低的声音，清脆而又响亮，在我的耳边回荡，像一首我喜欢的音乐。

这样的声音，在我没有降临人世的时候，在我很遥远的先祖的时代，飘然而至。他们听着这样的音乐，一代又一代，血脉相传。当我听到这美妙的声音时，先祖们对燕子的热爱，已在代代相传的血液里，留下深深的烙印。

其实，很早的时候，燕子就走进了《诗经》，带着“思为双飞燕，衔泥巢君屋”的韵律，走进唐诗的浪漫与感伤，走进宋词的婉约与豪放，融入我们的身体中，不可分割。

人与燕子的和睦，是与生俱来的。千百年来，人与燕子，房屋与鸟巢，是一个分不开的整体。从一个门里，出出进进，人语鸟声，在院子里飘荡。人与燕子的和平相处，创造出最佳的生存环境。这样的景观，在乡村，司空见惯。

杨树开花，柳树发芽，大地萌出嫩嫩的新绿。燕子在这个季节，从南方飞来，它们成双成对，在北方的乡村盘旋。因此人们说，燕子是春的使者。看到燕子的人们，打开了屋门，迎接燕子的到来。朴素的乡民，他们满腔热情，用无声的语言，召唤着燕子，希望它们落户在自己的家里。

在家乡，打开屋门，迎接燕子，这样的规格，在人与动物相处史上，似不多见。麻雀，没有这个待遇，它们一度成为被消灭的对象；喜鹊，在北方属于吉祥的鸟，但乡民也没有对它们有着特殊的照顾；黄鹂，美丽的鸟，人见人爱，可它们的命运并不乐观，人们时常把它们圈在笼子里观赏把玩；乌鸦，这是一种没人喜欢的鸟，它们的命运，常常是悲惨的，稍不留心，死亡就会降临。

我常想，人们对于燕子的热爱，大概是源于燕子的文化象征吧！燕子，已不再是燕子了，它的文化意义，已超出了它本身的价值。作为文化，它已在我们的血液中流淌，根深蒂固。

在北方，在我们的家乡，人们把燕子作为报春的使者。杨柳发芽时，它们成双成对，带着春天的气息，出入在人们的房间屋檐下。因此，被我们的先辈所青睐，在许许多多的古诗词里，寓意春天，寄托相思，表达爱情，意象之盛，非其他物类所能及。

在我的老家，乡亲们对燕子呵护，更多源自燕子对爱情的忠贞。这种鸟儿，一旦相爱，忠贞不渝。在乡亲们的眼里，燕子是一夫一妻制的忠实践行者，不论雄鸟雌鸟，不会见异思迁，背叛爱情。

与爱情有关的传说，也发生在燕子身上，说的是“燕子传书”，几乎妇孺皆知。聪明的燕子，不仅忠于爱情，还可以为人传递情书。这样的说法，随处可以听到。燕子是否能为人们传递情书，我不知道，也没有科学依据，或许只是人们的美好愿望罢了。

我在写燕子时，查阅了一些资料。突然就看到了这样的一个故事，关于燕子传递情书的故事。据说，唐代郭绍兰于燕足系诗传给其夫任宗。任宗离家行贾湖中，数年不归，绍兰作诗系于燕足。时任宗在荆州，燕忽泊其肩，见足系书，解视之，乃妻所寄，感泣而归。其《寄夫》诗云："我婿去重湖，临窗泣血书，殷勤凭燕翼，寄与薄情夫。"燕子传书，终使郭绍兰与丈夫破镜重圆，夫妻相会。家乡所说的"燕子传书"，大概就是出于此吧！

有些时候，看到天空的鸟儿，我会想起老家的燕子，很多年前那对筑巢在我们家屋顶的燕子。那是1985年的春天，一对燕子，飞到我家，在我家的屋顶上筑巢。母亲很高兴，说："燕子在咱们家垒窝，谁也不许打扰它们，更不能伤害它们。"

在我们家乡，有这样一个说法：燕子是一种很挑剔的鸟，选择筑巢的农家，室内必须干净敞亮，人勤劳善良，只有这样，燕子才会选择在这户农家筑巢。因此，家乡的很多农家，对燕子来不来家中筑巢，十分在意。

母亲高兴，可我哥并不怎么高兴，筑巢的燕子，在家中飞进飞出，不时地掉下一些泥巴、柴草，影响屋内的卫生。尤其是小燕子出生后，大燕子叫，小燕子闹，"啾啾"得我哥心烦。我哥说："干脆把它的窝捣掉算了，省得心烦。"

我那时二十来岁，喜欢鸟，听着燕子的叫声，心里莫名的兴奋。对哥哥想捣掉燕子窝的想法，十分的不赞成。我哥说："烦死了，吵得我睡都睡不成。"我对我哥说："燕子的叫声很好听的，你睡不着觉时，什么也不要想，就听燕子的叫声，听着听着就睡着了。"

一段时间后，我哥对我说："你说的方法真灵验，我听着听着，真的就睡着了。"其实不是我说的方法灵验，而是适应。我哥就是在燕子的叫声中，慢慢地习惯了听着鸟声入眠。入冬的时候，燕子走了，很长一段时间，我哥又睡不着觉了。没有了燕子的叫声，觉睡得总是不踏实。我和我哥一样，在燕子离去的日子里，常常失眠。

燕子的鸣叫，是美妙的。听着它们的鸣叫，你不能不联想到恋人之间的呢喃，你不能不联想到庄稼对土地的呢喃，花朵对绿叶的呢喃，你也不能不联想到细雨对春风的呢喃。

那对燕子，在我们家居住了三年，受到了我们家人的呵护。其实，在我们家乡，热爱燕子的农户，比比皆是。

我曾经看过一部电影纪录片，名字叫《巢》。主人公叫王燕，是个怀孕几个月的准母亲。一日，一对燕子把巢垒到了王家电线上，一场连阴雨导致燕窝所在处的电线短路。为了不惊动燕子，连续几个月来，王家忍着酷暑，挨着黑夜，硬是没去维修坏了的电路。幼燕出生了，王家也添了个小宝贝，一家人朴实的心肠和儿媳王燕的母性情怀，为燕子一家创造了和谐的生存空间和生活环境，人与燕两“家”和睦相处，其情浓浓，其乐融融。幼燕长大了，飞走了，王家不得不与燕子一家依依惜别……

《巢》里的故事，就发生在我的家乡崔庄乡黄楝树村。那对燕子，在今年的春天，又来到了王燕家，在王燕的家里，飞来飞去，辛勤地繁衍着后代。而拍《巢》的那个导演，也飞来飞去，从北京飞到家乡，又从家乡飞到北京，继续着《巢》的续集的拍摄。

拍《巢》的导演，叫乔乔，是崔庄乡人，北京电影学院电影学系2006级专升本毕业生。此片在广东举办的第二届国际环保纪录片周暨第五届中国纪录片国际选片会评选中，从来自中、英、法、德、日、美等三十多个国家和地区的一千五百多部影片中脱颖而出，一举夺得金奖。

乔乔热爱燕子，于是，他离开了物质与生活条件很好的北京，回到生活条件相对贫乏的家乡，冒着酷暑，为一对燕子和一户热爱燕子的农民做忠实的记录。

那个叫王燕的新婚媳妇，她没有什么文化，也搞不清什么是环保，但她是善良的，一种母性的善良。为了保护一个燕子窝，在漫长的春夏，忍受着没有电带来的生活不便，不开空调冰箱，不用电灯洗衣机，为燕子创造了最佳的生存空间。

乔乔让我感动，他用自己的执着，以一个农民儿子博大的情怀，默默地为环保事业奉献。王燕也让我感动，她只是一个普通的农村媳妇，她用自己的善良，以母性的光芒，折射出家乡农民的伟大。

我突然就想起了儿时的那首儿歌："小燕子，穿花衣 / 年年春天来这里 / 我问燕子你为啥来 / 燕子说，这里的春天最美丽 / 小燕子，告诉你 / 今年这里更美丽……"

是的，家乡是美丽的。因为有了乔乔，有了王燕，有了纯朴善良的父老乡亲。正是有了他们，家乡的山青了，水绿了，天蓝了。在我的家乡，许许多多的农民，他们和王燕一样，热爱燕子。他们对燕子的爱，一如对儿女之爱。他们的爱，来自他们的纯朴。虽然他们的脚步很少走出大山，可他们的胸怀早已穿越了大山。这就是我的家乡，我的父老乡亲。

伟大，大都来自平凡。

很多时候，我在想，家乡人热爱燕子，就像热爱土地上的庄稼一样。那些庄稼养育着他们，早已在他们的血液中流淌，而那汩汩的声音，多么像是燕子轻轻的呢喃。

这一刻，我听到来自内心深处的声音，像水的流淌，也像鸟的"啾啾"。

我听不懂鸟语，我不知道它要表达什么。但我知道，那是燕子的声音。它们是不是在告诉我，鸟声响起的地方，是我们共同的家园。

喑哑的黄鹂鸟

记得很多年前，这种叫黄鹂的鸟有很多，成群结队，落到树上，压得树枝直晃悠。村里的孩子，看黄鹂鸟，就像看风景。他们的眼中，流露着渴盼。那种渴盼我知道，是对美的向往。

村里的人，是不打这种鸟的。它们太美丽了，美丽得人们不忍下手。但很多人希望弄一只养养，可很多人都没有养，不是不想养，是养不活。黄鹂鸟是一种烈性的鸟，也是很重情谊的鸟，如果一只被抓，被抓的鸟就拒绝进食，为情而亡，因此黄鹂鸟又叫情侣鸟。当然，这些没人知道，养鸟的人只知道，黄鹂鸟不好养，死的多活的少。

我那时也有弄一只黄鹂养养的想法。我也确实逮了一只黄鹂，可没养两天，那只黄鹂就耷拉着头，不吃食也不饮水，很快就死掉了。那只黄鹂鸟死前，身上的羽毛落了很多，可能是为了飞出笼子，在鸟笼里扑棱时撞落的。

那只黄鹂鸟的死，让我伤心，有很多天，我都闷闷不乐。在养黄鹂鸟之前，我也养过很多鸟，像角角鸟、麻雀、斑鸠等，虽说我也养死过鸟，但没有一只鸟会让我如此伤心。毕竟，那些鸟是很容易抓到的。再说，也没有哪只鸟比黄鹂鸟更美丽。我的伤心，源自黄鹂鸟的美丽。

生活在乡村的人都知道，黄鹂鸟是一种很难捉的鸟。这些小精灵，它们很少落到地上，不像麻雀那样，撒一把粮食，支一张网，就可以抓到好几只。黄鹂鸟一般不在地上行走，它们大都落在高高的树枝上。看黄鹂鸟的人，都要仰着头，才能欣赏到这种美丽的鸟。

也许，黄鹂鸟天生就是一种高贵的鸟，它们的高贵，不在于美丽的羽毛，而在于它们超然物外的本性。面对诱惑，它们不为所动，这是很多鸟所做不到的。我曾多次在落满黄鹂鸟的树下，撒了一些米粒，我希望树上的黄鹂鸟飞下来，吃我撒下的米粒。可它们就像没看见一样，没有一只鸟儿飞下来，这让我想捕获一只黄鹂鸟的愿望屡屡落空。

后来我走上社会，看到很多经不住诱惑的人，因为贪婪，落入法网，走上了不归路。我就想，都说人是高级动物，可人的智商，怎么就不如一只鸟呢?

我的那只黄鹂鸟死后，再养一只黄鹂鸟的愿望，时时占据着我的心，可一直未能实现。不久，我就升入高中，离家住进了学校。高中毕业后的当年，我应征入伍，离开了家乡。

我当兵的地方，是在云南保山。云南，有“彩云之南”一说，这里生态环境优美，四百多种绚丽多彩的鸟类，生活在这里，把云南装扮成一个“鸟的王国”。

我当兵所在的军营，后面就是居民区，出了军营，就是老百姓的家。在这里，我认识了一个喜欢养鸟的刘姓退休干部。他的家里，养有黄鹂、鹦鹉、八哥等鸟，进到他家的院子，到处都是“叽叽喳喳”的鸟声，像一个小小的鸟的家园。

因为喜欢鸟，去的次数多了，我与刘老先生就熟了。他告诉我，鸟是不好养的，养鸟要有爱心，你爱它们，它们才会喜欢你。说起养黄鹂鸟，他说，最不好养的就是黄鹂鸟，这种鸟性子烈，不容易养活。养黄鹂鸟，必须是养一对，一雌一雄，这样，才容易养活。再就是，刚捕获的野生黄鹂，常会因胆怯而拒食，营养得不到补充、渐渐体力衰竭死亡。对刚捕获的黄鹂鸟要进行人工填喂。填喂时要注意，不要掰伤鸟嘴，应放到鸟口腔内后任其吞食，不要硬塞进食道，以免造成损伤。

刘老先生还告诉我，养鸟的最大乐趣，就是听鸟的鸣叫，鸟的叫声，是最美的音乐。野生的黄鹂鸟叫声婉转悠扬，悦耳动听。可家养的黄鹂，一般很少鸣叫。不是它们不想叫，是它们不会叫。所以，养黄鹂鸟，首先是培养黄鹂学会鸣叫。过去，刚养的黄鹂鸟，主人都会带到茶馆，那儿有许多的黄鹂鸟。新的鸟儿，在茶馆听到同类此起彼落的鸟鸣声，便会不甘示弱，引吭高歌。这是养鸟人训练黄鹂鸟的诀窍。不过，我的办法是，把黄鹂鸟带到大山里，跟着野生的黄鹂学，以此刺激黄鹂鸟竞争的天性，来训练黄鹂鸟展露优美的歌声。

三年的部队生活，很快就结束了。我从农村去，又回到了农村。军装一脱，又是个农民。好在是，那时候农村实行了土地承包，除了春种秋收，大多的时间都闲在家里。没事干时，就觉得无聊。养鸟，成了我的业余爱好。

我先是养了一对斑鸠。那对斑鸠，给我寂寞的农村生活，增添了一些亮色。本来是想养黄鹂的，可黄鹂鸟不好逮，愿望就没能实现。这中间也捉到过一只黄鹂鸟，可我记起在云南时刘老先生的话，就把那只黄鹂鸟放生了。

大概是 1985 年吧，也就是养那对斑鸠的一年后，在朋友的帮助下，捉到了一对黄鹂鸟。那对黄鹂鸟的外貌十分漂亮、华丽。它体形小巧玲珑，羽毛色泽鲜艳呈亮黄色，只有翅膀和尾巴呈黑色，好似镶嵌了一条黑边。眼血红，嘴粉红，腿脚铅蓝。灿烂奇丽、引人注目的外表，让我爱不释手。

刚捉回来时，两只黄鹂鸟果真如刘老先生说的那样，不吃食。我逮了很多蚂蚱，放到它们嘴边，它们连看一眼的兴趣都没有。没办法只好给它们填食，填喂了几天，它们似乎适应了新的环境，抵触情绪慢慢地消失了，开始自己吃食。两只黄鹂的食量很大，每天要吃很多蚂蚱，把我忙得整天在坡上转悠，为它们逮蚂蚱。

当时，村里有一家人养黄粉虫，但销路不好，养的黄粉虫卖不出去。不想逮蚂蚱时，我就用黄粉虫喂养，两只黄鹂鸟被我养得膘肥体壮。

黄鹂鸟是养得很壮实，但就是不叫唤，任凭你怎么挑逗，它们就是不叫。吃饱了，两只鸟扑扑棱棱地在笼子里蹦来跳去，玩累了，蜷缩在鸟笼里打瞌睡。

于是，训练鸟叫，成了我每天必修的功课。每天早晨，吃罢早饭，只要没有特殊的事情，我就拎着鸟笼，来到山坡上，把鸟笼挂在松树上。那时候不像现在，很难见到黄鹂鸟。鸟笼挂在山坡上，不一会儿就有黄鹂鸟飞来，落在鸟笼附近的树枝上，飞来的黄鹂鸟一叫，鸟笼里的黄鹂鸟就上蹿下跳跟着叫。很快，山坡上就弥漫着黄鹂的叫声，悦耳动听。

看着黄鹂鸟的美妙姿态，听着它们动人的歌咏，我觉得风在歌唱，树在舞动。不能不让人感慨“千里莺啼绿映红”的美妙意境。

奇怪的是，那两只黄鹂鸟在山坡上叫得欢快愉悦，可回到家里，就哑巴似的，一声不吭。偶尔叫几声，也是“嘎——嘎——嘎”的单音调，听着有点喑哑。再把它们放到山坡上，那叫声就不一样了，“滴溜溜、滴溜溜”，婉转的啼鸣，如行云流水一般。

入冬时，我已养它们将近八个月了。可两只黄鹂鸟的状况没有一点改变，身上的羽毛蓬松，长时间睡眼惺忪地蹲在笼桥上，蔫蔫的，打不起精神。更不说让它们叫一声，就是那偶尔的“嘎——嘎”声，也没有了。我逗它们，它们连头都不抬，与我，形同陌路。

对于爱情，有人说：“爱他，就让他自由。”对于鸟儿，又何尝不是如此。鸟和人，喜欢自由自在的生活，它们与人一样，懂得自由是生活的最高境界，圈在笼子里，哪怕是锦衣玉食，也会感到食不知味。它们的天性，是展翅蓝天。生活在人的世界里，它们最终不能成为鸟，只是人们的玩物。

对这两只鸟，我从心里，感到由衷的敬佩！

那一刻，我做出了一个决定，放飞它们，还它们一个自由，让它们成为真正的鸟。

在一个晴朗的冬日，我提着鸟笼来到家乡的山坡上，在一片葱郁的松林里，我打开鸟笼。两只鸟怯生生地看着我，小心地跳出鸟笼，扑扇了一下翅膀，左右看看，似乎是看出了我的用意，又扑扇了一下翅膀，飞到我面前的树枝上，“滴溜溜、滴溜溜”欢快地叫着，箭一般飞向蓝天。在天空上盘旋了一阵，又落到树枝上，对着我，又是一阵鸣叫。然后，它们跳跃着，消失在茂密的树林里。

两天后的一个早晨，我刚起床，忽然听到一阵接一阵的鸟叫声，美妙动听，如闻仙乐。我走到院子里，看到院里的椿树上，两只黄鹂鸟，不停地叫着。我一眼就看出，那是我的黄鹂鸟，这两只可爱的小精灵啊！

原来，鸟也知道感恩！就在那一瞬间，我的眼角，有点潮湿。

远去的雁阵

乡间的春天，天很蓝，往往在这样的天气，蓝天白云间，有鸟飞来。它们排着长长的列队，有时候是“八”字形的，有时候是“一”字形的，整整齐齐，从人们的头顶缓缓飞过。看到这样的鸟，人们就会说：“大雁来了。”

这就是雁阵。很多年前，在家乡的春天，时常可以看到。现在看不到了，也可能是远离了乡村，也可能是为了生计，整日忙碌，没有留意。在城市的天空上，我没有看到雁阵。

这让我不能不想起老家，想起乡村的那些日子。

在乡村的时候，文化生活匮乏，没什么可看，书是买不起的，就是几分钱的小人书，也买不起。大多的时间，是在玩泥巴、捉迷藏，或者是去河里摸鱼捉虾。我那时候很无聊，一个人时，就看天，傻傻地看半天，看天上的白云，一会变幻成一只鸡，一会变幻成一头猪，有的云彩像飞机，有的云彩像帆船，看累了，就无精打采地回家。

那时候鸟多，最多的是麻雀，看多了，从眼前飞过，就像没看见似的。如果是喜鹊，我们就会停下来，看一阵。最喜欢春天，春天鸟多，每天都有看不完的鸟。尤其是雁阵，也是我们最喜欢看的。看见大雁，会仰着脸看半天，看大雁变换着队形，从我们的头顶飞过，飞到只剩下一排小小的黑点，我们还仰着脸傻看。

我儿子现在也看鸟，他看鸟是看稀奇。他现在什么都不缺，玩什么都有，整天像一只快乐的小鸟。看得多了，什么都知道。比如鸟，许多鸟他都没见过，但只要看到了，他都能认出来，很快就说出鸟的名字。这得感谢电视，感谢中央电视台的《人与自然》《动物世界》，让我儿子小小的年纪，认识了许许多多的动物。

我儿子看鸟与我看鸟有着很大的不同。他看鸟，除了看稀奇外，还在有意无意地学习一些在课本上学不到的知识。我那时看鸟，纯粹就是为了娱乐，消遣与外界隔绝的孤独和寂寞。我现在常想，我之所以喜欢鸟，就是因为我的童年、少年时代，那些鸟们，给我寂寞孤独的生活带来了快乐！

我对大雁，并不陌生，但都是远距离观看，很少见其真面目。这种鸟很少落下来，一如匆匆过客，从头顶一掠而过，很难看到它们的面目。我后来才知道，大雁是鸭科动物，它们喜欢河流、湖泊或沼泽地，那里有丰富的水生植物，还有鱼虾供它们觅食。因此，大雁很少在山野、村庄逗留。

能不能近距离地观看大雁，对少时的我，并不重要。能经常看到壮观的雁阵，就是莫大的快乐。可这样的要求，往往不能满足。能看到雁阵，也只有在春秋的季节，那是一段很短的时光，这让我多少有点失望。

看不到雁阵的时候，我会天真地问母亲："大雁为啥要飞走呢？"母亲告诉我："咱这里天气冷，到了冬天，也就没了食物。南方不一样，天气暖和，食物丰富，大雁飞回南方，是为了不被冻死、饿死。"

就同样的问题，我又问母亲，南方那么好，大雁为啥又要回来呢？母亲说："北方是大雁的故乡，是老家，到了春天，天气暖和了，就回家了。”这是母亲给我的唯一的回答。我那时就觉得，母亲虽然没有文化，但知道的很多，我对母亲，始终怀着一种崇敬。

母亲告诉我的，都是从生活中学来的知识。其实大雁北归，是一种迁徙习惯。大约在几十万年前，地球上有过冰河时期，天气异常寒冷，北半球一些地区到处都覆盖着冰块，当时几乎所有的昆虫和植物都被冻死。大雁等一些候鸟，只好离开故乡，到温暖的南方寻找生路。到了春天，北方的天气转暖，大雁就回来了。也有人说，大雁是一种感情丰富的鸟，它们有着很强的故乡观念，天气暖和时，它们留恋故乡，就不辞劳苦，回到故乡。久而久之，就形成了南来北往的迁徙习惯。

大雁搬家除了气候的原因外，更多的是为了繁殖后代。春天，阳光温暖，温度适宜，大雁的体内就会分泌出一种刺激素，刺激它身体产生生殖的需要。北方不仅是它们的故乡，而且地广人稀，天敌较少，日照时间延长，树木生长旺盛，昆虫又多，有利于它们寻找食物养育雏雁，安全地繁育后代。而这些知识，是我后来从书本里学来的。

在我的家乡，乡亲们对大雁十分尊重，从不伤害大雁。老年人教育孩子们时总说：“大雁是益鸟，既不能伤害大雁，也不能吃大雁肉，吃了，会得烂眼病的。”其实，吃大雁肉，并不会得烂眼病。家乡人之所以这样说，主要是为了吓唬孩子们。在我们乡村，有些鸟是不能吃的，比如喜鹊、燕子、大雁等，这些鸟都是村里人公认的吉祥鸟。这样的说法，说的时间长了，也就成了习俗。

村里有个老教师叫赵传孝，一肚子的学问，人们对他很尊重。不管大人小孩，从不叫他的名字，都称他“赵先生”。赵先生说：“大雁具有‘五常’之德：群起群飞，携幼助孤，仁也；失偶而寡，至死不配，义也；依序而飞，不越其位，礼也；衔芦过关，以避鹰隼，智也；秋南春北，不失其时，信也。”赵先生说：“比如两只大雁，它们是夫妻，一只受伤了，另一只就留下来照顾受伤的那只大雁，如果一只大雁死了，另一只大雁终生不再寻找配偶。因此，也有人认为大雁是‘贞洁鸟’。”

听了赵先生的话，以后的很长一段时间，自然不自然地，我就会想起那大雁，想起它们的忠贞。大雁生死相依、忠贞不贰的情感，让我明白了爱情的伟大。尽管那时我还没有结婚，对于爱情还是朦朦胧胧的，但大雁美好的爱情传奇，深深地感动着我。

我后来读李清照《一剪梅》:“云中谁寄锦书来，雁字回时，月满西楼……”这样的诗句，有一丝伤感袭上心胸。由此我想到大雁，与其在思念、伤感中孤独一生，还不如生同衿死同穴，了却一生相思之苦。

后来再看雁阵时，雁阵的气势之恢宏，队列整齐之美妙，雁鸣歌喉之清亮，我并不在意。我在观看雁阵时，总喜欢数数大雁是单是双。如果是双的，我就会长出一口气，心情顿时释然。如果是单的，就会有一种莫名的伤感。

再后来我离开乡村，远离了大雁，走进了城市。城市的天空灰蒙蒙的，到处都是喧闹的机器声，嘈杂的人声，不要说雁阵，就是看一只鸟，也是奢侈的。

其实，不仅仅是城市，就是乡村，也很少看到雁阵。在我的家乡，河水经常断流，堰塘水库渐渐干涸，鱼虾螺蚌日益减少。越来越多的是混浊的污水，还有残余的农药。大雁的故乡，到处都是陷阱，稍不小心，就会命丧黄泉。

在家乡，不吃益鸟的习俗早已被打破，现在很多人不仅吃鸟，还捕鸟。我回到乡下的老家，还有人请我喝大雁汤，吃斑鸠。他们对这些所谓的美味，赞不绝口。

究竟是谁颠覆了淳朴的民风，我不知道。但我知道，一个被物化了的社会，所有的感恩，所有的良知，所有的尊重，一如秋天的落叶，纷纷坠地，零落成泥。

也许我的担忧是多余的。但有一点真的成了现实，那就是，曾经壮观美丽的雁阵，已经成为遥远的记忆。

栖息在乡村民俗里的鸟

山老鸹

在乡下的冬天，在风萧萧的日子，总会看到一些黑白相间的鸟，在北方寒冷的日子里，它们蹲在树上，寒风里单调的身影，瑟瑟发抖。它们是寂寞的，寂寞得有点伤感，让人不免生出几分怜悯。

这是北方山区，在寒冷的冬季，很少出现的鸟。每年的冬天，大部分的候鸟迁徙到南方越冬，只有一少部分留鸟，留守在北方，在寒冷的冬天坚守着自己的家园。

鸟叫寒鸦，是家乡为数不多的留鸟。

山老鸹是乌鸦的一个种类，叫寒鸦。乡村的人不知道，认为是个头小一点的乌鸦。可能是便于区别，把乌鸦叫老鸹，把寒鸦叫山老鸹。

山老鸹与乌鸦相比，相貌还不算丑陋。它的形状如鸽子般大小，翅膀与尾巴黑色，颈部及腹部灰白色，翅尖与尾巴松散，看上去没有鸽子精神利落，但就相貌而言，比乌鸦好看。

老鸹这个词，在乡村使用的频率较高，植物有老鸹眼，属于灌木，花黄绿色，果实红色，好看但有毒，不可食。还有老鸹爪，一种草木，根去皮脆甜，乡村的孩子常在山坡上挖来食用。昆虫有老鸹虫，是一种甲壳虫，不知其学名。有的村庄名也用老鸹，像老鸹窝村，老鸹洼。人也有叫老鸹的，我们村就有，张老鸹，当然是绰号。

乡村有农谚："腊七腊八，冻死寒鸦。"说的是进入腊月，天寒地冻，连寒鸦都能冻死。每年入冬，食物短缺，成群结队的山老鸹，在田野、村庄觅食。冬季的雪天，三五只山老鸹冻死雪地，并不罕见。

山老鸹的叫声单调，群聚在一起的山老鸹，"呀——呀"的声音，吵得人心烦，不受乡村人待见。看到成群的山老鸹，人们就用石块投掷，将其轰走。在乡村，那些说话粗喉咙大嗓门的人，往往被人们称为"老鸹"。

秋天，是山老鸹最美好的季节，粮食成熟了，果树上挂满了果实，成群的山老鸹，在田野里肆意地觅食。山野里，到处都是它们的盛宴。最美不过柿子，经霜的柿子，红艳艳地挂在柿树上，任凭它们啄食。

在我的老家，柿子红时，你随时可以看到，三五只山老鸹在柿子树上啄食。有时候，突然间飞来一群黑色的鸟，"哗啦啦"飞落到柿树上争相抢食，只在一瞬间，红艳艳的柿子上，啄满了一个个小洞。吃饱后的山老鸹，"嗖"地飞走一两只，然后是三五只，最后"哗"的一声，飞向天空，箭一般射向远方。

农人在这个季节，无暇顾及它们，他们大部分时间在田地里，刚刚收获过的土地，需要耕种，有的晚秋作物还要收获。几棵柿子树，对于农人来说，就如撒落在地上的几粒芝麻。也有的人家，年老的人不用下地干活，没事的时候，搬个凳子，坐在柿树下，看到鸟来了，"嗷嗷嗷"叫几声，驱赶这些不劳而获者。

大多的时间，山老鸹是悠闲的，它们有的在水中游玩，有的在田野里嬉闹，十分惬意。潮州筝曲《寒鸦戏水》，演绎的就是寒鸦在水中悠闲自得、互相追逐嬉戏的情景。曲调旋律别致幽雅，韵味独特，明快跌宕，表达了寒鸦在大自然里自在悠然的生活情趣。

说寒鸦是悠闲的，这是真的。我在乡下时，总能看到它们在树林里散步的身影。没有人惊动，它们的步子是那么的散漫，慢腾腾地迈着八字步，一晃一晃的样子，看着让人羡慕。有些时候，你还能看到两只鸟争抢食物，你啄一下，我啄一下，一只嘴里叼着一只昆虫，另一只上前从对方的嘴里抢了过来。你争我抢，看着很好笑。

乡村对于寒鸦来说，是安全的。也只有在乡村，寒鸦才能感到少有的安全感。这些，你可以从它们无忧无虑的散漫状态里看出来。

在乡村，贫困年代，生活极为艰辛，能吃上一顿肉，是一种奢望。那些年，山老鸹成群，到处都是它们飞翔的身影。可很少有人捕捉山老鸹，人们说："老鸹肉，糊糊的。"意思是说，山老鸹的肉，不好吃。其实，吃过山老鸹肉的人都说："谁说老鸹肉不好吃？味道很鲜美啊！"

山老鸹，在鸟类中是幸运的。我在乡村时，没有看到有人猎杀山老鸹，不是人们有多高的境界，乡村的人认为，山老鸹沾不得碰不得，是不祥之物。也许就是这迷信的说法，山老鸹才得以幸存至今。如今，我们家乡，山老鸹虽然没有着庞大的族群，但依然能看到它们的踪影。

乡村的人，迷信。他们也知道，山老鸹好吃。还有的人，不但知道好吃，还用山老鸹治病。身体瘦弱、虚劳咳嗽的人，用山老鸹炖汤，是一种效果不错的食疗方法。但他们总觉得吃山老鸹晦气，害怕吃了山老鸹，惹祸招灾。

没有人类的肆意捕杀，在自由的环境里，山老鸹的种群日益壮大，数百只、上千只的山老鸹，随处可见。那时候，晴日里的天空，突然出现一片黑压压的云，那肯定就是山老鸹。它们成群落在田野里，一只挤着一只，说不出的壮观。随手扔出一块石头，就可能砸死三两只山老鸹。

我在乡下时，曾经看到过这样的景观，数千只的山老鸹，突然从天空的远处飞来，一阵呼呼的声响，穿过你的耳膜，你惊诧地抬起头，发现天空中飘来一片乌云。当你还没弄明白是什么东西时，那黑色的云，像箭一般直射下来，田野里，又是一片黑压压的鸟。这时人们会大声地说：看看，那么多的山老鸹啊！

现在的乡村，再也看不到如云的山老鸹，偶尔看到三五只，它们蹲在树上，十分孤独。曾经庞大的种群，它们去了哪里？没人知道。

这不奇怪，山还是那座山，树没有了；河还是那条河，清澈的水没有了；天空还是那天空，蓝天白云飘走了。岁月匆匆，留下的只有对往昔的怀念。

驴屎蛋

走在山野里，总有一种声音传来，“啾啾——啾啾——啾啾啾……”声音脆响，撞击着耳膜。在春天的山野里，一阵鸣叫声后，那些开着小花的草丛里，突然间，跳出几只鸟来。人们停下脚步，哎，这不是驴屎蛋吗？

这是一种很有个性的鸟。长得有个性，娇小玲珑，羽毛紧贴着身体，光溜溜的，给人一种视觉上的愉悦。生活也很有个性，喜欢寂静的山野，在花花草草间漫步，那种悠闲，让人羡慕。就是飞翔，也独具特色，如果没人惊扰，它们会在一片草地上飞来飞去，每次飞起落下，大都在三两秒时间，飞翔时紧贴着地面，三五米的高度。它们的生活，自由散漫、随心所欲。

我在老家时，经常看到它们悠闲的状态。它们高兴时，会相互追逐，三五只鸟飞来飞去，你啄我一下，我啄你一下，很快活的样子。玩累了，落下来，在草地上，有的静静地站立，有的慢腾腾寻觅着什么。

驴屎蛋，鸟的一种，个头很小，属于山雀。用这样污秽而粗俗的字眼形容一种鸟，确实不雅。乡村就是这样，很多习俗，无法改变。

乡村人，对叫不上来名字的物种，喜欢根据形状，为其命名。我在乡下，也不知这种鸟叫什么名字。村人说是驴屎蛋，我就跟着喊驴屎蛋。

驴屎蛋像麻雀，形体像，颜色像，叫声像，嘴巴蹄爪也像。除了个头稍小些，几乎就是麻雀的翻版。我小时候一直认为它是麻雀，可村里人说，那不是麻雀，是驴屎蛋。我后来就跟着叫这种鸟为驴屎蛋，再看看，那个头，也真就驴屎蛋般大小。

我现在认为它是山雀，是有根据的。驴屎蛋很少出现在村庄，不像麻雀，在农家的房前屋后，飞来飞去，啾啾地叫个不停。它们主要活动在山坡上，树林里，喜欢在山坡上一蹦一跳，自由自在地找虫子，寻草籽吃。驴屎蛋胆子小，怕人，看见人，翅膀一扑扇，就飞到树枝上，对着人，“啾啾——啾啾”叫两声。人走后，再飞下树枝，继续寻找虫子、草籽充饥。

它们的窝，我很少看到，有的筑在树洞里，也有的筑在山崖上，还有的筑在大树上，很隐蔽。鸟蛋比麻雀蛋小一点点，灰色的蛋壳上，布满白色、酱色的斑点。幼鸟我没看到过，听村子里的小伙伴们说，一窝三五只，麻雀一般无二样。

驴屎蛋叫声清脆，“啾啾——啾啾——啾啾啾”，有些时候叫声会有些变化，“叽溜——叽溜——叽溜溜”，不管怎么叫，声音是一样的清脆悦耳。春天，走在山坡上，满耳都是鸟叫声，叫得人心花怒放。当然，春天山坡上的鸟叫声，不都是驴屎蛋的叫声，还有很多其他种类的山雀也在叫，纯粹是百鸟大合唱，那场景，绝对壮观，独一无二。我敢说，现在的年轻人，是听不到的，没遇上那个时代。

少年时，我喜欢养鸟，试图捉两只养养，没如愿。驴屎蛋是比较精明的鸟，应该说，比麻雀精明。它们的窝很难找到，就是找到，不是在大树上，就是在山崖上，让人望而生畏。不像麻雀，抓两只幼鸟，唾手可得。成年的驴屎蛋，更不好捉，在网下撒一把稻谷，驴屎蛋看看，就一蹦一跳地走了，就是不去吃网下的稻谷。很多时候，没抓着驴屎蛋，但抓着了吃嘴的麻雀。没抓到这种鸟，心里总是不甘。我那时是养鸟高手，家乡的很多鸟，我都养过，只有驴屎蛋没养过。以至于以后好多年，心里还有少许的遗憾。

现在想来，少年时代养鸟，纯粹是好奇。养鸟既不是为了卖钱，也不是为了观赏。就是为了在小朋友们面前炫耀。养的鸟，有的生病死了，有的养烦了，顺手放飞，或者是送人，就是送给喜欢养鸟的小朋友。被养的鸟，它们的命运，最终是死在鸟笼里。如今想来，养鸟，也是残酷的。

近几年，我很少回老家，我的家在城市，那里有我的妻儿，我们就是出巢的鸟，那个巢，对于我们，已没有了吸引力。偶尔，我会回到老家，那里有我年迈的母亲。每次回去，都是匆匆忙忙，陪母亲吃顿饭，说说话，然后又匆匆离去。我甚至没时间到山坡上走走，看看山坡上的树，还有树林子里的鸟。好像山上已没有了树，山都是光秃秃的山，少年记忆里的事物，消失殆尽。

我的生活，就是从一个城市走到另一个城市，这样来回地奔波。我曾经生活的地方，那个乡村，那个家，还有土地山坡，以及山坡上的树，树上的鸟，都留在了遥远的记忆里，甚至消失，一片空白。老家于我，只有亲情的牵绊。

现在老家还有驴屎蛋吧！不过，很难看到，在山上转半天，怕是也看不到几只。

缠缠丝

草长莺飞的五月，在家乡的山坡上，时常看到一对对的鸟，在蓝天上飞翔。有的鸟飞翔，不喜欢鸣叫，悄无声息。有的鸟刚飞起来，就洒下一串行云流水般的鸣叫。百灵鸟是这样，云雀也是这样，还有一种鸟也是这样，它的名字叫缠缠丝。

很好看的一种山雀，背部羽毛青灰，翅膀上边缘有白色斑点，腹部淡黄色，大概是青背山雀吧！身上的羽毛光滑，紧抿在背上，给人一种娇俏玲珑、干净利索的感觉。

乡村人喜欢这种鸟，好看，看着顺眼。其实乡村人更喜欢的是它的叫声，优美动听。听它们的叫声，人就有一种想飞的冲动。“滴溜——滴溜——滴溜溜，滴溜——滴溜——滴溜溜溜……”一串串的鸣叫，像百灵，叫得人心醉。

乡人走在山坡上，听到“滴溜溜”的叫声，自然而然地会停下脚步，侧耳倾听。孩子们就会欢呼雀跃，老远就跑过来说：听，是缠缠丝，叫得多好听呀！

这样的叫声，确实好听，我小时，就喜欢站在山坡上，听鸟叫。不是我多么与众不同，也不是我多么雅致，是因为寂寞，乡村那种特有的寂寞。我能在众多山雀的叫声中，分辨出缠缠丝的鸣叫。

我不知道，家乡人为什么叫它缠缠丝，但我觉得，名字还算有点雅致，很好听的，我喜欢。我后来知道，这样的名字，源于它的巢。它们的巢，筑在小树的半腰上，也有的筑在灌木丛的枝丫间。它们的巢很精致，外面是草，里面是草根一圈一圈缠绕上去，那些草根，大都是金黄色的，窝底部的草根呈交叉状，像网格，看上去很美。缠缠丝的名字，来自它美丽的巢。

究竟是不是，我曾经问过村子里的老人，他们说，几辈子都这么叫的，谁知道为啥要这么叫？对于人来说，一只鸟的名字并不重要，只要人们喜爱它，就足够。

家乡人确实喜欢，看到它们，都忍不住抬起头，傻呵呵地仰着脸，看它们从头顶飞过。缠缠丝不喜欢成群结队，我没有看到成群的缠缠丝飞过天空。在春天，它们都是一对一对地飞来飞去。有人说，缠缠丝是爱情鸟。当然，春天里，鸟儿成双成对并不稀奇，春天是鸟们生儿育女的季节，双栖双飞，是自然规律。

但我相信，它们是爱情鸟。年轻时，我曾经喜欢过一个姑娘，她喜欢鸟，我抓了两只缠缠丝，是想把缠缠丝当作爱情鸟，送给我心仪的女孩。后来，我再也没见过那个女孩，她从乡下嫁到一座城市，我的爱情鸟飞了。

因为喜欢缠缠丝美妙的歌声，很多人希望养一只，可没有人养活过。至于为什么，我没养过，不得而知。

村子里的老歪养过两只缠缠丝，我去看过，很好看，也很机灵，上蹿下跳的，就是不怎么叫，“滴溜”一声停下了，不再吭声。任凭你怎么逗它，它也不理你，该蹦就蹦，该跳就跳，就是不鸣叫。为了这两只鸟，老歪带着鸟笼，跑到山坡上，蹲在地上，一蹲就是半晌。老歪是想让鸟跟着学同类的鸣叫，但那两只鸟还是不会鸣叫。

老歪很泄气，养了那么多年鸟，还是第一次养了两只哑鸟。老歪后来把那两只鸟放了，老歪说：“养鸟不叫唤，多没趣。”

老歪对鸟，还是很有研究的。不要以为土了吧唧的乡下孩子，就不懂鸟。老歪养的鸟，都是家乡土生土长的鸟，了解它们的习性，鸟自然就好养。如果是名贵的观赏鸟，老歪可能就束手无策了。不能不说，老歪是乡村的养鸟高手。

其实，缠缠丝不好养，养活但不会鸣叫，除了鸟自身的原因外，更多的是环境的因素。只是，我们那时都不懂，鸟离开了大自然，少了大自然的滋润，当然就没有了鸟的天性。就像人，从小把他关在一个小屋子里，不让他与外界接触，长大了，无非是多了一个傻瓜而已。

人不是鸟，当然不懂鸟的心理。

谁不渴望自由？只有在自由的天地里，在大自然新鲜的空气里，人才成长为人，鸟才成长为鸟。

野布鸽

春天来临，空旷的大地，小草萌绿，树木发芽，萧瑟的风有些柔软，阳光开始温暖。这时候，有鸟从天空飞过，麻雀、喜鹊，还有黄鹂，都是常见的鸟。它们飞来飞去，叽叽喳喳，人看见就像没看见一样，它们太多了。偶尔，飞过来一群色彩斑斓的鸟，“咕咕——咕咕”鸣叫着，落在树梢上。人们看见了就会喊：野布鸽！有点惊奇。

这是北方为数不多的有着美丽身姿的鸟。体形与家鸽相似，羽毛灰色，脖子、上胸部绿色与紫色，在阳光下闪着美丽的光芒。腰部到尾部有一白色横斑，腹部多为白色，黑嘴红脚，模样俊俏。

野布鸽是俗名，它的学名叫岩鸽，一种生存在野外的鸽子。在家乡，人们把不是家养的与鸽子差不多的鸟，都叫野布鸽。这种习俗，由来已久。

对于野布鸽，我比较陌生，很少看到它们。它们的巢大都筑在陡峭的悬崖边，或者石缝里，很难看到。据说它们的巢筑得很简单，是用枯树枝、杂草和羽毛筑成的，看起来很凌乱，没有一点美感，与它们美丽的相貌有着很大的差别。

野布鸽的叫声像家养的鸽子，“咯咯——咯咯”，反复地鸣叫。只有受到惊吓或者是从天空落下时，才会发出音调很高的“咕咕——咕咕”声。

我们家乡，属于浅山丘陵，适应野布鸽生存。二十世纪六七十年代，这种鸟比较多。它们栖息在山石峭壁间，觅食时，结成小群，在山间觅食杂草的种子。落到草地上，就是一片，在草地上悠闲地溜达，不时地在草地上寻找食物。遇到人，“咕咕”地叫着，扑棱棱飞走了。

秋天，农作物成熟的季节，野布鸽喜欢到农田里寻找食物。看到高粱地，一只鸟落到一棵高粱上，只要没有受到惊扰，就直到吃饱才会飞走。农人收获高粱时，砍下的高粱穗，大都是空壳，里面的高粱米，被野布鸽啄食一空。因为与农人口中抢食，农民对它们十分反感，常用土枪猎杀。

在乡村，野布鸽也是农人捕杀的对象。当然，这种捕杀，并不全是它们危害农作物的原因。野布鸽的肉质鲜美，营养价值高，农村人捕杀野布鸽主要是用来滋补的。尤其是病人，家里穷，买不起营养品，就捕几只野布鸽熬汤，为病人增加营养。

野布鸽是一种义鸟，它们在遭到危险时，所表现出的舍生忘死的精神，令人震撼。我在老家时，听到过这样的故事，一个猎人上山打猎，转了一天，没有打到一只猎物，回家时，看到一群野布鸽，大概有十几只，猎人对准那群野布鸽放了一枪，打中了一只，在地上扑棱。猎人很高兴，跑上前去捡那只野布鸽。就在这时，惊人的一幕发生了，几只飞上天空的野布鸽，突然箭一般地飞下来，架起那只受伤的野布鸽腾空而去。猎人惊得嘴巴大张，当他回过神来，那些野布鸽早已无影无踪。

这是村子里的人说的，事情发生在很早以前，那个打猎的人，是村子里的张老五。我没看到过这样的场景，但我相信，这是真的。这样舍生取义的鸟的故事，没有经历过的人，是编不出来的。就是小说家，也未必能编出这样震撼人心的故事。

故事是美的，但不是所有美丽的故事，都有个美丽的结局。家乡人并没有因为它们这个美丽的故事，心生慈悲，放下猎杀的土枪。因为一点粮食，因为它们的鲜美，它们付出的，是生命的代价。

听说，家乡已看不到它们的身影。没有了野布鸽，我的讲述，开始结束。

楝八哥

深秋，苦楝树上，挂满了一串串的楝籽，这是苦楝的种子，过罢冬，种子落地，来年便是一棵树的幼苗。黄灿灿的楝籽，在树梢上随风摇摆，吸引着远处的鸟，扑扇着翅膀，栖在树枝上。这鸟，叫楝八哥。

在北方乡村，楝八哥是一种常见的留鸟，它的真实名字叫灰喜鹊。在我的老家，人们把它与喜鹊看作吉祥鸟。这种鸟有一种癖恋，喜欢又苦又臭的苦楝籽。每年，楝籽成熟，楝八哥们蜂拥而来，啄食苦楝的种子。楝八哥的名字，由此而来。

楝八哥是一种色彩艳丽的鸟，它的头部黑色，闪着淡蓝或淡紫蓝色的光辉，喉部白色，胸腹部自上而下由淡黄白转为淡灰色；背部淡银灰到淡黄灰色，翅膀呈淡天蓝色，极具美感。

美没错，但美容易惹祸。就如美丽的女人，男人总想据为己有。楝八哥也一样，无法逃脱美给它们带来的厄运。养鸟的人，就看中了它的美，数不清的楝八哥，被养鸟人装进了鸟笼，供人观赏。

楝八哥叫声清脆，“嘎——叽，嘎——叽，嘎——叽”的鸣叫，在清晨，响彻天空。爱好养鸟的人，喜欢捕捉小鸟调养，用它作教师鸟，让其他鸟学它的叫声。在养鸟的行当里，俗称“呷鸟”。许多养鸟人把百灵、画眉、黄雀、云雀、沙百灵等鸟，与楝八哥放在一起，学习鸣叫。

在我老家，没人养楝八哥，可能是沾了喜鹊的光。在乡村，人们把楝八哥叫“花喜鹊”。既然喜鹊是吉祥鸟，那“花喜鹊”自然也就成了吉祥鸟，没人捕获。偶有小孩，喜欢它的艳丽，捉一两只来养。也有人捉雏鸟，养到半大时，拿到集市，卖给喜欢养鸟的人，换点油盐酱醋钱。这是早年的事，现在已没了靠养鸟维持家用的人。

我在老家生活时，就有这样的养鸟人。我知道的一个叫史老三，光棍一条，喜欢抽烟叶，烟瘾很大，但总是没钱，就养半大的楝八哥到集市上兜售，然后买一两斤兰花烟抽。我看到他，脸总是黄巴巴的，村里人说，他的脸是被烟叶烤黄的。

还有一个，不是我们村的，住在离我们不远的邻村。独眼，小孩看见他，就叫他“独眼龙”。他也养楝八哥，他不但养，还会调教鸟，再把调养后的成鸟，卖给爱鸟的人。

他的独眼，据说就是楝八哥啄瞎的。是不是，已经无法考证了，他已死去三十多年。但我相信，他的眼是被楝八哥啄瞎的。我对他没有偏见，没必要诅咒他。况且，他已故去多年。

楝八哥啄人，似乎不奇怪，也有人捕捉楝八哥时手被啄伤。这种鸟下嘴狠，被啄的地方，都会留下一个绿豆那么大个坑。楝八哥是一种非常凶猛的鸟，具攻击性，它们除了吃楝籽外，更多的是吃一些昆虫，但也经常盗吃其他鸟的幼鸟和卵。如果抓到的是成年的鸟，很有可能，它会把人骨碌碌转的眼珠当作美味啄食。

这种鸟不但凶猛，还格外聪明。很多时候，它们会成群进入农家，偷食农家的食物。它们进入农家时，往往会在外面留下三两只鸟，承担警戒职责，如果遇到危险，就发出信号，警告同伴逃生。如果没有危险，就轮流享受农家的食物。它们的聪明，人们还是很赞赏的。

一般情况下，农人看到偷食的楝八哥，就会忍不住地笑，然后轰走了事。有的农户，看到自家的食物被糟蹋，十分生气，把门窗一关，掂一根木棍，在屋子里追赶它们。看到它们惊恐地乱飞，凄厉地惨叫，农人就高兴，然后打开门窗，把它们放飞。尽管那时食物紧缺，对楝八哥偷吃农家的食物，农人也无可奈何。

我在老家时，院子里有几棵苦楝树，每年秋天，楝八哥如期来临，争相抢食苦楝籽，苦楝树下，到处都是楝籽的皮屑。吃饱后，扑扇扑扇翅膀，“嘎——叽，嘎——叽”地叫，那样子很满足。然后，它们会一只一只从树上飞下来，在我家房屋后的林子里，慢悠悠地晃荡。

我小时候，看到满院子苦楝皮，心里烦，就捡块土坷垃轰它们。看到土坷垃飞过来，它们扑棱棱飞到别的树上，看到院子里没人，就再飞回来，继续啄食那些黄灿灿的苦楝籽，赶也赶不走。那些苦楝籽，对于它们，是极具吸引力的美食。

我现在所在的单位，院子里有一棵苦楝树，秋冬季节，楝八哥飞来飞去，前来觅食。如果受到惊吓，“嘎——叽，嘎——叽”地叫着，扑棱棱飞去，留下一串鸟鸣。

磕头虫

每次看见它们，多是在稀疏的林子里。农家的房前屋后，也能看到它们的身影。它们喜欢到农田、溪流边觅食。看见人，胆子有点小，马上转身，用背对着人。人若再靠近，便发出“咕咕——咕咕”的鸣叫声，然后扑扇一下翅膀，飞到树上，对着人，反复地鸣叫。

它们原本是不叫磕头虫的，它们是斑鸠的一种，学名叫“珠颈斑鸠”，这是我从有关鸟的资料里看到的。这种斑鸠有个特点，鸣叫时喜欢不停地点头，我们家乡人就叫它磕头虫。为什么把鸟叫作虫呢？家乡人有个习惯，把鸟都叫作“虫意儿”。比如麻雀，个头小，乡村人就把麻雀叫作“小虫”。珠颈斑鸠喜欢点头，就叫它“磕头虫”。

磕头虫的长相比较可爱，头为鸽灰色，上体大都褐色，下体粉红色，颈部为淡粉红色，间杂有黑白分明的斑点，看上去比较醒目。它们的尾巴细长，黑色，但尾梢白色。有美感，可供欣赏，但不知是否为观赏鸟。就我个人而言，这应该是一种美丽的观赏鸟。

我们老家，这种鸟不多，很少见到。早些年我在老家时，看到过这种叫磕头虫的鸟。它们三三两两，有的落在电线上，有的落在树枝上，很少看到成群的磕头虫出现在树林里或田间地头，似乎它们不是群居鸟类。

磕头虫有着美丽的身材，常吸引孩子们的目光。乡村小孩顽皮，看到它们长时间落在树枝上不动，就甩块石子。磕头虫往往会吓得翅膀一抖，惊恐地飞走。它们飞翔时，速度极快，但不能持久，飞了一阵，马上就会落到附近的树枝上，也有的落在农田里。受惊的磕头虫，叫声响亮。看到磕头虫被惊飞，孩子们高兴地哈哈大笑。

在乡村，很多老人喜欢鸟，他们对鸟有一种说不出的情感，对于祸害鸟的行为，特别痛恨。看到自家的孩子掏鸟蛋、扒鸟窝，总是想尽一切办法制止，甚至打骂。谁家的孩子掏鸟蛋、扒鸟窝，父母看见，总是一顿呵斥。也许，岁月让他们懂得，生命的可贵。

我看到过它们的巢，很简单，是用小树枝搭建的，里面铺些柴草。它们的巢，大都筑在高高的树杈上，一般的小孩，是够不到的。就是善于爬树的孩子，也不敢爬上去掏鸟蛋，一是怕树高，会摔下来；二是不知道鸟孵化时凶不凶，怕鸟啄人。因此，村子里的人，很多没看到过鸟蛋是啥样子，也没看到过幼鸟的模样。

这种鸟也在房屋上筑巢，我在家乡时，没看到过。有人说它们偶尔会在地上筑巢，但大都在山坡上。家乡的斑鸠有多个品种，它们的卵，也基本相似，就是看到了，也分不清是哪种斑鸠产的卵。至于幼鸟，很少有人看到。

其实，磕头虫的幼鸟与其他斑鸠一样，看上去毛烘烘的，透过白色的绒毛，能看到鸟的皮肤通红，光溜溜的，没有一点美感。绒毛褪去，就开始长羽毛，新长出的羽毛，长短不一，似乎很凌乱。幼鸟长到这般大，就不大安分了，总想飞，可总飞不起来。于是，它们就不停地扑扇翅膀。幼鸟渴望飞翔，就像孩子，还没学会走，就想跑，是一个道理。

磕头虫也像其他的斑鸠一样，喜欢在收获过的田野里溜达，三五成群的很悠闲，边走边寻觅，看到遗落在地上的麦粒、草籽，它们迅速地叼起来，头一仰吞下，然后继续寻觅。大多的时候，它们会在山坡上逗留，也许，在它们的意识里，山坡上，才是最安全的地方。

这种鸟，很爱干净，它们的身上，经常光溜溜的，羽毛紧抿在身体上，看上去干净利落。它们喜欢到小溪边，捉捉虫子，喝点溪水。但主要是为清洗身子。是不是这样？我不敢断定。但我看到过它们洗澡，有时候用翅膀拍打溪水，用溅起的浪花，清洗身上的污物。也有的在水里翻个身，然后扇动翅膀，水珠四溅，以此清洗身子。

据说，磕头虫肉质鲜美，是不可多得的美味。现在，已有人工饲养。但不知是作为美味饲养，还是作为观赏鸟来饲养的？反正，我老家没有饲养珠颈斑鸠的。就连村子里喜欢养鸟的人，也没有养过这种斑鸠。

现在的老家，还有没有磕头虫呢？我不知道。我回家乡时没有看到这种鸟，因此不敢断言。但有一点可以肯定 ，就是有，恐怕也不多了。为啥出现这种状况，说不清楚。要说是人为捕杀，也不是。我在老家时，很少有人捕杀磕头虫。只能说，是环境的因素吧！

红火焰

看上去很美，颈部为灰白色，后背黑色，尾巴红色，腹部红色；在天空中飞翔，腹部上红色的羽毛，像一团火焰。北方的乡村，人们都叫它红火焰。我在老家时，曾多次仰着脸看它飞翔，隐隐约约地看到一抹红色，但没有看到跳跃的火焰。

这种鸟我熟悉，在乡村，人们也叫它火燕。但它真正的名字叫北红尾鸲。不过，我们家乡的人，是不知道的。他们只知道红火焰或者火燕。

在北方乡村，红火焰是一种常见的鸟，从高山平原到村庄田野，从茂密的森林到稀疏的灌木丛，都有它们的身影。这种鸟恋人，喜欢在有人的地方筑巢，农家的屋顶、屋檐、烟囱，都是它们筑巢的最佳选择。也有的红火焰把巢筑在山崖上，或者洞穴里，但不多见。

在乡村，红火焰与人能和睦相处，如果在它们的繁殖季节，人不小心走到它们的巢下，红火焰很快从鸟巢里飞出来，在人的头顶盘旋，距离始终保持在一米左右，但从不啄人。

清晨，人们还没起床，一阵熟悉的鸟叫声传来，随着枝叶的晃动，那个美丽的身影跃上枝头。“嘀——嘀呖，嘀——嘀呖”叫个不停，它们的叫声，婉转动听。鸣叫过后，田野里，有它们蹦蹦跳跳的身影，那是它们在捕捉虫子。每天的很长一段时间，它们就在田间，只要你看到红火焰低头一啄，那一定是一条虫子被捉。

春夏时节，是红火焰的繁殖期。这个季节，红火焰特别可爱，雄鸟以高亢的歌声和优美的舞蹈，向雌鸟示爱。雄鸟看到自己中意的雌鸟，就来到雌鸟的对面，边唱边跳，雌鸟如被雄鸟的歌声打动，就会飞到雄鸟的面前。看到心爱的伴侣来到自己面前，雄鸟舞得更加欢实，两脚不停地挪动，翅膀也不停地扑扇。雌鸟如果也看上雄鸟，不是主动上前亲近，而是转身飞去。看到雌鸟飞去，雄鸟就知道雌鸟接受了自己，马上追了上去，先是在天空中翻飞，然后并肩翱翔，也就是所谓的比翼双飞吧！

确定了夫妻关系，夫妇两个就开始为自己营造新家，繁育后代。它们的巢一般由树皮、细草茎、草根、草叶等材料构成，巢内垫有各种兽毛、鸟类羽毛、细草茎、须根等。

记忆中，红火焰是一种不大爱干净的鸟，喜欢随地拉屎。有的红火焰窝筑在农户正屋的檩条上，往往把屋内拉得到处都是鸟粪，农户很反感。大多的农户，都会把红火焰窝捣掉。或者把它们的窝移到房檐下，有的干脆给它们在院子里搭建个新鸟窝。

红火焰与燕子不同，它们喜欢现成的巢。在北方，春天来临，那些喜欢红火焰的农户，在它们的繁育季节，为了避免燕子把鸟窝筑在正屋里，就事先在自家的庭院里，仿做一个鸟巢，红火焰看到鸟巢，就很高兴地在此落户，繁育后代。

红火焰除了邋遢不爱干净外，很容易与人相处，就是哺育幼鸟的日子也是很平和的，从不啄人。但人一旦靠近鸟窝，它就会不停地鸣叫，似乎是在告诉人们，不要过来，不要伤害我们的子女。

我在乡下老家时，看到过这样的场景，我们邻居家的小孩好奇，把院子里鸟窝的幼鸟拿走了一只，还没离开鸟窝，两只红火焰就飞了过来，在小孩子的头顶盘旋，翅膀几乎扫着小女孩的头发。另一只鸟甚至飞到女孩的怀里，吓得女孩嗷嗷大哭。家人看到后，忙把幼鸟放到鸟窝里，两只红火焰才飞回到窝里，骨碌着眼睛看着人，十分警觉。

这样的场景，让人感动。作为弱者，它们在面对强大的人类时，无所畏惧，它们所表现出的爱，足以让我们敬畏。

幼鸟长大后，老红火焰带着小红火焰，在院子里飞来飞去，教自己的儿女们学习飞翔。这样的日子，会持续十天半月，小红火焰学会飞翔后，老红火焰带着小红火焰，就离开了它们的家，农家的院子里，只剩下空荡荡的鸟窝。

来年春天，红火焰回来了，去年的鸟窝，又成了它们的家。鸟窝还是那个鸟窝，但红火焰是不是去年的红火焰，没人知道。也许，还是曾经的红火焰，它们又回到了自己的家。

红火焰鸟极具个性，喜欢蓝天白云，喜欢绿色田野，喜欢自由自在地生活。与鹦鹉等其他笼鸟截然相反，红火焰厌恶鸟笼，只要进入鸟笼，就会不吃不喝，绝食而亡。

鸟，也是有个性的。

火斑鸠

火斑鸠，它是属于故乡的，痴痴地留恋着它们生活的地方。它们从不记恨曾经受到的伤害，尽管那是无法忘却的悲伤。

只要有记忆，就不会忘记，一种美丽的鸟，所遭受的杀戮。我没有忘记，那些贫困的年代，火斑鸠所承受的灭顶之灾。我那时不明白，人们为什么会痛下杀手，猎杀一种色彩缤纷的鸟。

火斑鸠，真的很美，见到这种鸟的人，都会忍不住停下来观望。它们的头部呈灰色，颈部青灰泛绿，翅膀、胸腹和肩背红褐色，尾巴上黑下白，色彩搭配时尚，美而不艳，端庄耐看。走在山野里，三两只火斑鸠激灵灵飞起来，是亮丽在高空中炫目的风景。

我的家乡，生活着很多鸟，火斑鸠就是其中的一种。在鸟类家族中，火斑鸠不是大家族，它们的种群数量相对于麻雀，显得微不足道。当然，麻雀是大家族，没有鸟可以与麻雀相比。就是与其他斑鸠相比，火斑鸠也是小家族。虽常见，但不多，偶尔可以看到三五成群的火斑鸠，在山坡上蹦蹦跳跳，看见人，扑棱棱飞向远方。

在我的印象里，火斑鸠是一种安静的鸟，或者说喜欢安静，甚至连一声鸣叫，也显得吝啬。它们总是远离人类，远离嘈杂，就那么静静地待在草地、山坡上，寻找食物。只要没有人惊动，它们会在一片草地上长时间地游荡。安静的环境，对于火斑鸠，是一种享受。

春天对于火斑鸠，忙碌而又幸福。每年的春天，火斑鸠开始恋爱，准备建立家庭。确立恋爱关系后，它们成双成对，迎着晨雾，披着暮霭，叼来树枝，为自己营造新家。在自己的新家里，生儿育女。

我在家乡时，看到过两只火斑鸠安静地卧在自己的巢里，静静地孵蛋，它们比肩歇息，卧听风雨。它们的温暖，就是这么简单，简单到没有人打扰，简单到可以听到彼此的呼吸。这样的温暖，是一种幸福，一种平淡的幸福。

这种幸福，总是瞬间而逝。我听到过它们凄厉的鸣叫，它们的巢里，那不多的三两只鸟蛋，被人捡走了，那是它们尚未出生的儿女，就这样被扼杀。那种叫声，是无奈的呜咽，是失去儿女的伤痛。

有的时候，它们甚至没来得及发出一声鸣叫，就一头从树上栽了下来。那一刻，它们听到一声轰响，看到一股灰色的烟雾，然后就什么也不知道了。而那个放枪人的家中，锅里冒出扑鼻的斑鸠汤香气，或者是一只只香味四溢的五香斑鸠。

我始终弄不明白，那么小小的一只斑鸠，能有多少肉可供食用，人们为什么那么喜欢吃火斑鸠呢？有人说，火斑鸠补肾壮阳，乡村的人，个个都很喜欢。我后来查了一些资料，确实如此。火斑鸠可治疗肾气虚亏，阳痿不孕、腰酸遗精、头晕耳鸣。它们的悲哀，来自男人的贪婪。

捕杀火斑鸠，并不容易，它们的警惕性很高，有点风吹草动，立马振翅而去，很难猎取。也有人说，火斑鸠是一种灵性的鸟，对来自外界的危险十分灵敏。但贪婪的人们，并不因为难以捕捉，就会放下手中的猎枪。

在乡村，捕捉火斑鸠的办法很多，在我的记忆里，最常用的是使用火药枪猎杀。这种火药枪很厉害，主要是用来猎杀野猪、野兔。用火枪打鸟，装的铁砂子都是细砂，小米粒大小，一次可以放一二百粒，枪响后呈扇面形散开，杀伤力很强。

没有枪的，就用农药毒杀火斑鸠，用的啥药，现在记不起来了，据说是一种毒性很小，能毒死鸟，但毒不死人的药。用药拌上谷粒，撒在火斑鸠经常出现的地方，停一段时间看看，把毒死的斑鸠拿回家，开膛破肚，除去内脏，要么炖汤，要么清蒸红焖。

我在老家时，常常看到山坡上，三三两两的人，有的拿着枪，有的掂着药瓶子，在山坡上、果园里乱窜。诱惑，让很多人丧失了良心。村子里的人说：吃斑鸠，也不是完全为了壮阳补肾，斑鸠味美香嫩，吃的是新鲜。

现在回家，还能看到捕捉斑鸠的人。不过，换了新型武器，是用网粘鸟。用途也不一样，过去是自己吃，现在是粘鸟卖钱。据说，一只活着的斑鸠，在市场上能卖十多元。只要有金钱的诱惑，猎杀就不会停止，这种现象，不知道还能持续多久。

在家乡，这样富有灵性的鸟，人们却没有把它们当作朋友，总觉得是一种遗憾。不过，遗憾的不仅仅是一种叫作火斑鸠的鸟。还有很多的鸟，在我们的遗憾中，告别了蓝天白云。

让鸟们自由地飞翔，给它们一片蓝天，似乎还是一个梦。因为，在这个世界上，只要有贪欲，悲剧就会继续上演。

跑沙滩

家乡生活着一种鸟，善跑不喜飞。山坡上看不到，总在沙滩上跑。

村子东边有条河，不宽，百八十米。河的上游多是山，夏天涨水，把上游的泥沙冲了下来，久而久之，河床上淤满了沙子。沙滩上，常常看到一种鸟在奔跑。村子里的人说，那鸟叫跑沙滩。

很奇怪的是，村里的人都不认识这种鸟。在我们家乡，人们知道很多鸟的名字，只有这种鸟没人知道。我一度认为，它们是水鸟的一种，可它们又跟雀类的鸟极为相似。村子里的人都说，不是水鸟。

我小时候从东河过，经常看到鸟在沙滩里跑，有时候一只，有时候两只，没有看到成群的鸟，我甚至没有看到三只鸟同时在一起。我那时想，跑沙滩是一种孤独的鸟，就这样，一两只出现在沙滩上，形单影只。

我后来发现，它们并不孤独。我看到它们一对一对地在沙滩上，有时并肩，有时一前一后，形影不离。就是一只鸟，我也没看出它们的孤独，东跑跑，西跑跑，一溜撒欢，没有看到它们萎靡不振的身影，更看不到它们沮丧的表情。也许，对于它们，孤独就是快乐！

跑沙滩是一种还算美观的鸟，比麻雀好看，比燕子、柳莺也耐看。沙褐色，头部及翅膀上有白色羽毛，腹部灰白色，嘴比麻雀长，腿也比麻雀长，在沙滩上奔跑，速度极快。这种鸟在我们家乡，不是特别的多，只有沙滩上能见到。

跑沙滩是一种懒鸟，不大喜欢飞，看到它们时，多是在沙滩上跑。是鸟都喜欢飞，可跑沙滩不一样，很少飞，人们认为它们懒。它的懒，还表现在筑巢上，鸟与人一样，为了生存，都会建造一个属于自己的家，生儿育女，繁衍生息。但跑沙滩不筑巢，它们把家安在沙滩上。到了孵化期，随便在沙滩上扒拉几下，一个鸟巢就成了。它们的巢，里面铺着一些大的沙粒和一些细小干枯的草根。鸟蛋的颜色，白底布满褐色的斑点，与沙粒差不多，不细看，还真的很难发现。

现在看来，跑沙滩并不是懒，是比较聪明的鸟，它们不筑巢，是为了更好地保护自己的子女，没有巢，就没有明显的目标，不容易被发现。村子里的孩子，喜欢掏鸟蛋，它们在沙滩上走来走去，想找到一窝鸟蛋，可总也找不到，有时候，走到跑沙滩的鸟窝边，也看不到，鸟蛋与沙粒的颜色一模一样，很难分辨。事实证明，跑沙滩的这种做法，有着极强的自我保护意识。

在自然界里，适者生存，这是真理。跑沙滩就属于适应性极强的鸟，它们不大喜欢鸣叫，偶尔叫几声，声音也很低，不太引人注意。更让人称奇的是，这种鸟与其他的鸟有着明显的区别，它们从孵化出来的那一刻，就会奔跑。村子里的人说，跑沙滩可以头顶着蛋壳奔跑。这是真的，村子里很多人都看到过。我没看到头顶蛋壳的小鸟，但我看到过老鸟领着小鸟，在沙滩上奔跑、觅食，但小鸟一旦长大，就与父母分开，独立生活。

这鸟太吸引人了，村子里的孩子，总想捉一只跑沙滩玩玩，可没有人捉着过跑沙滩。我小时候也想捉一只，就与喜欢养鸟的老歪、小坡商量，抓只鸟养养。我们抓鸟的办法是下套子，就是用马尾绾个活结，放在鸟巢边，鸟孵蛋时，只要进入鸟巢，就会被套着翅膀或者腿。但跑沙滩的巢在沙滩上，没法固定套子，就用树枝削尖，像钉子一样钉入沙滩。这样做，就留下了明显的痕迹。跑沙滩看到有异样，就放弃进巢，用嘴把鸟套挑到一边。感到安全了，才进巢孵蛋。希望捉一只跑沙滩的愿望，最终没能实现。

这是一种比较精明的鸟，那个时候，我们一直是这样认为的。就是现在想想，跑沙滩也确实是智慧型的鸟。在我们家乡，很少有捉不到的鸟，只有跑沙滩，很难捕捉。

没有捉到一只跑沙滩，并不遗憾。但一直没弄清跑沙滩是哪种鸟，心里总有一丝遗憾。我在写这篇跑沙滩时，查了很多关于鸟的资料，但没有看到一种鸟与跑沙滩相似。

不知道就不知道吧！它们是什么鸟，对我来说，已不再重要。重要的是，它们还生活在我的家乡。

麻雀的灾难

有谁知道，一只麻雀一年能吃几粒粮食？没有人能说清；又有谁知道，一只麻雀一年能吃多少害虫？也没有人能说清。也许就是因为人没有把事情弄清楚，麻雀才倒了大霉，经历了一次灭族之灾。

麻雀倒霉的时候，我还没出生。没有看到麻雀是怎样被人杀戮的。我稍微懂事的时候，麻雀依然倒着霉。1972 年我八岁，我看到了麻雀是怎么被人残杀的。1960 年，麻雀已被平反，可不知为什么，我们那里的麻雀依然被当作“四害”。为什么？不知道。

我后来猜测，麻雀被平反后，在我们那里依然被当作“四害”，有三种可能。一是 1956 年上级提出消灭麻雀留下的后遗症；二是上级给麻雀平反的文件传达下来，被打了折扣；三是文件传达了，农民痛恨麻雀吃粮食，自发组织起来，消灭麻雀。不管怎么说，1972 年的麻雀，在我们那里被当作“四害”，是不争的事实。

麻雀一年到底能吃多少粮食？当时的报纸是这样罗列麻雀的罪恶的：一对麻雀每年生小麻雀十多只，每只麻雀每年糟蹋粮食二十至三十斤等。

麻雀，已成为“四害”中之头等大害。一只麻雀一年吃二十至三十斤粮食，农民怎么想，当然是要消灭麻雀了。

现在想想，有点可笑，一只麻雀一年要是吃三十斤粮食，早把麻雀撑死了，还用消灭吗？再想想，一年中，从小麦抽穗到收割，也就一个多月时间，这是夏粮。而水稻从抽穗到成熟，也是一个多月时间，这是秋粮。粮食入库后，翻晒粮食时被麻雀吃掉的，再加一个月，一年当中，麻雀能吃到粮食的时间，顶多也就四个月。一只麻雀，四个月吃三十斤粮食，平均一个月吃 7.5 斤，每天 0.25 斤，吃 0.25 斤粮食的麻雀，能活吗？

当然，我们家乡种地的农民不会算，他们听上级的，上级说麻雀吃三十斤粮食，他们就相信麻雀能吃三十斤粮食。这不是从他们口里夺食吗？有这样的宣传，搁谁谁也恨麻雀。所以，1972 年，我们家乡还在消灭麻雀。

家乡是丘陵，一溜的山坡，绵延百十里，山坡上长满了树，一眼望不到边，青翠碧绿。林子大，鸟就多。最多的是麻雀，飞起来一大群，遮天蔽日；落下来一大片，数也数不清。麻雀多，当然要吃粮食，那时候粮食产量上不去，麻雀吃粮食，农民就恨麻雀。麻雀想不倒霉也得倒霉，谁让你吃那么多粮食，三十斤啊！

1972 年，不知是咋回事，那年的麻雀格外多，天上飞的，地上跑的，到处是麻雀。生产队慌了神，这么多的麻雀，粮食还不让吃光。生产队里的头头们坐下来一商量，做出了一个决定，打麻雀。怎么提高群众打麻雀的积极性？唯一的办法就是记工分。抓一只麻雀记一个工分，听说抓麻雀记工分，群众的积极性一下子提了起来，形成了全村齐动手、人人抓麻雀的局面。

那时农民出一天工，记十分，分值也就 0.12 元。抓一只麻雀一个工分，分值是 0.012 元。一只麻雀的生命，就值一分二厘钱。如果麻雀是人，不知该如何想？可麻雀不是人，它们不会想。人会想，人却不想，人想的是一只麻雀一个工分，一个工分是 0.012 元钱。

抓麻雀是业余的，也就是说，抓麻雀是上工之外的事。每到收工时，人们就往家跑，跑回去抓麻雀，挣工分。按农村的话，是“老母鸡站在门槛上，两边叼食”。上工有工分，抓麻雀也有工分。我们那里抓麻雀的办法很简单，大致就这么几种：火枪打、用网罩、掏鸟窝。这几种看似简单的办法，可就苦了麻雀家族。

不苦的是生产队里的队长、会计、记工员，他们可是吃得满嘴流油。收上来的麻雀、麻雀蛋，很多都被他们吃了。麻雀成了他们口中的美味，油炸、麻辣、红焖。还有麻雀蛋，炒着吃、煮着吃。我那时还小，经常看到队长、会计的子女们口袋里装着五香麻雀蛋，一会剥一个，馋得我直流口水。

在这三种打法中，用火枪打，是最厉害的一种。这种火枪，里面装的是铁砂，小米粒大小，一次可以装 200—300 粒铁砂，一枪下去，麻雀就倒下一片。有死的，东倒西歪；有伤的，疼得乱扑棱。满地都是麻雀，惨不忍睹。

用网罩也是很歹毒的办法，杀死麻雀不见血。这种网是用丝线织的，织好后用桐油刷刷，很结实。网可大可小，小的长宽三五米，大的长宽十几米，四角用木棍撑着，在网下面撒些稻谷、小麦做诱饵，麻雀看见粮食，就到网下吃粮食，下网人就拉网绳，麻雀就被罩在网里边，每次能网到一二十只。网到麻雀后，乱棍子打死，然后交到生产队里换工分。

掏鸟窝是最笨的一种，这种办法基本上抓的是小麻雀、麻雀蛋。1972 年的农村，房子都是土墙，麻雀就在墙洞里筑窝。农民搭个梯子，爬上去，用一根树枝，在墙洞里一拧，麻雀的窝就被掏了出来，不管是没长出翅膀的幼雀还是鸟蛋，一个不剩。不过，这种办法，很少能逮到成年的麻雀。但逮不逮到成年麻雀并不重要，生产队里的土政策是，不论大小，只要是麻雀（鸟蛋），都记一分。

在我们家乡，逮麻雀逮出名的有两个人，一个叫山良，一个叫老海。两个人都是逮麻雀的老手，一年靠逮麻雀挣了一千多分，村里人眼红得不得了。

山良并不善良，他逮麻雀，是用火枪，枪一响，地上死了一大片。打麻雀时，他先用粮食做诱饵，扛一大袋稻谷，倒在生产队里的打谷场里，吸引麻雀来吃。他端着枪，站在草垛边，麻雀少了，他不开枪，看着麻雀来多了就搂火。最多的一次，他打了二百多只麻雀。

山良靠打麻雀出了名，并不是他工分挣得多，而是打麻雀时，火枪燥火熏红眼出的名。有一次他在自家的院子里撒了些稻谷，不一会工夫，就来了一群麻雀，可能是枪膛里的火药装得多，搂火时，枪就燥火了，熏着了眼睛。他也没当回事，吃了点药，不疼不流泪也就不管了。谁知，自此以后，他的眼睛就成了红眼。一直到死，半个眼睛还是红的。枪燥火，是常有的事，凡是玩过火药枪的人，大都被熏过脸，半天就好了。我们村里，熏着眼睛的，恐怕只有山良。有人骂他，太贪了，遭报应。

老海是用网捉麻雀的发明者，那年也挣了不少工分。老海更聪明一些，他发明了用网罩麻雀后，就开始帮人家织网，按三七分成，每织一个网，收三成，直接从记工员那里扣除。老海织网挣了不少工分。后来麻雀被网怕了，看见网下的粮食，就是不去吃。麻雀不上当，老海的手艺就没了用场。

没有人找他织网，老海就和别人一样，掏鸟窝。他做了一个长长的梯子，别人够不到的，它的梯子都能够到，也没少挣工分。有一次，老海到生产队的仓库上掏鸟窝，树枝插进墙洞拧了几圈，费了好大劲才把鸟窝掏出来，老海怎么也想不到，那树枝上缠着一条蛇。老海一惊，从梯子上摔了下来，左腿被摔断。因为没钱住院治疗，找了一个民间医生，把腿接上了。腿长好后，一条腿长，一条腿短，走起路来一扭一扭的。

有人说，山良和老海，逮麻雀逮多了，是报应。可那时谁家没逮过麻雀，为啥都报应到他们两个身上，这话说得没道理。山良的火药枪燥火熏红了眼，只是偶然。玩过火药枪的，谁没有经历过枪燥火。老海掏鸟窝，掏出来条蛇，并不新鲜，很多人都掏出过蛇。老海被摔，是因为他胆小。不过偶然中也带着必然，如果他们不是逮麻雀，又哪来的偶然。就像喜欢炸鱼的，被炸掉胳膊，抓蛇的人被蛇咬伤，也不鲜见。

到了1973年，国家号召种果树，全县的山区及丘陵地带，都种上了苹果树。县里有人建议，麻雀是果树害虫的天敌，不让打麻雀，还下发了通知。村里当然不敢违背上级的指示精神，取消了逮麻雀记工分的规定。没有工分，人们当然不愿意逮麻雀了。

麻雀又变成了好鸟，不是吃三十斤粮食的害鸟。这样的转变，现在看起来有点好笑。

布谷，啼血的声音

“夜来南风起，小麦覆垄黄。”田野里麦浪滚滚，一片青黄，又是一个丰收的季节。这时候，山上的杜鹃花开放，满山的艳红。就在这个季节，布谷鸟很神秘地从某个地方钻了出来，它们从云端轻快地滑过，满山地飞。“咕咕咕咕！布谷布谷！割麦种谷！快快割麦！快快种谷！”它们的叫声，在五月的田野，格外的清脆。

布谷鸟的叫声，与其他的鸟鸣声相比，给人一种悠远空旷的感觉。鸣叫的声音，充满着神秘，那么玄妙，仿佛天外来音。我总感觉，它的叫声，有着独立的个性，富有东方韵味，人们根据不同的处境和心情，对它的叫声做出不同的理解。

在乡村人看来，布谷鸟的叫声，就是催耕的钟声。陆游有诗曰：“时令过清明，朝朝布谷鸣，但令春促驾，那为国催耕，红紫花枝尽，青黄麦穗成。从今可无语，倾耳舜弦声。”陆游的诗，说的是春天到来，布谷鸟开始鸣叫，在催促人们下田耕种。南宋词人朱希真也说：“杜鹃叫得春归去，吻边啼血苟犹存。”更是充分地反映杜鹃为催人“布谷”而啼得口干舌苦、唇裂血出、认真负责的精神。

从这一点上理解，布谷鸟应该是农人忠心耿耿的朋友。可在我们家乡，人们并不这样理解，尤其是春天，农人听到布谷鸟的叫声，就感到格外刺耳。他们对这种声音，有着刻骨的恨，他们会循着布谷鸟的声音，找到它们，然后把它们杀死。

除了春天这个季节，对于布谷鸟，家乡人并没有仇恨。乡亲们也很少猎杀布谷鸟。我这样说，可能有人会说，这不是自相矛盾吗？需要说明的是，我说了，除了春天。为什么农人在春天对布谷鸟那么恨呢？

我的家乡，是出了名的“柞蚕之乡”。养蚕，是我们家乡几百年来的一项传统养殖业，每年春天，几乎家家户户都养蚕。可以说，养一春天的蚕，能换来一年的油盐酱醋钱。为此，农民对养蚕格外经心。蚕是一种绵善的动物，没有一点反抗能力，这就成了许多飞禽、小动物的口中美味。对蚕威胁最大的有两种动物，一种是蛇，还有一种就是布谷鸟。

养蚕的山坡，我们这里称为柞坡，长着一行行、一排排的栗毛，这就是蚕的天然食品。一墩栗毛，上面可以放养几十条或者上百条蚕，一条蛇藏在栗毛墩里，可以吞食几十只蚕。农人对蛇也是十分仇恨的，只要看见，恨不得碎尸万段。

布谷鸟是蚕的天敌，春天的时候，布谷鸟几乎就是在蚕坡上生活的。农人恨布谷鸟，还有一个原因，布谷鸟不仅吃蚕，而且还糟蹋蚕。布谷鸟的食量不大，吃不了几只蚕，但只要它们飞到那墩栗毛上，上面的蚕，几乎无一幸免。能吃的吃了，吃不了的，它们就把蚕啄死。栗毛墩下，到处都是蚕的死尸，惨不忍睹。这就是农民恨布谷鸟的原因。

布谷鸟的叫声，在养蚕人听来，那优美的声音，就变成了为蚕报丧的哀音。因此，布谷鸟的鸣叫不是“布谷”声，而是“不够”声。养蚕季节，我们家乡人听到布谷鸟的叫声，就由“布谷、布谷、割麦种谷”变成了“不够、不够、还没吃够”。

早些年，农村还没有收缴土枪时，每个蚕庵，就是在山坡上搭个草庵，作为养蚕人躲避风雨的地方，也要准备一两支土枪，而土枪的作用，就是为了猎杀布谷鸟用的。听到布谷鸟的叫声，养蚕人就会想方设法找到布谷鸟，然后杀死。找不到，也会对准鸟的叫声，放上一枪，把布谷鸟轰走。

蚕农憎恨布谷鸟，并不是布谷鸟有什么可恨之处。他们的恨，是布谷鸟侵害了他们的利益。布谷鸟是好鸟，农民也喜欢它们，但这种喜欢，是建立在和平共处的基础上。没有了这种基础，不是仇人，就是敌人。布谷鸟什么都可以吃，但不能吃我们养的蚕。蚕是什么？蚕就是钱，你吃了我的蚕，就等于你偷了我的钱，或者说是你抢了我的钱。蚕农就是这样想的，他们这样一想，布谷鸟就倒了大霉。

那些年，布谷鸟似乎格外多，村庄里、田野里、大山里，到处都是布谷鸟的叫声。那声音，凄凉而又喑哑，在乡村、在山野、在天空，久久地回荡。

近些年，农民挣钱的门路多了，很多人从事种植业、养殖业，大把大把的钞票，装满了口袋，一个个都富了起来。那些没有手艺的人，靠着一双勤劳的手，走进了都市，从事建筑、搬运、机械等行业，也挣回了不少的钱。乡村，成了老弱病残人的世界，留守在家的人，他们已没有能力从事养蚕这项烦琐的职业。而现在养蚕，也没有多大的利润，劳累了几个月，也就几千元的收入，还不如外出打工挣得多。昔日红红火火的养蚕业，如今变得日益萧条。

人的情感是复杂的，长久建立起来的友谊，经不住金钱的诱惑。它让我想起乡村常常出现的邻里纠纷，为了一棵树，相处和睦的两家人，打得头破血流。那几十元钱的一棵树，却不如几十年来的邻里友情。

现在家乡人不再养蚕了，没有了利益纷争，蚕农与布谷鸟也就没有了敌对关系。布谷鸟在人们的眼里，又变成了惹人怜爱的鸟类。它们那完美的线型、质朴的颜色、尖利的嘴喙、修长的尾巴、匀称的身段，使它们成了乡村的精灵。那“布谷、布谷”的鸣叫，听起来又是那么的和善吉祥。它们催人耕种，不知疲倦的勤勉与执着，让人感动。

在乡村，布谷鸟不仅是勤劳善良的鸟，它们还是爱情的象征。在伏牛山区，就流传着一个凄美的爱情故事：传说在伏牛山，住着一对年轻的夫妇，丈夫叫牛贵，妻子叫鹃娘。夫妻恩爱，男耕女织，日子过得和和美美。妻子鹃娘长得端庄秀美，是出了名的大美人。当地的县官好色，听说鹃娘貌美，便逼走牛贵去做苦力，欲将鹃娘霸占为妾。鹃娘誓死不从，撞死在一块石头上，变成了一只美丽的鸟儿，这只鸟就是杜鹃鸟，也就是我们说的布谷鸟。化作杜鹃鸟的鹃娘，声声呼唤，声声哭泣，漫山遍野地寻夫。

凄美的传说，赋予了杜鹃鸟温婉的感情色彩和灵性。它那凄凉哀怨的悲啼，常激起人们的多种情思。在我们家乡，也有人把布谷鸟叫作“爱情鸟”，看见年轻人捕杀布谷鸟，老人们就会说，打了布谷鸟，一辈子都娶不来媳妇。

关于布谷鸟的记载，多为赞美之声。翻开厚厚的线装书，那一只只鸟儿，扑扇着翅膀，从《诗经》、唐诗宋词里，以优美的身姿，箭一般弹出。而那凌空响起的音符，在我们的记忆里，经久不息。

这让我想起很多年前的月夜，想起月光下的鸟声。那个青春骚动的季节，对爱情的渴望，时时在月夜里荡起。多少次，我希望看到一个如鹃娘一样美丽的女子，在流泻月光的窗外，轻轻地呼唤，而不是那凄绝地寻觅。

布谷鸟的叫声，一年又一年，让我有着做不完的梦。我就是在“布谷、布谷”声中，收获着季节，收获着爱情，然后慢慢长大。因此，我没有理由，不感谢这天使般的精灵，它使我的青春年华斑斓多彩。

贞鸟秧鸡

秧鸡，是一种时常被人们忽略的鸟。

在乡村，没有比秧鸡更容易被人们遗忘的鸟了。乡村的人，能记起很多鸟，唯独记不起秧鸡。只有在秧田里，看到扑棱棱一跃而起的秧鸡时，人们才会想起，那刚刚飞走的是秧鸡。

乡村人喜欢鸟，大多的人家，屋内的墙上，贴的是花鸟画。哪怕是茶杯，上面总有一幅喜鹊登枝的图画。姑娘的枕巾，绣的是鸳鸯。就是鞋垫，也会绣上凤凰，要不就是两只喃喃私语的鸟雀。那么多的鸟，却没有秧鸡，它们很少出现在农家的用具上。

在乡村，人们喜欢鸟，是因为很多鸟代表着爱情。最突出的是鸳鸯，成双成对的鸳鸯，代表着乡村爱情，人们对鸳鸯，有着一种朴素的感情。鸳鸯是爱情鸟，早有说辞，历代的文人骚客，也大加宣扬，鸳鸯就成了爱情的代言鸟。杜甫说："合昏尚知时，鸳鸯不独宿。"孟郊说："梧桐相待老，鸳鸯会双死。"

鸳鸯代表爱情，其实是误导。鸳鸯鸟的恩爱，只是在热恋期间形影不离，雌雄交配之后，便分道扬镳。有专家实验，当鸳鸯中的一只被捉后，另一只既不以身殉情，也不终生守情，不久便另寻新欢。鸳鸯鸟恩爱情深，生死与共，只是人们的美好遐想。

秧鸡却不一样，秧鸡是贫贱夫妻，形影相随，生死与共的鸟。这在《诗经》里有所记载："关关雎鸠，在河之洲，窈窕淑女，君子好逑……"说秧鸡"雌雄情意专一，尤笃于伉俪之情"。雎鸠雌雄有固定的配偶，古人称作贞鸟。这里面的"雎鸠"，就是秧鸡。

不过，在"雎鸠"的注解里，把"雎鸠"说成是鱼鹰、水鸟之类的鸟禽，已成定局。但用鱼鹰这类猛禽比喻美好的爱情，似乎有点别扭。很多专家学者认为，雎鸠不论在分布的区域、背景还是鸣叫，都与秧鸡相似，认为雎鸠就是秧鸡。

在我们家乡，人们把秧鸡叫作"呱呱鸡"，是因为秧鸡的叫声"呱呱——呱呱"，"呱呱"与"关关"声音接近，故此，雎鸠应该就是秧鸡。张之杰先生写的名为《雎鸠是什么鸟》的文章，认为雎鸠就是白腹秧鸡。其理由主要是说白腹秧鸡的叫声和"关关"之声最为接近。我觉得这种说法，颇有一些道理。

雎鸠是不是秧鸡，并不重要。但有一点不可否认，秧鸡确实是成双成对、比翼双飞的恩爱夫妻鸟。它们对爱情的忠贞，让人感动。

我曾经看到过一幅"秧鸡救妻"场景。那景象，足以让所有看到的人震撼。

我们家乡，水田较多，水稻种植面积大，每到夏天，沟沟坎坎到处都是成片成片的水稻，把大地染成绿色。稻田多，秧鸡就多。在秧田劳作时，不经意间，就听到"呱"的一声，扑棱棱飞起一对秧鸡。

村子里的老歪，喜欢养鸟，什么鸟都养，就是没有养过秧鸡，总想弄只秧鸡养养。那年夏天，老歪在秧田里薅水草，在秧田边的芦苇丛里，发现了秧鸡筑的巢，里面六只鸟蛋。老歪很高兴，回去做了一对鸟套，固定在鸟巢的周围，后晌去薅水草，到鸟巢一看，那只孵卵的雌鸟被套着了。

晚上，老歪把那只秧鸡圈在鸟笼里，挂在院子的一棵大树上。睡到半夜，老歪被一阵阵“呱呱”的叫声惊醒。原来，院子里来了一只秧鸡，对着笼子里的秧鸡叫个不停。院子里的秧鸡一叫，笼子里的秧鸡也跟着叫。叫一阵，便听到扑扑棱棱撞击鸟笼的声音，把一家人折腾得一夜没有睡好觉。

第二天早上，老歪起来看时，发现鸟笼的一根芭茅秆被秧鸡啄得几乎断裂。芭茅秆上，洒满了斑斑点点的血迹。那样子，两只鸟一夜都在啄那根芭茅秆。笼子里的那只母秧鸡，也满嘴是血。而另一只秧鸡，在老歪家的屋后盘旋，不肯离去。仔细看，那只雄鸟，脖子边的鸟羽，染满了红色。

因为惊奇，大家都围过去看。看后，大家都说，这鸟有灵性。不要说是鸟，就是人，也不一定能做得到。这样的灵鸟，伤不得的。

老歪的母亲看了，劝老歪把秧鸡放生。老歪有点舍不得，迟迟不肯放生。老歪的母亲说：“遭罪孽吗？神灵在上看着呢，要遭报应的。”在母亲的坚持下，老歪打开鸟笼，把那只秧鸡放了。出了笼子的秧鸡，扑扇了几下翅膀，与等候在屋后的那只雄秧鸡“呱呱”叫了几声，飞走了。

为爱生死与共，让人敬畏。

而形影相随，不弃不离更让我们羡慕。在原野，在秧田，你很难看到形只影单的秧鸡。走在秧田里，扑棱棱飞出的秧鸡，绝对是成双成对的。如果飞起一只秧鸡，后边一定还有一只秧鸡。“呱”，扑棱棱，一只飞起来了，紧接着又是一声“呱”，接着又是扑棱棱的声音。

如果飞起的是一只秧鸡，那只说明一个问题，这是一只还没有配偶的秧鸡，或者是一只失去配偶的秧鸡。

秧鸡在成年后，到了求偶时节，便发出“呱呱”的叫声，它们奔走在秧田里、芦苇丛中，“呱呱”地叫着，寻求着自己的另一半。这就是《诗经》里描绘的“关关”之声。在没有寻找到配偶之前，“关关”之声不绝于耳。如果找到自己中意的配偶，就注定了它们一生的生死相随。

忠诚地为自己的爱侣守护着一份纯贞，爱到地老天荒，也只有秧鸡。这种始终如一的爱，最终让它们走进了《诗经》。忠贞的爱，曼妙无比。

我相信，不论雎鸠是不是秧鸡，但秧鸡的那种爱，是真实存在、不容置疑的。

第四辑　为爱殉情的苍鹭

为爱殉情的苍鹭

总是在冬天，在下雪的日子，看到飘洒的雪花，看到一只鸟或者一条河流。一只苍鹭，忽然就出现在我的眼前。二十八年过去了，不知道为什么，总是想起那只苍鹭。也许，那只苍鹭，早已融入我的灵魂深处。

想起那只苍鹭，我的心就会莫名的震颤。那是我看到过不多的让我感动的事情，关于动物，关于动物的爱情。我相信，就人类而言，能为爱守望，为爱殉情，似乎也不多见，何况动物？然而，我却真真切切看到了那一幕。

在我的老家，苍鹭还有一个名字：老等。就我个人的理解，老等，就是等待。苍鹭等待什么？也许它在等待蓝天白云、青山碧水、鲜鱼虾美。但是，等待并不都是美好的。我要叙述的，是一只苍鹭在失去爱侣后，那种穿越生命的爱情等待。这只为爱而等待的苍鹭，充满了孤独、悲伤、绝望和悲壮。

一只苍鹭的爱情故事，应该从一条河流开始……

老家村东有条河，河不宽，百十米，也就一条乡村小河。河床上多是沙子，细白细白的，顺河看白白的沙子直晃眼。河滩上，冷不丁就长出了一些草，有的绿一朵，有的绿一片，草长在沙滩上，就像长在一张白纸上，绿得透亮。靠岸的河滩上种满了杨树，郁郁葱葱的杨树林，一看满眼的绿，蓬勃着生命的色彩。

村里人把这条河叫作东河，名字的由来很简单，河在东边，就叫东河，没什么讲究。乡村人也讲究不来，叫着顺口就行，不就是一地名吗？看似是一条小河，但作用并不小，沿岸的数千亩水稻，都是这条小河滋润着，由淡绿变浓绿，由浓绿变金黄，结满粒粒果实，养育了沿河数万人。

东河不但养庄稼养人，还养鸟。小时候，河里有很多鸟，其中一种是叫不上学名的鸟，这种鸟长相跟雀类差不多，喜欢在沙滩上安家，生儿育女，小鸟生出来头顶着蛋壳就会跑。成年的鸟跑得更快，在沙滩上一溜小跑，每次看见它们，总是跑，很少飞，乡村人就叫它们“跑沙滩”。还有一种鸟，是鸭科飞禽，我们老家人都叫它们“水鸭子”，这种鸟其实就是绿翅鸭，也叫野鸭。还有一些鸟，不常在河里走动，偶尔来一次，新鲜新鲜，扑棱棱飞走了。

苍鹭就属于偶尔来一次，玩一阵，不见了踪影的那种鸟。很多年前的一天，在我的记忆里，那应该是初夏。那一天，两只白色的苍鹭，来到了东河。在东河的一个拐弯处，有一个漂涡，形成了一片水域，面积不大，长二十几米，宽十多米。水不深，浅的淹过膝盖，深的半腰深。里面长满水草，水草里藏着鱼，鲫鱼、鲤鱼、鲶鱼、泥鳅、河虾，最多的是白鱼。这种鱼在我老家是最常见的一个品种，半尺长，一二两重，成群结队，在水里游来游去。这是一方美妙的水域，和谐、安宁，经常有鸟在这里畅游嬉戏。

苍鹭翼大尾短，嘴直而尖，颈和腿很长，飞翔时缩着颈，它们的食物来源是水里的鱼虾。河里的鱼虾很丰富，苍鹭一下子就喜欢上这片水域，似乎有在这里停留下来的打算。苍鹭已很多年没有出现在我们家乡，人们突然看到苍鹭，就大喊："看呀，老等，白色的老等！"很多小孩没有见过苍鹭，都跑到河边看，像看景致一样。

我那时十五六岁，在乡里上高中，暑假待在家里没事干，听说河里有"老等"，就跑去看新鲜。我走到河边时，人们都回去了，四野很静，两只白色的苍鹭，修长的脖子，纤细的身姿，不时地扇动一下翅膀，它们安然、优雅、淡定、从容。偶尔会把长长的嘴伸进水中，在水中寻找着食物，如果看到它们仰起头，就会看到嘴里白色的小鱼，在阳光下闪着银色的光。

我以前没有看到过苍鹭，当看到"老等"时，那长长的喙、细长的腿、白色的翅膀，与我在图片上看到的苍鹭一模一样。记得诗人郭沫若写过白鹭，诗中说："那雪灰加白的蓑毛，那全身的流线型结构，那铁色的长喙，那青色的脚，增之一分则嫌长，减之一分则嫌短，素之一忽则嫌白，黛之一忽则嫌黑。"看那苍鹭，就感到诗人的细致入微，确实，诗人把苍鹭写得活灵活现。

两只苍鹭真的就把这片水域当作了家，只要没人干扰，在东河的潭涡里，总能看到它们的身姿。有时静静地站在水中；有时一个东，一个西，相互对视着；有时一前一后，前边的走，后边的跟着行，形影不离；有时它们肩并肩，翅膀贴着翅膀，不时地交颈亲热，那样子，就像新婚的夫妻。如果一只苍鹭张开翅膀飞走，另一只则深情地凝视着对方，带着几分留恋。在河里站累了，它们也会双双飞到岸边的杨树林，在树枝上作短暂的歇息。我看它们，就会联想到村子里的新婚夫妇，那种说不出的甜蜜。

有一段时间，我坐在杨树林里，看它们起起落落，就会突然想起班里的一个女生，那个长发披肩、面色白里透红、有着一双明亮大眼睛的同桌。我那时就想，要是能与她一起变成苍鹭，肩并肩，脸贴脸站在这里，该是一件多么幸福的事情！每次想到这里，我的脸就会微微发烫，瞬间就觉得有点不好意思。

新鲜感过后，很少有人再去河里看苍鹭。只有我，在那个夏日，有事没事就去河里看苍鹭。静坐在杨树林里，面对起伏的山坡、蔚蓝的碧空、澄澈的流水，心情如河水一样安然与恬静，在这样的意境里，心总是不由自主地飞翔，一如那两只苍鹭，渐融在大自然的美好之中，陶醉着忘记归处。

两只苍鹭，它们扇动的翅膀，掠水而过的低飞，深情的交颈，对我来说，是陌生的。初睹它们的容颜，让我发现了一种神秘的舞者之美。苍鹭，在我之前的记忆里，它们存在于诗文和画中，它们的美，定格在一片白纸之上，而不是现在活生生的场景。对于一个爱鸟的人来说，能近距离观看一种美的鸟，是求之不得的事情。

日子过得很平淡，带着期盼，穿梭在家与河之间，是一种平淡而愉悦的美好。突然有一天，邻居家的小孩蛋蛋告诉我，河里的老等，只剩下一只了。

“怎么剩下一只了呢？”我问蛋蛋。

“被打死了，砰的一声，那只老等还没飞起来，就落下来了，河里的水花溅起了老高，另一只飞走了，没打着。”蛋蛋说。

“是谁打的，为什么要打老等呢？”

“邻村的那个秃子头，经常上山打野兔，你知道的，那人好喝酒，打死吃肉了。村子里张大爷骂他，他也不恼，笑嘻嘻掂着老等走了。”

秃子头我知道，大名叫常建，是河东岸邻村宋庄的，开个小药铺，医术不怎么样，还要病人家里弄酒招待他，慢慢地坏了名声，没人请他看病，整天闲着。没事干就打打猎，喝喝小酒，经常喝得烂醉如泥，打猎主要是弄酒肴。

再去河里看苍鹭，果然只剩下一只，那只苍鹭站在水里，仰着头长时间不动，有人从岸边走过，它连翅膀也没动一下。这在以前，只要有人经过，二三十米远，它们就会展翅飞起，落到岸边的杨树林里，看到没有危险时，再来到水中。我现在看它，样子有点麻木和呆板，动作迟缓，一副无精打采的样子。

我感到了苍鹭前所未有的孤独和忧伤，失去伴侣的那种忧伤。就好像人，你所爱的人突然间离你远去，那种孤独和忧伤，是痛彻心扉的。苍鹭是鸟，但鸟也有感情。我不知道，苍鹭是不是贞鸟，从一而终，但我的眼睛告诉我，我的感觉告诉我，苍鹭对爱是忠贞的，它的忧伤，源于对爱的眷恋和怀念。

我不愿意看到苍鹭的忧伤，它让我心碎。一个十六岁的少年，为一只失去爱侣忧伤的鸟儿心痛，现在想来，是不是有点可笑？只是，苍鹭传递给我的忧伤，并不是简单的伤感，它带给我的，是生命的脆弱、爱情的伤痛、生存的无奈。

那只苍鹭，日复一日地站在水中，不愿离去，谁也不知道为什么。只有我知道，它在等待，等待有一天，它的爱侣，突然间扑扇着翅膀，飘落在它的面前，与它交颈相拥，与它戏水嬉戏，与它相视对望，然后展翅比翼，翱翔蓝天。可它不知道，它的爱侣已经离它远去，再也回不来了。也许它知道，可它不愿面对，活在梦里。

暑假过后，我回学校念书，刚回学校的那几天，课听不进，饭吃不香，心中总有一种牵挂。星期天回家，第一件事就是到河里看苍鹭。走在路上就想，苍鹭是不是还在等待？也许，它已从失去爱侣的伤痛中走了出来，离开了伤心之地。早已记不清，我当时是希望苍鹭留下来，继续无望地等待，还是希望苍鹭离开伤心之地，寻找新的生活！

穿过杨树林，远远地，我就看到孤独的苍鹭依然站在河里，从仰望的姿势，定格在那里。我站在河滩上，看了很久，只看到它抖动了一下翅膀。我不愿意再看下去，我知道，再看下去，我会流泪的。

以后很长时间，我没有去看苍鹭。邻居家的蛋蛋对我说："二哥，老等还在河里，我去看了，翅膀耷拉着，好像生病了。你说，老等会不会死啊？"

"不会的，河里有鱼有虾，老等是不会死的。"我对蛋蛋说。

"张大爷说，老等怪怪的，快入冬了，老等该到南方越冬了，可这只鸟还不走，你说老等是咋啦？"

我没有回答蛋蛋，就是告诉他老等为什么不走，他也不会明白。

一场大霜过后，我回到了家里。在东河，我又看到了苍鹭，这只痴情的鸟，依然留在这里，没有离去。萧瑟的寒风里，苍鹭站在水中，可能是有点寒意，站一阵，苍鹭就会抬起左腿，离开水面，停一会儿，再抬起右腿。有时候它会把长长的嘴伸进水中，可能是想捕一条鱼充饥，可当它仰起头时，嘴里什么也没有。也许它并不是捕鱼，而是用习惯性的动作，来排解内心的孤独。反正，我看它时，总是看到它不断地重复着这样的动作。

冬天说来就来，下了几场霜，天就变了脸，阴沉沉的，紧跟着就是一场大雪，飘飘洒洒的大雪下了两天。田野里被冰雪覆盖，堰潭、河流都结了冰。我想起了那只苍鹭，这么大的冰雪，苍鹭怕是熬不过去的。因为惦记，原本星期天不打算回家，但还是冒着寒冷，回到了家里。

到了村庄，没有回家，直接就去了潭涡。东河一片白茫茫，河水断流，潭涡里结满了冰。我站在岸边，顺河风呼呼地刮着，吹到脸上，像刀子划过。潭涡里，除了冰雪，什么也没有。看着寒风吹彻的河流，我的心沉甸甸的，一种不安，从心底升起。

刚到家，我就去找蛋蛋，问起苍鹭，蛋蛋说："下那么大雪，谁还去河里。冰天雪地的，人都待在屋里，老等还不躲到窝里？"

我再次回来时，蛋蛋看见我，老远就喊："二哥，老等死了，听说死在潭涡里，宋庄的人看见了，砸开冰凌，拎回家炖汤喝了。"

我没有看到那只已经死亡的苍鹭，但我知道，苍鹭的死亡，一定是悲壮的。在我的想象里：那是一个雪花飘飘的下午，一只苍鹭，站在河水里，风吹动着它的羽毛，直透心肺，孤独与寒冷，让它瑟瑟发抖。它想离开，可它又不能离开，它害怕，一旦离开，将会失去与心爱的伴侣重逢的机会。它就这样忍受着寒冷，等待着，等待着爱侣的出现。河水越来越冷，开始结冰，慢慢地，它的腿下，结满了冰。苍鹭感到腿有点麻木，它想抬起腿，可自己的腿已不听使唤，它扇动一下翅膀，想用力拔腿，可怎么也拔不出来。天黑了，寒气慢慢袭来，它感到自己的身体在变凉。恍恍惚惚，它看到了自己的伴侣，扑扇着翅膀，向它飞来。雪越下越大，鹅毛般大的雪，飘落在它的身上，它感到自己的爱侣在拥着它，周身一阵阵的温暖，幸福地闭上了眼睛。它太累了，躺在自己爱侣的怀抱里，睡去了。

一只苍鹭，在我的家乡，在 1985 年一个寒冷的冬季，定格在冰面上，它的翅膀，伸开着，想飞而没有飞起来。远远看，像是在冰上舞蹈；走近看，定格的苍鹭，站成了一尊雪雕。其实，那只苍鹭，早已雕刻在我的心中。

河水恢复了以往的宁静，水静静地流淌，河里的鸟飞来飞去。那只苍鹭，早已从人们的记忆里抹去，像一朵飘散在天空中的云，无影无踪。但是，那两只苍鹭，却留在了一个十六岁少年的记忆里……

雁的绝恋

那年的深秋，天格外冷。刚过霜降，冷霜就下得白茫茫的，干枯的杂草，上面结满了霜花。冷风吹起，冷飕飕的，人禁不住就打了个寒战。

雁在这个时候，开始南迁，大部分的雁，都回到了南方。只有一小部分，还在迁徙的途中。它们排着整齐的雁阵，向目的地飞越。天空中，回荡着雁的鸣叫。似乎在告诉人们，秋已尽，冬来临。

秋尽冬来，是狩猎的好时节，秋天丰实的粮食，把野猪、野兔养得肥肥实实，放在土锅里一煮，满院飘香。村子里喜欢打猎的人，开始满山地跑，渴望打一只野猪或者是野兔，煮一锅香喷喷的野味，再打上一斤老白干，一边吃肉，一边喝酒，这是很多猎人向往的生活。

村子里的小坡，就是这样的猎人。每年的这段时间，小坡就是在山坡上度过的。那天小坡出去打猎，在山坡上转悠了一天，什么也没打着，哪怕是一只野兔。但小坡回来时，却猎到一只大雁，那是一只肥大的灰雁。

小坡抓到那只母雁回家后，并没有把那只大雁炖汤。小坡说：“大雁恋伴，只要抓着一只，不论是妻子是丈夫，一定会留下来寻找。只要那只雁前来寻找，两只就可以一起抓了。到时候，炖一锅大雁汤，美美地吃几天。”

为了引诱另外一只大雁，小坡把那只受伤的大雁拴在一棵大树上做诱饵，很快，那只公雁就找来了。公雁在拴着母雁的大树上来回盘旋，小坡看到公雁来了，就在旁边架上土枪，准备猎杀那只公雁。

公雁看到母雁，一声紧接一声，呼唤着母雁，母雁看到公雁，在树上扑扇着受伤的翅膀，回应着公雁，叫声凄厉。

村里的人听到两只大雁凄厉的叫声，都劝小坡，把那只受伤的雁放掉。可任凭怎么劝说，小坡就是不肯放雁。看着鸣叫声声的公雁，小坡瞄准那只公雁，打了一枪，但没有打中，公雁惊慌地飞走了。小坡想，打了一枪，那只公雁不会再来了。可一袋烟的工夫，公雁又飞回来了。看看天已近黄昏，小坡收枪回去了。

那天晚上，两只大雁，叫了半夜，声音都有点嘶哑，直到后半夜才停了下来。

次日清晨，小坡很早就架起了枪，等待着那只公雁。因为昨天小坡那一枪，公雁似乎有点防备，一直在大树上空盘旋，不往树上落。小坡看着大雁来来回回地飞，却抓不着机会，急得直翻白眼。那只大雁似乎认识小坡，只要小坡一离开，就瞅准机会，落到大树上，给母雁喂食，帮母雁梳理羽毛，还不时用嘴在母雁受伤的翅膀上摩挲，然后快速地离开。

整整一天，公雁就在母雁的附近盘旋，始终不肯离开。也许是公雁太机警了，小坡一直没有机会打到那只公雁，他有点沮丧，早早就把那支枪收了起来。

这天晚上，没有听到两只大雁的叫声，人们的心都提溜起来，是不是母雁死去了，公雁走了。次日清晨，村里有人看见，两只雁头贴着头，依偎在黄叶飘零的树枝上。有人把小坡喊了出来，让小坡看。小坡看后，很长时间没有吭声。

那一刻，似乎是被大雁那种生死相依的情感深深触动，小坡在众人的劝说下，决定把那只大雁放生。还有的人，从家里拿来了药膏，为受伤的大雁治伤，而后把那只大雁放到了后山坡，那里有一个草垛，可以遮风挡雨。

随后两天，不断有人去后山坡，远远地观看两只大雁。那只受伤的母雁，精神状态很好，看到有人远远地望着它，一点也不胆怯，很安静。偶尔，还会扇动翅膀，似乎在告诉人们，它很好。

村子里上了岁数的老人，还为大雁送去了粮食。有的老人，自动地担当起保护大雁的任务。规劝、驱逐那些喜欢看热闹的小孩，远离大雁。

看着两只大雁平静地生活着，人们多少有点放心。也许过几天，受伤的母雁就可以康复，它们可以相伴着飞向南方。来年春天，又一块飞回来，在这里生儿育女，享受新的生活。

谁也没有想到，这年的秋末冬初，一场雪，把一对大雁永远地留在了北方，留在了一个叫寨沟的北方乡村。一场雪，把村子里善良人的美好愿望埋葬，把一对恩爱的大雁的生命埋葬。它们的灵魂，永远地栖息在了这片黄色的土地上。

这是 1976 年初冬的某一天。上午还是阳光灿烂，虽有点寒意，但阳光把寒气一点点驱散，天暖融融的。到了下午，天突然就变了，变得阴沉沉的。有风起，冷飕飕的。这样的天气，在北方，还是较为常见的，没有人想到会有一场大雪来临，因为还没到下大雪的时候，人们顶多会想到雨。

没有人想到下雪，可却偏偏下了一场雪，一场很大很大的雪。到了后半夜，当人们睡醒、听到窗外的沙沙声时，抬起身子向外望了一眼，这一眼，让他们惊奇，窗外白茫茫的一片，除了白色，几乎看不到其他的颜色。白色的雪，把大地染白了。

早上起来，后山坡上，站了很多人，他们神色凝重。眼前的草垛下，有一个雪雕，样子像两只大雁。

就是那两只大雁，它们静静地站在那里。人们走上去，把大雁身上的雪拂去，在场的所有的人都惊呆了。两只大雁，并排站在草垛下，一只大雁张开翅膀，遮盖着另一只大雁的身体。看上去，就像一对恋人，紧紧拥抱着。在场的人，谁都明白，是公雁在寒冷的夜晚用自己的身体温暖着受伤的母雁。母雁的头，抵在公雁的颈项上，紧紧地依偎着。

在生死关头，公雁没有离去，独自寻找生路，而是用身体温暖着母雁。这样的爱，是无声的，胜过了所有的海誓山盟。其实，爱是不需要表白的，爱是行动。

有人说："看看还能不能救活？"有人上前，摸了摸说："早就死了。"村里一个老人说："把它们埋了吧，生在一起，死要同穴。"

人们在后山坡挖了个坑，决定把大雁埋在那里。可去拿那两只大雁时，人们发现，两只大雁紧紧地连在了一起，张开的翅膀，怎么也合不拢，雁的脖颈也连在一起，成了一个整体。几个老太太看了，当场就哭出了声。

那两只大雁，是小坡埋的。小坡说："老天爷看着哩，以后我再不打大雁了，如果我再伤害大雁，让我不得好死。"

小坡真的再也没有打过猎，哪怕是一只麻雀。

鸽 殇

记得是个春天，父亲带回来两只鸽子，一公一母。两只鸽子，是父亲为我带回来的。村子里很多家都养鸽子，有的三五只，有的十多只，也有的数十只，落在房顶上，一大片，很好看。

我那时就想养鸽子，给父亲说了几次，父亲没答应，父亲不好意思张口。那年月不像现在，可以在市场上买，农家养的鸽子，是不卖的。有人喜欢，张张嘴，养鸽子的人家，要么送你两只，要么拒绝。父亲不想张口，是怕被拒绝，面子上不好看。

村子里老张家，养了一群鸽子，我去他家玩，看他家的鸽子飞来飞去，很羡慕。老张家与我家关系不错，就嚷嚷着让父亲去老张家要两只鸽子。父亲拗不过我死缠，去了老张家。那两只鸽子，就是老张家送的。

养鸽子很简单，不像其他鸟那样难伺候。两只鸽子是幼鸽，容易驯养。鸽子带回来后，父亲开始为鸽子搭了窝，鸽子窝很简单，在房檐下的墙壁上楔两根木棍，木棍固定好后，在上面放上一些小树枝，用麻绳扎好，再在小树枝上放一些干草，一个鸽子窝就搭成了。

鸽子窝搭成后，把幼鸽拴在窝边的木棍上，放在窝里，让幼鸽熟悉一下自己的窝。过几天，鸽子就喂熟了，把这里当作了自己的家。

养鸽子基本上是我的事，家里其他人对养鸽子不怎么热心。每天，我都为鸽子放点食物，没事的时候，逗它们玩。鸽子胆子小，警惕性高，反应也很敏锐，不熟悉的人，很难接近。但这两只鸽子，很快就与我熟悉并亲近起来。只要我吹声口哨，两只鸽子就扑棱棱来到我面前。家里的其他人，稍微靠近鸽子，它们“嗖”的一声就飞走了。

鸽子是一夫一妻制鸟类，一旦有了配偶，形影不离，绝对不会喜新厌旧。

两只鸽子很快就成年了，公鸽体形较大，长得膘肥体壮，头顶稍平，眼睛大而有神，脖颈粗短有力，脖颈上的羽毛紫绿色散发着金属光泽，十分艳丽。母鸽头部狭长，头顶稍圆，脖颈细长柔软，颈羽也较纤细，母鸽翅膀收得较紧，尾羽较公鸽洁净。虽没有公鸽艳丽，但体形紧凑优美。

长大后的公鸽，比较活泼爱动，行走时常昂首阔步，一副大丈夫模样。公鸽对母鸽很好，经常伴在母鸽的身边，发出“咕嘟、咕嘟”的鸣叫声，母鸽回应它两声，它就不时地上下点头，样子很是可爱。母鸽与公鸽相反，性情温顺好静，公鸽围在身边转时，就会发出低而短促的“咕咕”声。鸣叫时，翅膀会出现微微的扇动，那样子十分惬意。

两只鸽子，越来越亲密，经常在院子里悠闲地散步，要么是母鸽在前，公鸽在后；要么是公母并肩。有些时候，两只鸽子还会头对着头，“咕咕、咕咕”低声鸣叫，像是在诉说什么。不想在院子里散步时，它们就成双成对地飞出去，然后再成双成对地飞回来。我看它们，就是一对热恋的恋人。

秋天，母鸽到了发情期，发情的母鸽，小鸟依人般地寸步不离公鸽，尾随着公鸽。更多的时候，母鸽就依偎在公鸽身边。这段时间，公鸽不再像以前那样，四处乱动，而是乖乖站着，让母鸽靠在自己身上。看到它们亲昵的样子，我总是远远地站着，不忍打扰它们。

几天后，突然就看不到鸽子亲昵的身影。原来，鸽子产下了两枚卵，忙着孵化小鸽子呢！鸽子产卵，就不再四处乱跑，它们轮流孵蛋。公鸽一般是在白天入窝孵化，时间大概在上午八九点钟到下午四五点钟；母鸽是在夜晚入窝，接替公鸽后，直到第二天九点左右。鸽子轮流入窝孵化，主要是为了出去觅食。

看着鸽子辛辛苦苦地飞进飞出，想到两只鸽子马上就可以变成四只鸽子，我的心里美滋滋的。可谁也没有想到，一周后，两枚鸽卵突然不翼而飞，消失得无影无踪。

那天，一家人干活回来，看到两只鸽子蹲在窝边，“咕咕——咕咕”地叫个不停，而且焦躁不安。鸽子不在窝里孵化小鸽子，蹲在窝外干什么？我感觉到是出了什么事，于是，就搬了个梯子，上去一看，那两枚鸽蛋没有了。

谁也不知道鸽蛋是怎么丢失的。我想，是老鼠偷吃了鸽蛋？是蛇吞食了鸽蛋？还是调皮的小孩子趁我们家人不在家，把鸽蛋拿走了？没有人知道。我感到很沮丧，眼看着就是四只鸽子，瞬间就化为了泡影。

以后的十几天里，两只鸽子显得无精打采，院子也不出，不停地“咕咕”叫，蔫蔫的，喂它们食物也不怎么吃。看着它们的样子，我的心里很难受，谁知道它们会不会伤心欲绝呢？

我的担心似乎是多余的，半月后，两只鸽子终于从悲伤中缓过神来，慢慢地开始进食，也活跃起来，还不时在院子里散散步，有时也会飞到屋顶上，虽然没有像以前那样飞来飞去，但精神好多了，毛色也光亮起来。

两只鸽子，恢复了正常。吹声口哨，它们就会应声而来。这在鸽子蛋丢失的那段时间里，是不曾有的。那时任凭我怎么吹口哨，鸽子就像没有听到似的，不理不睬。

鸽子心情好，我的心情自然就好。我知道，鸽子每年可以繁殖七八次，这次出现意外，没有孵化成功，但很快就会到下次的繁殖期。虽说到了秋天，但孵化两只小鸽子，还是有希望的。我这样想时，心里就宽慰了很多。

也许是命中与鸽子无缘，我的鸽子梦很快就破灭了。一场更大的不幸，再次降临在两只鸽子的身上。

好像是一个清晨，那天天气格外的好，太阳早早就露了脸。我每天起来，第一件事就是喂鸽子。那天，我给鸽子喂了一把小麦。鸽子吃完麦子，在院子里溜达了一圈，双双飞走了。一般情况下，鸽子在外面不会停留太长时间，早上出去，中午回来。那天，两只鸽子中午没有回来，我也没在意，这样的情况，以前也出现过，并不新鲜。

到了晚上，五六点钟，鸽子回来了，是那只母鸽子，公的没有回来。回来后的母鸽，一副萎靡不振的样子。我喂它粮食，它也不过来吃，头耷拉着，蜷缩在院子里的墙角下，不声不响。

公鸽去了哪里？是不是被人打伤或者打死了？母鸽不会说话，谁也不知道。这两只鸽子，一般是不会跑远的，我决定去房后的山坡上找找。我找鸽子，就吹口哨，只要是我吹口哨，鸽子听到后，就会飞过来。那天，我找到天黑，口哨吹得唇干舌燥，方圆一公里的山坡上，到处飘荡着我的口哨声。但那只公鸽，一直没有回来，没有飞到我的身边。

第二天，那只母鸽早早就飞出去了，我知道，它是出去寻找公鸽的。晚上，母鸽回来了，孤零零的身影，依旧蜷缩在院子里的墙角下。

第三天，母鸽没有出去，我起来时，它已飞到瓦房的房脊上，站在那里，眺望着远方，像是等待着什么。我知道，它是等待公鸽回来。

以后的几天里，母鸽就站在那里，不吃也不喝，眺望着、等待着。我有几次轰它下来，它动也没动。我吹口哨，它不下来；我用石块砸，它不动；没有办法，我用火药枪对准天空放了一枪，想吓唬吓唬它，让它下来，可它只是身子抖了一抖，依然没有下来。

看到鸽子可怜的样子，我很伤心，恳求父亲，把那只鸽子弄下来，就是用棍子往喉咙里捣，也要喂它几粒麦子。父亲说：“公鸽不回来，它是不会下来的。这只鸽子，有情义，就随它去吧！”

那只鸽子，站在房脊上，灰褐色的羽毛，在太阳照射下，发出七彩的光，眼睛在阳光的映照下，一闪一闪地亮着，像是看到痴心爱人时发出的特有的光芒。

母鸽到死也没有下来，它始终保持着眺望的姿势。

我后来再也没有养过鸽子，想起它们，我就伤心。至今，看到鸽子，就会想起我曾经养过的那两只鸽子，心里有一种酸酸的感觉。

神奇的啄木鸟

在乡村，行走在山野或林子里，不经意间，你会听到这样的声音："笃——笃——笃……"听到这样的声音时，人们会抬起头，仰着脸，把目光投向附近的树木。从声音传来的地方，一定会有一只鸟，乡下的人知道，那是一只啄木鸟。

没有人会去惊扰一只鸟的，看鸟的人，仰着脸看一阵，踢踢拉拉地走了。鸟是不会看人的，它们很专心，"笃——笃"地啄着，一下又一下，很有节奏。当它们停下来时，嘴里就有一条白白的虫子。这时候，它们仰着头，脖子一伸一伸，很快，那条虫子就滑到肚子里，翅膀扑扇两下，"嗖"的一下，飞走了。

我们老家，有树木的地方，就有"笃——笃——笃"的声音。生活在乡村和大山里的人，并不陌生。

我在青少年时代，就住在乡下，一个叫寨沟的村庄。我家的房子，就在寨沟的南坡根，房前屋后，长满了树木，最多的是槐树，还有桦栎树，榆树也有一些，这几种树，都生虫子。桦栎树上的虫子是白色的，肥嘟嘟，是啄木鸟最喜欢吃的美食。槐树、榆树上的虫子，有黄白色的也有红色的，看着没有桦栎树上的虫子有美感，显得龌龊一些。

我总是想，从品相上看桦栎树上的虫子，也一定是啄木鸟喜欢的食物。我这样想时，总能听到桦栎树林里，传来“笃——笃”的声音。

有一段时间，我是在山坡上度过的。每天，我赶着一群羊，在山野里穿行。羊吃草时，我躺在树荫下，百无聊赖。这个时候，我会想到一只啄木鸟。我喜欢听着“笃——笃——笃”的声音，这样的声音，在空旷的山野里，单调而悠远。就像我放羊时，走在山坡上棉布鞋踢踏踢踏的声音。

日子就在啄木鸟“笃——笃——笃”的音乐里度过，我有些时候觉得，我就是一只啄木鸟，习惯于默默地重复着自己的工作。当啄木鸟为树看病时，我在为羊的肚子填充食物。我感到奇怪，我为什么没有像其他的牧羊人那样，闲着时，在山野里扯开喉咙胡喊乱叫一阵呢？我总是在寂寞中打发日子，就像啄木鸟，从不张扬自己——我很少听到啄木鸟的鸣叫。也许，啄木鸟也早已习惯了这样寂寞的日子。

这样的日子，直到蕾的到来才有所打破。我曾经在一些文章里提到过她，但那只是短暂的一段时光。严格地说，蕾不是我的初恋，只是我青春年少时的一段小小的插曲。那段日子，放羊的我，身边总是跟着一位少女。在山野里、在树荫下，听着啄木鸟“笃——笃——笃”的声音。

蕾第一次听到这种声音时，感到好奇。她问我：“这是什么声音？”

我说：“啄木鸟捉虫子的声音。”

蕾说：“像是锤子敲击棍子的声音。你听，声音悠悠的，带着颤音。”

我说：“是的，‘笃——笃——笃’的声音，很好听的。”

蕾说：“不对，应该是‘梆——梆——梆’的声音。是一种坚硬的物质敲打另一种坚硬的物质发出的声音。”

后来一段时间，因为声音，蕾与我进行了多次争论，她一直坚持那是“梆——梆——梆”的声音。而我总觉得那声音应该是“笃——笃——笃”的。蕾说：“只有‘梆——梆——梆’这样的声音，才能感受到撞击的力量，才是一种美妙的音符。”

蕾一直认为，啄木鸟是一种神奇的鸟。她曾经问我，树干那么坚硬，啄木鸟怎么能把虫子从树干里掏出来？我当时无言以对。是的，树干那么坚硬，一只鸟却能把虫子从里面掏出来，这有点不可思议。

我一直为此事耿耿于怀，觉得在蕾的面前丢了面子。后来我查资料知道，啄木鸟的嘴强直而尖，不仅能啄开树皮，而且也能啄开坚硬的木质部分，很像木工用的凿子。当然，仅仅有坚硬的嘴巴是不够的，啄木鸟还有一个特殊的舌头，它的舌细长而柔软，能长长地伸出嘴的外面。发现树干的某处有虫，就会把树皮啄破，将害虫用舌头一一钩出来吃掉，将虫卵也用黏液粘出。当遇到虫子躲藏在树干深处的通道中时，它还会巧施“击鼓驱虫”的妙计，用嘴在通道处敲击，发出特异的、使害虫产生恐惧的击鼓声，害虫在声波的刺激下，晕头转向，四处窜动，往往企图逃出洞口，而恰好被等在这里的啄木鸟擒而食之。

这就是啄木鸟奇特的本领。人们把啄木鸟称为“森林卫士”。

这些蕾当然不会知道，所以蕾对啄木鸟十分好奇。蕾对我说，回去查查资料，看看啄木鸟究竟神奇在什么地方。但她后来查没查资料，我不知道。后来我们去了一次大山，在山里游玩，看到了很多动物，也看到了不少的鸟，但没听到蕾提起过啄木鸟。再后来，蕾就嫁人了，我一直没再见到她。

蕾回家时说想要一只鸟，养一只啄木鸟。她说，这鸟太有意思了。我便答应给她弄一只啄木鸟养养。我母亲知道后，对我说，啄木鸟是好鸟，不能像麻雀那样随便捉的。

我答应过蕾的，没办法食言。就对蕾说，啄木鸟不好养的，这种鸟除了吃虫子，别的什么也不吃，会死掉的。蕾说那就不要了，弄只鸟是养的，养不活有什么意思。我后来给蕾抓了两只叫“缠缠丝”的山雀，这种鸟很小，比麻雀还小，模样挺好看的。蕾很喜欢，拎着那两只鸟很高兴地回去了。

蕾走后不久，我就不再放羊，那几只羊，被卖掉了。山上的树，在那一年突然被全部砍伐，开出了一块块种啥不长啥的梯田。没有了树，也没有了草地，羊吃啥?

没有了羊，日子过得有点拮据。生活的压力，使我不得不离开家乡，去了一个叫蒲山的地方。那是一座孤山，山上什么也没有，只有石头。那是一种可以烧石灰、制水泥、打石子的石头，当地很多人，开山挣了不少钱，成了暴发户。我就在山上采石，管吃管住，每天还有五元钱的收入。

山上没有树，是否还有啄木鸟，对我来说，并不重要。那些鸟儿，随着生存的压力，早已消失在遥远的记忆里。

我后来又多次回到家乡，可再也没有听到“笃——笃——笃”的声音，或者说是“梆——梆——梆”的声音。我没有听到，可不知远在他乡的蕾，是否听到过那悠悠的、带着颤音的声音。

我相信，蕾也不可能听到。因为，蕾早已远离乡村。城市，是不会有这样的鸟出现的。

想起鹌鹑

总想起山里的鹌鹑，那只鹌鹑的影子，挥之不去。

前几天，去山里一个朋友家，多年不见，朋友很热情，又是割肉，又是杀鸡。忙活完，朋友对我说，让你吃点新鲜的。

吃一只家养的土鸡，已是够新鲜的了。在城市，吃的鸡，多是养鸡场里的鸡。那些鸡，是用激素喂肥的。肉味寡淡不说，对身体也没什么好处。

原以为是吃鸡，谁知，出去看时，看到朋友的妻子正在宰杀鹌鹑，我看见时，已杀到最后一只了，刚要制止，朋友的妻子一刀下去，那只鹌鹑扑棱了几下，就不动弹了。

其实，在我们老家，鹌鹑是极其普通的鸟。多年前的乡村山野里，随处可见。这种灰褐色的鸟，因为没有尾巴，家乡人叫它“秃尾巴鹌鹑”。

在我们家乡，有“地上走兽，兔子狗肉；天上飞禽，鸽子鹌鹑”的说法。话虽这样说，但真正吃鹌鹑的人不多，不是不想吃，是觉得那一小疙瘩鸟肉，实在是不当饥不当饿的。再说，乡村的人，也没闲工夫去山上抓鹌鹑。偶尔抓到一两只鹌鹑，放到火堆里烧烧，给孩子们解解馋。就是去到饭店，也没有鹌鹑可以吃的。

乡村的人，早些年一般是不吃这些的。城里人吃，乡村的人笑，我们老家多的是，谁吃呀？都是小孩子们吃着解馋的。对于乡村人，有鱼有肉，那就是幸福生活。

朋友是属于见过世面的人，常年在城里打工，不仅见得多，吃得也不少。吃饭的时候，朋友说："你这么多年在城市生活，野味吃得不少，但像今天这么新鲜的鹌鹑，恐怕没有吃过吧？城里吃的鹌鹑，都是养的。像野生的鹌鹑，肯定吃不到，就是吃到了，也不是新鲜的，哪像咱，现吃现杀，味道鲜着呢！"

朋友说的是真的，在城市里，没有新鲜的鹌鹑。我吃过的，都是养的。这一大盘卤鹌鹑端上来，油光光，红溜溜，散发着香味，的确是诱人的。朋友很热情，一定要我尝尝鲜，盛情难却，吃了一只。还别说，香嫩可口，味道极佳。

看我不怎么吃，朋友说："多吃点，这东西不好弄，现在少了，听说你来，我昨天就下网了。看看，就弄了这几只。要是过去，布一张网，一天少说也弄个二三十只的。"

说这我相信，早些年，我也逮过鹌鹑，那时的鹌鹑，到处都是。那时我们抓鹌鹑，不是为了吃，是为了养。

养鹌鹑有的纯粹是玩，鹌鹑养熟后，放在手上也不会飞。所以，鹌鹑的主人常带着鹌鹑四处炫耀。还有的是养来斗鹌鹑的，斗鹌鹑很讲究，不好养，调教一只鹌鹑，要费很多工夫，既不能把鹌鹑养得很肥，也不能太瘦。其实，养鹌鹑就像健身，养的不是肉，而是肌腱。只有把鹌鹑养强壮了，才有战斗力。

乡村斗鹌鹑很简单，就是把鹌鹑放在空地上，也有的放在簸箕中，像斗蟋蟀那样，用小木棍挑逗，激怒它们。等鹌鹑发怒后，两只鹌鹑便撕咬起来。几个回合下来，便能分出胜负。

斗鹌鹑是为了玩，一般不会斗得你死我活。乡村有句俗话“咬败的鹌鹑斗败的鸡”，鹌鹑被咬败后，从此就再也不会和别的鹌鹑斗了。斗鹌鹑只要不是赌气，大都是见好就收，很少看到鱼死网破的局面出现。

斗鹌鹑，就要捉鹌鹑来养，捉鹌鹑也不是一件容易的事。秋天是捉鹌鹑的好季节。每到晚上，人们就带上电灯、网，还有母鹌鹑来到豆地，或者棉花地，在地里张网，用母鹌鹑的叫声勾引雄性的鹌鹑。没有母鹌鹑，就模仿母鹌鹑的叫声，“啾啾”地叫，引诱雄性鹌鹑。公鹌鹑听到母鹌鹑的叫声，就扑扑棱棱飞过来，一头撞到网里面。当然，很多时候，也会空手而归。

我年轻时，就养过几只鹌鹑，可能是不懂得驯养吧，我调教过的鹌鹑，没有一只是善斗会咬的。每次与人玩斗鹌鹑，要么那鹌鹑耷拉着脑袋，无精打采不肯参战；要么刚开始斗，就露出了败相，不得不匆匆收场。但长期与鹌鹑相处，或多或少地有些感情。一般情况下，我很少伤害鹌鹑。

我有些时候也吃鹌鹑，吃鹌鹑时，我是这样想的，那鹌鹑不是我杀死的，我不吃，鹌鹑也活不过来。我这样想时，就会吃得心安理得。其实，我知道，那是一种自我安慰，是一种借口，为自己经不住美味诱惑寻找的一种借口。

朋友的卤鹌鹑，我最终还是吃了一只，可心里总觉得不安。尽管朋友不时地劝我，可我怎么也下不了口。总觉得，我吃的那只，就是朋友妻子最后杀死的那只。那只鹌鹑扑棱棱挣扎的画面，不时在眼前出现。

那只鹌鹑，让我感到不安。我突然想，生命就是在不断消失与再生中轮回，有一天，当生命不再重生时，这世界是个什么样子？

没有人知道。当然，我所说的生命，不是一个单纯的物种，是所有的生命。也许，当所有的生命消失，地球也就不复存在了。

这似乎是小题大做。从一只鹌鹑，想到地球的消失，似乎其中的差距还很远。可是，谁又说得准？远与近，或许只是一步之遥。

水鸭子的故事

家乡是多山地区，河流、堰塘不多，喜水的水鸭子很少。它们偶尔也会出现在河流里、堰塘中，但为数寥寥。在我们家乡，水鸭子是稀有的鸟。

水鸭子是我们当地的一种叫法，它们原本不叫水鸭子，叫野鸭。乡里人把家养的鸭子叫旱鸭子，就把喜欢在水里游的野鸭叫作水鸭子。

突然有一年，大概是二十世纪八十年代初，家乡来了很多水鸭子，水库里、河里、堰塘里都有水鸭子的身影。这是一种绿翅鸭，体小，翅膀绿色，头部栗色，两侧有绿色带斑。它们要么成群结队，要么三三两两，出现在家乡的河流、堰塘里。

那时候农村还很少使用化肥农药，环境没有受到污染，河里堰塘里到处都是鱼虾，把水鸭子吃得膘肥体壮，一个个肥嘟嘟的，人看了就眼红。

八十年代初，我们家乡刚刚实行联产承包责任制，农民的温饱问题虽然得到初步解决，但生活还很贫乏，半个月都吃不上一顿肉。看到这么多的水鸭子，个个都眼馋得不得了，总想弄一只解解馋。

眼馋归眼馋，但弄一只水鸭子，也并非容易的事。那东西很机灵，稍有风吹草动，就扑棱棱飞走了，很难抓到。看着肥肉吃不到嘴里，心里就痒痒得慌，于是就想着邪门，抓捕水鸭子。为抓水鸭子，闹出了不少笑话。

村里有个文老八，人没多大本事，家里穷得除了有点粮食，别的啥也没有，但是孩子多，几年工夫，生了五个孩子。

人多嘴就多，粮食不够吃，菜也没的吃，更别说吃肉。几个孩子，缺乏营养，不长个子不说，脸也经常黄巴巴的。

他家住在山坡上，山脚下是一座堰塘，那年的水鸭子来得多，他家下面的堰塘经常有水鸭子在里面游。文老八看着肥嘟嘟的水鸭子，就来了精神，想着弄几只让孩子们解解馋。文老八没有火药枪，也不会使用火药枪。看着人家吃水鸭子，眼珠子就要蹦出来了。

没有枪，文老八就决定投毒。他去镇上买回了一瓶“呋喃丹”，下了些药在堰塘里。“呋喃丹”是一种白色的杀虫剂，具有很强的扩散性，能迅速在水表面扩散开来。那天他下完毒，去地里干活，干活回来，去堰塘里看有没有毒到水鸭子。离堰塘很远，就听见水里的扑棱声。走到跟前一看，文老八就傻了眼，那是什么水鸭子，毒倒的都是自己养的鸭子。

心疼归心疼，但毕竟有鸭子肉吃。文老八把鸭子拎回家，煮了一大锅鸭子汤，一家人吃得心满意足。谁知道，当天晚上就出了事，一家人上吐下泻，全部进了医院。原来，毒死的鸭子是不能吃的，特别是鸭子的内脏，更不能吃。文老八看着鸭子的内脏，那都是肉啊，丢掉怪可惜的，就都煮煮吃了。

好在是轻微的中毒，没出人命，花了一百多元钱，住了两天院就回来了。村里人笑他没本事，说：“蠢人干些蠢事。”

他老婆也骂他：“倒霉的，净想歪门，水鸭子没毒倒，把自己的鸭子毒倒了，还差点把一家人都赔上。水鸭子就那么好吃吗？”

与文老八比，章大建闹的就不是笑话了，差点出了人命。章大建是医生，但喜好打猎，没事的时候，爱背支火药枪，到山上闲转悠。时不时地打只野兔，改善改善生活。他家后面有一条河，靠河有一个湖，常年蓄着齐腰深的水，种不成庄稼，里面长满了水草，是水鸭子经常出没的地方。

章大建就一直惦记着湖里的水鸭子，去了几次，都扑了空，连水鸭子的毛都没弄到。说起来章大建也是这一带的老猎手，那么多的野鸭子，很多人都打到了，可他却没打着一只，这让章大建很是没有面子。

那天章大建给病人看完病，心里惦记着湖里的水鸭子，就背着枪，到湖里打水鸭子去了。老远，章大建就看到有两个黑点，在水草丛里一晃一晃的。

章大建岁数大，眼不好使，又不敢靠前，怕惊动了水鸭子，就躲在一棵栎树下，对准那两个黑点搂了火。枪响的同时，章大建听到了两声惨叫。章大建知道，自己闯了大祸，就跑过去救人。到了湖边一看，两个人从湖里钻了出来，满脸是血。

那两个人是邻村的，在稻田里薅完草，刚跳到水里洗洗身上的泥巴，冷不防就挨了一枪。好在距离远，没多大劲儿，铁砂子在头皮上、脸上留了几个麻子点。

看到血淋淋的两个人，章大建慌了手脚，把两人弄到自己的药铺里救治。因为是邻村的，都是熟人，也没有为难他，治了两天，就回家了。章大建自己觉得过意不去，每人给了二百元钱，事情就算了结了。

事后，说起这件事，章大建就会说："明明是水鸭子，咋就变成了人呢？点背啊！"

这句话后来就成了经典。提起章大建，人们就会说："点背啊！水鸭子咋就变成了人呢？"

这都是二十多年前的事了。

现在的文老八，已不是当年的文老八了，他的几个子女都长大成人了，日子也一天比一天好，缺粮少菜的日子已一去不复返了。他的几个子女，有两个大学毕业安排了工作。另外的三个，都去了南方打工，每个月都有钱汇过来。有钱，日子越过越滋润，不用再毒水鸭子了。再说，现在也很少有水鸭子。

章大建已经八十多岁了，没有了猎枪，也就不再打猎。随着年龄的增长，章大建早已成为了一名德高望重的老中医。他家的药铺还开着，他儿子在药铺里坐堂。他偶尔也去药铺里看看，但很少看病。也有人找他看病，他总是说：“老了，眼不好使啊！”

他们与水鸭子的事，村里很多人都忘了。其实我也忘了，只是偶尔还能记起，于是就顺手记了下来，但愿能给人们留下点什么启示吧！

黄昏、鸟或其他

一

黄昏于我，是一个美好的字眼，没有人比我更喜欢黄昏。我喜欢在黄昏，走上山坡，看西天悬挂的残阳，看血红的太阳，看霞光映天的余晖。黄昏，让我着迷。我觉得，如血的残阳是最美的颜色。我喜欢在黄昏站在高高的山岗上，看山坡上郁郁葱葱的树，在阳光的照射下映出一抹淡红，这样的色彩，让我沉醉。我喜欢在黄昏看鸟，有时会看到一只猫头鹰，有时会看到一只斑鸠，它们站在树上，身上披着金黄的色彩，亮花了我的眼睛。我也会在黄昏迎着刺眼的阳光长久地注目，渴望看到鸟群，百灵、大雁或者是一群麻雀。看到鸟群，我的眼睛发蓝，直到它们从我的视线中渐行渐远，消失在遥远的天际。

那色彩斑斓的夕阳，那葱郁的林子，那孤独的鸟和鸟群，让寂寞的黄昏，显得生动，显得曼妙，显得缤纷。我觉得，那时除了电影，除了乡戏，除了少得可怜的书籍以外，黄昏，是我看到最美的风景。

我至今不明白，我会那么喜欢黄昏，黄昏的树林，黄昏的鸟和鸟群。这不是一个乡村人应该享受的风景，乡村人没有这份闲情雅致。可是我，却享受着城里人无法享受的悠闲。在村子里，我是人们眼中的另类，他们始终不理解，一个乡村青年，为何时常在黄昏的山野里游荡，他们认为，在黄昏里一待就是半天，傻傻地看天空，看树林，看夕阳，看鸟和鸟群的乡村青年，是不是有点傻，有点缺根筋。

村子里的柳老师对我父亲说，你家孩子可能有点抑郁，最好带到医院里看看。好像那时候乡村还没有抑郁症这样的说辞。柳老师说我抑郁，是告诉我父亲，你家孩子神经不正常。

村子里的张江问我，哥，你整天待在山坡上，是不是在等蕾？我摇摇头。张江说，骗别人行，骗我不行，一定是在等她。我说，你不明白。张江说，我明白，你就是在等蕾。张江知道，那时的我，与一个叫蕾的小镇姑娘在黄昏的山坡上谈恋爱。因此，张江固执地认为，我是在等蕾。是的，我与蕾，曾经有过一段恋情。可张江不知道，蕾已经离开了我，去了一个我不知道的地方。

其实，我自己也不知道，我是不是在等蕾。蕾刚离开我时，我恍恍惚惚，总以为她还会回来，像以前那样，满山遍野地找我。一段时间以后，我就知道，那只是我的幻想。因为失去的，是不会再回来的，蕾就像一只鸟，飞离了我的视线，再也不会回来。

说实话，我不是一个安分的农民。我的身上，看不到农民的影子，落寞的眼神，淡淡的忧伤，冰冷的神情，让我看上去更像一个忧郁的诗人。我不喜欢种庄稼，除了收割水稻、小麦，掰玉米、摘豆荚、锄地、翻地、插秧等简单的农活。犁地、耙地、播种、扬场，这类有点技术含量的农活，别人一学就会，可我怎么也学不会。我母亲说：你生在农村，根扎在农村，对农活一窍不通，以后怎么生活？

母亲说得没错，作为一个农民，我确实不合格。我曾试图改变自己，学会做一个真正的农民，可我的努力没有得到回报，学来学去，什么也没学会。看着我整天吊儿郎当，干啥啥不会，村子里的人有点看不起我，说我生在农村不像个农民，以后成家，怎么养家糊口？在村子里，我是出了名的“二流子”。甚至没有人愿意给我说媒，也没有人愿意把自家的女儿嫁给我，怕我养不起他们的女儿，跟着我吃苦受罪。

是的，我确实是个“二流子”，农活不会干，也不愿意干农活。别人干活时，我拿着一本书，或者是一本杂志，一遍遍地翻读。别人夜晚睡觉时，我点着煤油灯，趴在一张破烂的桌子上，写诗、写小说、写散文。白天睡觉，黄昏上山看落日、看树林、看鸟群，看得如痴如醉，看得昏天地暗，看得酣畅淋漓。

我觉得这不是我的错，是他们不理解我。他们在我的眼里，还不如不会说话的山坡、夕阳、树林、鸟群。它们虽然不会说话，但它们总是默默地注视着我，没有嫌弃我，没有厌恶我，始终如一地陪伴着我，且在我落寞的时候，给我慰藉、温柔和怜悯。

二

又是一个黄昏，我走向山坡。夏天的天，热得人烦躁。待在家里，浑身冒汗。家里没有电扇，只得摇一把破扇子，扇子哗啦啦地响，但挡不住汗水刷刷地流。走在山坡上，凉风吹过，格外凉爽。我坐在一块石头上，眯着眼，看红彤彤的夕阳。在凉爽的傍晚看落日，别具情趣：眼前的松树林里，有几只百灵鸟蹲在树梢上，滴溜溜地叫，叫得人心情愉悦；风吹过，树枝摇摆，百灵鸟随着树枝摇摆，鸟声弥漫山野；太阳的红，照射在鸟的身上，栗色的羽毛，斑斑点点，漫着一片金黄。

有两只鸟，肩并肩蹲在树枝上，细小的树枝被鸟压得弯了腰，随时有滑落的可能。可是那两只鸟，无所顾忌，很亲昵地蹲在树枝上。其中一只鸟把头靠在另一只鸟的身上，叽溜叫一声，另一只鸟也跟着叫一声，像是在说话。我听不懂它们在说什么，但我想，它们可能是在恋爱，说的是我听不懂的鸟语。

那两只鸟，我看了半天，看着看着，我就想起了蕾，披肩的长发，窈窕的腰肢，白净的脸，明亮的眼睛，红的唇。蕾也曾经像那只百灵一样，靠在我的身上，喃喃地说着话，说我们的未来，说未来的生活，甚至说我们未来的孩子，脸上充满了对未来的憧憬。再后来，蕾靠在我的身上，泪眼蒙眬，要我带她走，去一个没有人认识我们的城市，或者是乡村，再或者是深山，只要没有人认识我们，去哪里都可以。可是，我没有筹集到离家出走的钱。于是蕾走了，走到一个我找不到的地方，杳无音信。

总是不由自主地想起她。我真的像张江说的那样，在黄昏的山坡上等蕾。我知道蕾不会再来，如果她来，早就来了。

是的，蕾不会再来，蕾已经嫁人了。那个夜晚，当蕾流着眼泪要我带她离开家乡，与我一起私奔的那一刻，我就知道，蕾很可能遭到了逼婚。蕾提出与我私奔，是被逼无奈之举。谁不想，在亲人的祝福声中，与自己心爱的人携手走进婚姻的殿堂呢?

可是我，在心爱的人最需要一个肩膀依靠的时候，却不能给她一个停靠的地方。都说男人是岸，可当一只在风雨中飘摇的船，驶向希望的岸时，岸却轰然倒塌，那种绝望，是无法想象的。像我这样的男人，还有什么值得留恋?

以后的很多年，我一直打听蕾的去向，只听说蕾嫁人了，去了一个城市。这个爱恨分明的女孩，没有给我留下一句话，绝情而去。蕾就是这样，爱就是爱，恨就是恨。蕾对我绝望透顶，把对我的爱，变成了对我的恨，恨到不愿再跟我说一句话，见一次面。

在两只鸟亲昵地交谈时，又飞过来一只鸟，落在那两只鸟的旁边，叽叽溜溜地鸣叫，好像是与那两只鸟搭话。两只鸟受到了干扰，扑扇了一下翅膀，一前一后飞走了。树枝上，只留下一只鸟，孤零零地蹲着。似乎是有点丧气，蹲在树上的鸟，耷拉着头，不再鸣叫。

我本以为，我与蕾，应该是比翼双飞的那两只鸟。可事实是，在自由的天空上，飞翔的不是我和蕾。我是那只孤独的鸟，那只孤独地蹲在树枝上，看着血红的夕阳的鸟。

三

秋天的一个下午，我去南洼割水稻。干技术活我不行，但割水稻还可以。三分地的水稻，很快就割完了。我沿着弯弯曲曲的山路往回走，边走边吹口哨，走到一片栗毛丛，听到有扑扑棱棱的声音传来，循声望去，看见一只斑鸠扑扇着翅膀在跑。我有点奇怪，斑鸠胆小，看见人就飞走了，可这只斑鸠却溜着地面跑，看见我跑过去也不飞，我猜想，斑鸠是受了伤。看我追过去，斑鸠就躲在一墩栗毛丛中，我轻而易举地就抓着了斑鸠。

确实是一只受伤的斑鸠，左翅膀被打伤了，流出的血把羽毛粘在一起。我看了看，伤不是很重，没有伤到骨头，只是皮肉之伤，养一段时间就恢复了。

斑鸠，在我们家乡，是一种很普通的鸟，走在山野里，随处可见。但这只斑鸠，比较稀少，它有个绕嘴的名字——珠颈斑鸠。珠颈斑鸠走路觅食时，不停地点头，在我们家乡，我们也叫它“磕头虫”。这种斑鸠长相比较可爱，头为鸽灰色，上体大都褐色，下体粉红色，颈部为淡粉红色，间杂有黑白分明的斑点，看上去比较醒目，有美感，可供欣赏。我很喜欢这种鸟，想抓一只养，可一直未能如愿。

意外地得到一只鸟，心里就有点高兴。原本想在山坡上待一阵，可看着受伤的鸟，就急着往家赶，想为受伤的鸟包扎一下伤口。走上山坡，迎面走来一个女孩，高挑身材，圆脸大眼，披肩长发。看见我就喊，抓鸟啊！说完就风风火火走上前，伸手欲抢我手中的鸟。我手一缩，她扑了个空，差点扑到我怀里。没有抢到鸟，她嘟起嘴说，不就一只鸟吗？小气！

女孩叫蓝。她原来不叫蓝而叫兰，兰花的兰。上高中时，嫌“兰”字俗气，就改作了蓝。蓝住在我的邻村，相距一里多路。她上一个坡，我上一个坡，走到坡顶，就走了个照面。我割水稻的那块田，就在蓝所住的村前。上街赶集，去乡里上学，蓝就从我家门前过。

我与蓝，不仅是邻村，还是中学时的同学。读高中那两年，我们经常结伴而行。那时的高中，因为离家远，吃住在学校，每个星期，都要从家里带粮食，到学校的食堂里兑换饭票。每周交一次，每次十来斤粮食。二十世纪八十年代初，自行车还未普及，上学都是徒步。虽说是十来斤粮食，但跑十几里路，男孩还行，女孩的体力就跟不上。每次上学，蓝的粮食，都是我替她背。因此，蓝对我有一种依赖感。

可是蓝，从没有对我表示一点点的爱意，在她的眼里，我就是她的邻居，她的同学。高中毕业那年，在回家的路上歇息时，蓝有点忧伤地对我说，两年这么快，以后谁给我背粮食呢？我说，你是不是还没睡醒？我们毕业了，还想背啥粮食啊！分开时，蓝对我说，我会来看你的。蓝说这话时，满脸的忧伤。

蓝后来真的来看过我，其实就那么一丁点远，走上山坡，走下山坡，就到我家了。见面啥也没说，就说些同学的事，谁谁谁考上大学了，谁谁谁考上师范学院了。说到未来，蓝说她想复读，问我复读不复读，我说想复读。蓝说，那你还给我背粮食。我说，背，肯定背。

可我最终也没有再给蓝背粮食。那年冬天，我去了云南当兵。走前的一天傍晚，蓝来送我。蓝说，你食言，不给我背粮食了。

蓝最终也没去复读，我参军后，蓝去了一所小学教书，当上了民办教师。蓝的民办教师指标，是蓝父亲的朋友，一个村支书给安排的。当然，这个民办教师指标，是蓝用婚姻换来的，只是蓝当时不知情而已。

眼前的蓝，还像当年那样，在我面前，从不把自己当外人。我说，不是我小气，这只鸟受伤了，就是给你，你也养不活。等我养好了，再送给你。蓝说，说定了，过几天我就来拿，不过，你再给我扎个鸟笼。

望着蓝远去的背影，心里突然落了个空。蕾走了，蓝也终将要走。因为蓝，她只是我生命里的一个匆匆过客。

蓝的身影，渐渐地消失在我的视野里，山野里只有风吹着栗毛，哗啦啦地响，只有红彤彤的夕阳，慢慢地下沉，还有孤独的我，呆呆地站在山坡上，任凭西天的那一抹余晖，把我的身影拉得很长很长……

四

那只斑鸠，蓝最终没有要。不是蓝不想养，是蓝突然心生慈悲，把斑鸠放生了。

蓝是在一个周末的傍晚，来到我家。那时我正在摆弄鸟笼。此前蓝要我给斑鸠扎一个鸟笼，鸟笼是扎好了，但不够美观。我用颜料把鸟笼染了一下，红绿蓝相间，看上去很美观。蓝来时，我正提溜着鸟笼，欣赏自己的作品。

刚踏进门槛，蓝在我的肩膀上拍了一下，然后一把夺过鸟笼，左左右右，上上下下地看了一遍。对这个鸟笼，蓝很满意。蓝对我说，我就随便说说，你还真扎了个鸟笼啊！我说，你撂下的话，我敢不做吗？

眼前的蓝，脸色苍白，看上去有点憔悴。挂在脸上的笑容，似乎有点勉强。蓝坐了一会儿，凳子还没暖热，就要回去。我知道蓝忙，作为教师，既要讲课，又要批改作业，忙是自然的。

我送蓝到山坡，走到坡顶时，蓝说，把斑鸠放了吧，一只鸟，被关在笼子里，巴掌大一块天地，想飞飞不起，想走走不动，孤零零的，连个伴也没有，斑鸠多可怜！我说，你不养了吗？这种斑鸠，很难抓到的。蓝说，不想了，整天看着笼子里的鸟，多没情趣，再说，我也没时间养鸟。

蓝打开鸟笼，伸手去抓那只斑鸠，看到蓝抓它，斑鸠拼命地挣扎。蓝把斑鸠捧在手里，使劲地向上一抛，斑鸠瞬间张开翅膀，扑棱棱飞向天空。可能是长时间没有飞翔的缘故，斑鸠飞到前边不远的一棵松树上歇息，然后看着我们，“咕——咕咕——咕咕咕”地叫了几声，而后扑扇几下翅膀，向天空飞去。

看着斑鸠飞向远方，只剩下一个小小的黑点，蓝还在仰着脸看。我说，还看啊，就剩下一个小黑点了，有啥好看的。蓝说，还是自由好哇！

分开时，蓝说，你也该收收心，干点正经事。农活你做不好，就出去干点别的事，哪怕是上矿山、下煤窑都行，挣点钱，找个喜欢的人把婚结了。看你现在的样子，不会打算一辈子不结婚吧！

我说，我个人的事，看缘分吧！该来的一定会来，不该来的永远不会来。

蓝一脸忧伤。蓝说，我不是你，没有你那么乐观，我现在已经不再相信缘分了。

其实，我也早已不再相信缘分。我与蕾，曾经那么相爱，可最终，蕾还是无奈地离开了我。

听说蓝在准备婚事，但蓝没告诉我，我也就没问。我知道，蓝终究是要跟那个村支书的儿子结婚的。蓝曾经跟父母吵过闹过，甚至绝食过，但蓝最终还是没有拗过父母。是的，在这个世界，一个人，是多么的渺小。蕾是渺小的，蓝是渺小的，我也是渺小的。我们都无法改变自己的命运，所以，我们只能适应命运的安排。

蓝走时，掂起那只鸟笼看了看。

蓝说：鸟笼扎得还精致，我喜欢，就送我吧！

我说：你喜欢就送给你，本来就是给你扎的。

蓝看了看鸟笼说：真好看。

后　记

我一直认为，鸟是最具灵性的动物，它们是大地的精灵。我也一直认为，没有鸟的存在，乡村是寂寞的。

热爱鸟，就是热爱土地，热爱庄稼，热爱山川河流，热爱森林小草，归根结底，是热爱我们人类自己。所以，我喜欢鸟，我爱鸟，我写鸟。

我与鸟，似乎有着某种联系，那是一种无法言说的情感。

少年时代，我喜欢在清晨，或者是傍晚，走进原野，去看一只鸟。我站在离这只鸟很远的地方，看着它幸福的样子，伤悲的样子，孤寂的样子。看着它，我的心中就有说不出的激动。看这只鸟，让我花去很多时间而不觉得惋惜，在这只鸟的陪伴下，我没有感到寂寞，哪怕是原野寂静无声，哪怕是寒冷刺骨，哪怕是炎热炙烤。

少年时代，我还喜欢养鸟。那些被我抓走的幼鸟，那些幼鸟的父母，曾不止一次地被我深深伤害。我把它们的子女抓在手中，听着它们凄厉地鸣叫，然后圈进笼子，我没有一丝的良心不安，没有愧疚，没有怜悯。我自以为，我把它们圈在笼子里，给它们吃喝，养着它们，是对鸟们的恩惠。

1999年，我回老家，带着女儿，在山坡上转悠，半天时间里，我没有看到几只鸟，甚至没有听到鸟的鸣叫。我突然觉得，鸟已远离了我们，离开了它们曾经生活过的山坡。没有鸟的乡村，是那么的寂寞。也就是那次回去后，我写下了第一篇散文《呼唤鸟啼》。此后，我又写了《倾听鸟声》《为鸟流泪》等十多篇散文。这是我最早关注鸟的一些篇章。

2003年，我去方城，绕道抄近路回南召，在回来的路上，我眼盯着一排排的杨树和远方的树林，在百十里的路上，只看到几个喜鹊的巢。而在以前，公路边的杨树和山野里的树木上，到处都是喜鹊的巢。我感到痛心，连被称为“吉祥鸟”的喜鹊，尚且寥寥，何况其他的鸟类。自此以后，我行走在任何地方，数鸟巢的习惯一直未改。

我在家中，喜欢站在阳台上，看阳台外邻家的一棵石榴树，看石榴树上的鸟，有麻雀、啄木鸟、燕子、戴胜鸟，偶尔还会飞来一只斑鸠。

单位在城乡接合部，那里有上百亩桃园，还有桂花林、竹园。每年春天，桃花开放，成群的鸟飞来，在花瓣间跳跃，莺声鸟语，单位就是一个鸟的家园。可是鸟多的地方，鸟遇到的危险就多，我每次在桃园和林子里散步，都会看到粘鸟的网。对鸟的猎杀，让我再次心疼。我曾经多次，剪断过那些粘网，可我却剪不断人们那颗充满贪欲的心。

有关动物的系列散文写作，始于2009年，这离我第一次写动物，已经过去了10年。2009年8月，在经过多年的沉淀后，我再次将笔触伸向了动物，那些生活在我家乡的我熟悉的动物，如野兔、獾子、豹子、野猪、黄鼠狼、刺猬等兽类动物和斑鸠、鹌鹑、猫头鹰、燕子等鸟类动物，尽管我的文字是肤浅的，但我热爱动物的心是诚挚的。

2009年8月至今，我写下了100多篇关于动物的文字，总计60多万字。其中，关于鸟的文字共计有80多篇、36万多字。我能写下这么多的关于动物的文字，是乡村生活对我的给予，是大自然对我的给予。

其实，关注动物的人们，不仅仅是专家学者和文化人。就是在乡村，也有很多热爱动物的人，他们以自己的方式，默默地关注着动物，保护着动物。这在我的作品里有很多描述，像我家乡南召县崔庄乡的王燕，一个平凡的乡村女人，却用无私的爱，保护着燕子。像王燕这样以一颗慈善的心保护动物的普通人，可以说数不胜数。

动物的保护，任重道远。我们面临着森林减少、大气污染、水源污染、农药污染等环境问题。仅仅依靠个体的努力，还远远不够，改变生态环境，是一个系统的工程，这不是个人的努力所能改变的。也许我们无法改变大的生存环境，但爱护动物，关注动物，保护动物，应该是我们每个人的责任。

保护鸟类，是刻不容缓的，忽视鸟的存在，就是忽视我们自己的存在。

这本关于鸟的散文集很快就要付梓出版。在出版之际，有些话是要说的。我想了很长时间，写下了两个字：感谢！

感谢我的老家寨沟村，这个没有人知道的小山村，它用不太肥沃的土地，养育了我，让我长大成人，一步一步从这片土地里走出来，走进乡镇，走进县城，走进城市。从一个普通的农民，成长为一名作家，至少是寨沟村的作家。虽说没有名气，但还是鼓捣出一些所谓的散文，在大大小小的刊物上发表。我老家的人就觉得我是作家，我也就不客气，认为自己是个作家。

感谢我的父亲，我父亲是个民间艺人，就是唱戏的。他大字不识几个，但会唱几百出戏。很长一段时间，我帮父亲抄剧本、念戏词，听父亲唱戏。从他唱的戏里，我懂得了许多人生的道理。戏中的故事，曾不止一次地感动着我，长期的潜移默化，激发了我创作的冲动。父亲，是我的第一位老师，是我文学的启蒙者。

感谢我的母亲，让我从小历经磨难，懂得只有靠努力才能摆脱贫困，只有靠奋斗才能走出山村，只有靠坚持才能成功。我就是在这样的环境里，靠自己脱贫而温饱，靠奋斗走出乡村，靠坚持写出了几百篇散文，小有成就。

感谢我的单位，没有我的单位，就没有我的一个月几千元的人民币。没有这点工资，生活就没有保障；没有这点工资，我手中不便时，就没有人敢借我一点钱应急；没有这点工资，我就没房可住，就得漂泊流浪。

感谢我的编辑老师，因为有了他们，我的散文才得以发表，使我由一个农民成长为一名作家。这些可亲可敬的老师们，没有看不起我土得掉渣的文字；没有看不起我学艺不精；也没有看不起我不是名家，让我的文字走进了报纸杂志，和那些大家名家们的名字排在一起。

感谢南阳市的文友，老家的文友们，他们把我当作自己的兄弟，又关心又爱护，又支持又鼓励，让我从他们的身上感受到兄弟姊妹般的温暖。他们的鼓励和支持，使我精神倍增，激发了我的创作热情。我写的每一篇散文，都与他们的支持是分不开的。

感谢我的夫人，在我文学创作的道路上，默默无闻地支持我。从不反对我写作，也从不干扰我写作，还从经济上支持我。

最后，感谢文学并感谢自己。从开始文学创作以来，我经历了很多很多的磨难，但面对生活的压力，创作上的挫折，我不气馁，不妥协，不退缩，一直坚持下来，最终，我挺了过来。我现在才明白，只有坚持、坚持、再坚持，成功才属于自己。在这里，我为我当初的选择，为我的坚持，对自己说一句：谢谢！

谢谢这两个字，很客气，很俗气。但这两个字是从我内心发出来的，它是真诚的、真切的、真挚的，不是虚假的、虚伪的。所以我说：谢谢！

2018 年 1 月于南阳

提高现代文阅读和写作成绩的金钥匙

祖克慰作品
阅读试题详析详解

麻雀是乡村的精灵

（1）麻雀是属于乡村的，就像庄稼是属于土地、河流是属于大海一样。很多年以来，我一直就是这样认为的，它们在我的意识里流动，融入我的血液里。

（2）我从来没有怀疑过，麻雀是乡村的歌手。很多时候我在想，乡村就是个大舞台，麻雀是站在舞台上的歌手。在自己的家门前，麻雀的歌声是那样质朴，没有一点造作。它们的歌声，虽没有百灵鸟那样行云流水般的优美，也没有画眉鸟的那般婉转百回，但它们的歌声带着泥土的芬芳，让庄稼人听得心花怒放。

（3）在乡村，最初的歌声，来自麻雀的啁啾。那一声声的“啾啾”，叫醒了沉睡的大地，山青青，地碧绿，树发芽，大地被浓郁的绿色覆盖。因此，在乡村人的眼里，麻雀就是乡村的歌手。麻雀的歌声，为沉寂的乡村点缀着一点点的情调，让村庄在睡眠中醒来，焕发着盎然生机。

（4）记忆里的乡村，最多的鸟是麻雀。它们成群结队，在乡村里生活。农家的屋檐下、墙洞里，是它们筑巢的地方，它们与人为邻，生儿育女，繁衍后代。在乡村，麻雀就像农人饲养的家禽，穿梭于农家，在人们眼前飞来飞去，蹦上跳下，与鸡儿鸭儿争食抢吃。它们在村庄的上空，自由地飞翔，尽情地鸣叫。

（5）乡村是麻雀的老家，麻雀是属于乡村的。在我看来，只有乡村，才是麻雀唯一的家园。乡村的房前屋后，是麻雀筑巢的地方；乡村的绿树，是麻雀歇息乘凉的枝头；田野里的庄稼，是麻雀天然的粮仓，乡村是麻雀最佳的生存空间。在乡村，麻雀是自由的。尽管有时候，麻雀也会飞到城市，在城市的高楼上栖息，但生活在城市里的麻雀，充其量只是移居在城市里的漂泊一族，当它们在喧嚣的闹市里，享受过繁华后的落寞，它们最终还是选择了乡村。从某种意义上说，它们真正的故乡在乡村。

（6）乡村是淳朴的，乡村人是憨厚的，他们有着宽阔的胸怀，可以包罗万象。不论麻雀飞向哪里，不论麻雀是否还会回来，在乡村人的观念里，麻雀就是乡村的子民。麻雀不是人，但在乡村，麻雀与人一样，享受着人的待遇。其他的鸟，很少有这种待遇，它们大都栖息在大山里、山坡上、树林里，顶风沐雨，艰难地生存着。

（7）人与麻雀的和睦相处，形成了一道独特的乡村风景。在我家的阳台下面，有一棵高大的石榴树，石榴成熟的季节，常有麻雀在石榴树上蹦蹦跳跳，在裂开的石榴上啄食。寂寞之时，我常常站在阳台上，看麻雀自由地蹦跳。

（8）在我的老家，人们喜欢养鸟。春天，很多农家养一两只鸟，在鸟鸣声中，享受着鸟给人带来的快乐。但乡村很少有人养麻雀，只要有树，不愁听不到麻雀的鸣叫。这绝对不是我的想象，乡村人，是真的不养麻雀。房前屋后的树上，到处都是麻雀，鸟叫声不绝于耳，为什么要养麻雀呢？

（9）印象中，清晨的第一声啼鸣，是从麻雀开始的，睡梦中的农人，在麻雀的歌声中，睁开睡意蒙眬的眼睛，开始了一天的劳作。常常在清晨，伴着初升的阳光，麻雀们成群结队，往返于乡村，它们时而掠过村庄、农舍、田野，洒下一串歌声；时而汇聚在树林里，齐声合唱，“叽叽叽，啾啾啾”，清脆的歌声响彻乡村。在麻雀的歌声中，季节在轮回，人事在变更，庄稼在拔节，农人在收获。

（10）乡村的麻雀，和乡村的农人一样，生活在社会的最底层，它们是鸟类的平民，没有燕子那种很“绅士”的燕尾服，也没有鹦鹉那样华丽的外衣，不能进入上流社会。它们的形象，在鸟类中，有点瘦小，甚至有点萎靡不振。缺少了鹦鹉的艳丽、鹰的雄健，从它们的身上，你很难看到哪怕是一点的华贵。它们的生活，单调而又枯燥，就连它们的飞翔，看起来也显得杂乱，无章可循，没有美感，也少了一种精神。

（11）在乡下时，每次看到麻雀，都觉得它们畏畏缩缩，一副不敢理直气壮的样子。它让我想起了长期生活在乡村的农民，有一种深深的自卑感，那种自卑，似乎是与生俱来的。我那时就想，生存环境的优劣，可以改变一个人的一生。

（12）谁也不会想到，就是这些看上去有点自卑、有点畏畏缩缩的鸟儿，却有着许多华贵的鸟儿所没有的坚强与自尊。它们虽然卑微，但活得自由自在，用清脆的歌声，表达着自己的不屈，向命运抗争，以顽强的毅力，抵御着来自外界的诱惑。

（13）在乡村，麻雀与农人，是两个不同的群体，但又是一个和谐相处的同一个群体。麻雀因乡村而得以生存，乡村因麻雀而显得生动。一个村庄，如若没有麻雀，那还叫村庄吗？在农人看来，没有麻雀的村庄，就失去了生存的活力。说透了，没有小生命生存的地方，大生命就会失去安静而又祥和的生存环境。

（14）每当我走到村庄，看到成群的麻雀飞过，在蓝天上留下一串的歌声，我就知道，鸟儿飞过的地方，是人们和平的家园。（有删改）

1. 文章从哪几个方面说明麻雀是属于乡村的？

2. 为什么把麻雀比作农人，二者有什么相同之处？

3. 举例说明麻雀和人和谐相处的地方。

4. “鸟儿飞过的地方，是人们和平的家园。”作者为什么这么说，谈谈你的感悟。

5. 为什么没有麻雀的村庄，就失去了生存的活力？

参考答案：

1.（1）它们成群结队，在乡村里生活。农家的屋檐下、墙洞里，是它们筑巢的地方，它们与人为邻，生儿育女，繁衍后代。（2）乡村的房前屋后，是麻雀筑巢的地方；乡村的绿树，是麻雀歇息乘凉的枝头；田野里的庄稼，是麻雀天然的粮仓，乡村是麻雀最佳的生存空间。

2. 它们畏畏缩缩，一副不敢理直气壮的样子。长期生活在乡村的农民，有一种深深的自卑感，那种自卑，似乎是与生俱来的。

3. 在乡村，麻雀就像农人饲养的家禽，穿梭于农家，在人们眼前飞来飞去，蹦上跳下，与鸡儿鸭儿争食抢吃。它们在村庄的上空，自由地飞翔，尽情地鸣叫。

4. 因为鸟与人类能够和谐共处的地方，就是和平的家园。有鸟的地方，说明环境适宜，人们能够安居乐业。（意思对即可）

5. 麻雀因乡村而得以生存，乡村因麻雀而显得生动。说透了，没有小生命生存的地方，大生命就会失去安静而又祥和的生存环境。

忧伤的绣眼鸟

（1）清晨对于一只鸟来说，并不是一段美好的时光。秋天的早晨，尽管太阳已挂在天边，感觉还是有点清凉。一只鸟站在院子里的树枝上，“叽——”叫了一声，一会又“叽——”叫了一声，声音有点疲惫，看上去似醒未醒，睡眠不足。

（2）在清晨，似乎所有的鸟都是这样，感觉萎靡不振。也许，刚刚醒来的鸟，羽毛被露珠打湿，翅膀耷拉着，看上去有点凌乱。虽然它们习惯性地抖抖翅膀，抖落一些露珠，但潮湿的空气和凉风，依然让它们感到一丝寒意。

（3）落在树枝上的那只鸟，是一只绣眼鸟，我打开窗子的时候，一眼就看到了它眼睛上白色的眼圈。它就站在距我十多米的一棵玉兰树上，因为清冷，少了平时的活跃，很少扭动，只是偶尔叫一声：“叽——”鸣叫声有气无力，有着某种寂寞和忧伤。

（4）眼前的绣眼鸟，看上去很孤独，孤独得有点慵懒。太阳蹿出一人多高，阳光照在树的叶片上，发出凝重的绿色光芒。那只绣眼鸟，依然蹲在树枝上，阳光照在它身上，它熟视无睹，那种习惯性地抖动翅膀，也被它省略了。我看到很多鸟在阳光下抖动羽毛，然后飞上天空，开始一天的捕食。而这只绣眼鸟，似乎没有捕食的欲望。

（5）我不知道它是生病了，还是睡眠不足。也许是它真的太孤独了，在孤独中享受着阳光和风的抚摸。孤独有时候需要宁静，在宁静中缓解孤独带来的郁闷。人孤独的时候，就会独自坐在屋内，或者是找一个僻静的地方，在寂寞的时光里，排解内心的孤独。

（6）那只绣眼鸟，依然如此，很少鸣叫，偶尔鸣叫一声："叽啾——"听起来很微弱，好像它没有吃到食物，饿得有气无力的样子。

（7）眼前的绣眼鸟，是不是在等待什么？我想起前天，那只死去的绣眼鸟。

（8）那是一只雄性的绣眼鸟，额头宽阔，背部草绿色，两肋有栗红色条纹，鸟体修长，看上去玲珑秀丽。那只鸟不知为什么，飞进了单位的走廊，走廊是封闭的，用天蓝色的玻璃密封。那只绣眼鸟飞进走廊后，受到了惊吓，急于脱逃，误把玻璃当蓝天，一个劲地往玻璃上撞。终于，绣眼鸟一动不动地躺在水泥地上。可能是撞得太狠撞晕了吧！我把它放到院子里的草坪上，心想，休息一阵，凉风一吹，它就醒了过来。

（9）中午下班，我走到草坪上，看那只绣眼鸟。很远就看见，有一只绣眼鸟在草地上蹲着，它的身边，是早上的那只绣眼鸟，依然趴在草地上一动不动。我走过去，惊飞了蹲着的绣眼鸟，它“叽”的一声，飞到了草坪边的玉兰树上。再看躺在地上的绣眼鸟，早已没了呼吸。

（10）突然，一种莫名的伤感在我的心底涌起，为一只死去的绣眼鸟，还有那只在忧伤中孤独等待的绣眼鸟。此时此刻，我看着那只鸟，我就觉得，它应该是那只死去的绣眼鸟的妻子，它的孤独，或者说是忧伤，都是为了一个诺言。两只鸟结为伉俪，就是一个无声的诺言。为了坚守诺言，它选择了等待，等待爱的归来。

（11）这样一想，突然间觉得，它是不是在等待丈夫，它与那只死去的绣眼鸟是不是夫妻鸟，似乎已不重要。是的，看到同类死去，一只鸟的悲伤，似乎也在情理之中。

（12）我无意再纠结了，天地之间，自然万物，生老病死，是自然规律。也许一只鸟的消失，就是另一只鸟的新生。活着，就要快乐。快乐地活着，是对死者最好的怀念。

（13）那只蹲在树枝上的绣眼鸟，依旧蹲在那里，依然是那样的颓废。太阳越来越高，天暖和起来，两只绣眼鸟从院墙外的杨树上飞了过来，站在它身边的树枝上，叽叽啾啾地叫着，似乎是与它说话。可它对同类的到来，无动于衷。可能是感到无趣，新来的两只绣眼鸟，叫了一阵，然后扑扇着翅膀飞走了。

（14）又来了一群麻雀，呼啦啦落在树枝上，麻雀是很热闹的鸟，刚在树枝上落定，就开始歌唱，“叽——叽叽——叽喳——叽叽喳喳……”有一只麻雀，从另一枝树枝上跳到绣眼鸟跟前，叫了几声，突然飞向天空，另外的麻雀，扑棱棱跟着飞向天空。

（15）我走出办公室，捡起一粒石子，向绣眼鸟抛去。我听见“嗖”的一声，一只鸟箭一般弹向天空。鸟飞过，天空中响起一串“叽啾——叽啾——”的鸣叫声。

（16）这也许就是一个生命新的开始。我想。（有删改）

1. 文章重点写了几只绣眼鸟，各是什么特点？

2. 题目为什么是“忧伤的绣眼鸟”？

3. 谈谈你对结尾“这也许就是一个生命新的开始。我想。”这句话的理解。

4. 作者通过描写一只绣眼鸟的忧伤，其中也隐含着作者对生死的看法，在文中画出来，并说说你对生死的认知。

5. 第十四段描写麻雀的句子，你觉得多余吗？说出充分的理由来。

参考答案：

1. 文章重点写了两只绣眼鸟，忧伤的那一只，很忧郁，仿佛有满腹心事；另外一只，为了寻求出路，执着碰撞玻璃，想逃离。

2. 因为同伴或者是丈夫的死，让它悲痛不已，痛苦忧伤。

3. 这是作者对绣眼鸟的期许，希望它能早日放下过往，珍惜眼前的生活。

4. 天地之间，自然万物，生老病死，是自然规律。也许一只鸟的消失，就是另一只鸟的新生。活着，就要快乐。快乐地活着，是对死者最好的怀念。

5. 描写麻雀的段落并不多余，这是一种对比的写法。用麻雀的欢快衬托出绣眼鸟的忧伤。

与一只狐狸的博弈

（1）1981 年的初冬，下过一场大雪，村里出了一桩怪事。一只狐狸，火一样的狐狸，在村子里出没。火狐额头上有一片白色的毛，村里人说：“那是妖狐。”

（2）那只狐狸出现在谁家，谁家就要出点事。狐狸最先出现在老张家，傍晚时分，刚刚点上的煤油灯被狐狸撞翻，老张家的三间草房眨眼间被烧了个精光。两天后，狐狸又去了乔家，乔家老太太在院子里晒太阳，看见狐狸一溜火红，眼一黑，蹬蹬腿，没了气。

（3）乔老太有个孙子，叫乔顺风，是村里有名的猎手，玩土枪，百发百中。奶奶的死让乔顺风很悲痛，站在奶奶的棺材前，抹着眼泪说：“奶奶，等我逮到那只狐狸，一定到您的坟前，用狐狸的血祭奠您。”

（4）乔老太死后，白额火狐像隐了身，没了踪影。村庄恢复了往日的平静，人们逐渐淡忘了那只妖狐，只有乔顺风没有忘记。

（5）张家的张九说，村子出事之前，多次看到那只狐狸在村后紧靠河边的一个小山洞里出没。那个狐狸洞，后来乔顺风和张九去过，看那洞口，有动物出没的痕迹，乔顺风对着洞口闻了闻，就让张九点燃麦秸熏洞，他掂支枪封着洞口，只要狐狸出来，必死无疑。可熏了半天，连一只老鼠也没熏出来。

（6）原来，狐狸就在一棵大槐树的洞穴内，洞口在树根下，被落叶覆盖着。乔顺风在那里瞄了两天，狐狸终于从树下钻了出来。他端起枪刚要开火，正在奔跑的狐狸突然转过身站在那里，看着他手中的枪，脸上带着绝望的表情。

（7）乔顺风看着狐狸，额头正中有一个白色的圆点。妖狐，乔顺风一慌神枪就响了。随着枪声，狐狸倒下了，在地上翻了几个滚，一动不动。乔顺风走过去，刚要弯腰去捡，躺在地上的狐狸忽然一个翻身跃起，从他的胯下窜了出去。乔顺风回过神来时，狐狸已跑得无影无踪。

（8）这一段时间，人们没有看到乔顺风打猎，他背在肩上的那支火药枪已挂在家中的土墙上。

（9）日子就这样平静地流过，很快就到了阴历年。过年时，白额狐狸又出现了，隔三岔五从村子里叼走一只鸡。村里人都希望乔顺风快一点出手，逮着那只狐狸。每逢村子里的人问他，他就说："快过年了，哪有那闲工夫？"张九说："那次打过狐狸之后，乔顺风的鼻子失灵了，到现在也没找到狐狸。"

（10）过罢年，一个晚上，刘哈巴找到我说："我看见那只狐狸了，还带着几只小狐狸。"过了几天，刘哈巴又跑来说："听说乔顺风把那只狐狸打死了。"我和刘哈巴来到乔顺风家，果真看到一只狐狸，只是额头上并没有白毛。我心里迟疑，但没有说出来。乔顺风说："这该死的东西，又跑来偷鸡，被我一枪打死了。"刘哈巴看了说："这不是那只狐狸，那个额头上有白点，我亲眼看到过。"

（11）刘哈巴说得没错，白额狐狸真没死，也确实带着三只小狐狸。那天，乔顺风和张九喊我上山打猎，走到寨坡下的小河时，看到小河对岸，有几只狐狸在玩耍，也就几十米的距离。狐狸看到我们就要跑，可后边的小狐狸跑到河堤时，慌乱中怎么也爬不上去，三只小狐狸滑下来挤在一起。就在这时，老狐狸突然转过身，用身体挡着后边的小狐狸，站在我们面前。三只小狐狸躲在老狐狸的身后，伸出头，骨碌着眼睛看着我们。

（12）那一刻，我们都惊得目瞪口呆。

（13）乔顺风也傻了一般，痴痴地站在那里，端着枪的手有点颤抖。慢慢地，乔顺风放下了手中的枪，张九也放下了手中的枪。

（14）那只狐狸也有点吃惊，似乎是看到我们手中的枪放下了，已不再惊慌，但它依然挡在几只小狐狸的前面，警惕地注视着我们。大概过了一两分钟，老狐狸扭了一下头，几只小狐狸开始向山上跑去。但是，老狐狸仍一动不动地站在我们面前，眼睛盯着我们，看似很平静，但身子似乎在不停地抖动。

（15）对峙了多长时间，我已记不清楚。只记得，小狐狸爬上了山顶，老狐狸看了我们一眼，晃晃悠悠地向山上走去。它没有奔跑，而是很平静地向山上走去。走到山顶，几只狐狸一字排开，朝我们看了看，然后消失在树林里。

（16）这时，我们才醒过神来。回家的路上，张九打破沉默，问：“乔哥，为啥不开枪？”乔顺风说：“＿＿＿＿＿＿＿＿。”

（17）后来，我离开了家乡。家乡的人和事，知道得很少。只知道那只白额狐狸被我们放生后，再也没有出现过，消失在了苍茫的原野。甚至很多年，我们村里都没再出现过狐狸。

1．文章第一段写道“火狐额头上有一片白色的毛”，这样类似的描写在文中共出现几次，这样写有什么好处？

2．“摇摆”是文章情节的运行方式之一，请说说本文的文章情节是如何“摇摆”的。

3．概括文章第十二段至十七段的内容以及在本文中起到的作用？

4．根据前后内容请合理补写第十六段乔顺风说的话，字数不超过60字。

5．本文题为“与一只狐狸的博弈”，你觉得在这场博弈中，谁是最后的赢家？结合文本，谈谈你的看法。

参考答案：

1．共出现三次，分别在第一、七、十段。第一段火狐的特征性亮相，为下文埋下伏笔。第七段和第十段的描写起到确认火狐身份的作用，这只火狐就是乔顺风要追捕的。同时如此描写火狐，给读者一种神秘的感觉。

2．（1）火狐在村里闹事，乔家老太归西，乔顺风誓杀妖狐。（2）火狐没了踪影，乔顺风找到了狐狸洞，可没找到白额火狐。（3）火狐又回到村子偷鸡，乔顺风在槐树根下的洞口找到白狐藏身之处并开枪射杀，但火狐装死逃脱。（4）火狐第三次出现在村子里叼鸡，村民希望乔顺风快出手，但乔顺风说没闲工夫。（5）过罢年，乔顺风说已把火狐一枪打死。（6）揭示实情，乔顺风放走了已做母亲的火狐。（7）火狐再也没有在村子里出现，消失在苍茫的原野中。

3．内容：补叙乔顺风放过白狐的过程和原因。作用：（1）升华主题。乔顺风从原先誓杀火狐到放生的过程，完全是因为他目睹了这个勇敢的火狐保护幼狐的过程。这是大自然给以乔顺风为代表的人类的启示，升华了文章的主题。（2）乔顺风从原先誓杀火狐到放生的转变，使结尾发生陡转，出人意料，又在情理之中。

4. 省去的原文是：打猎有三不打，不打鸟，鸟是天空中的精灵；不打怀犊和哺乳的猎物，那是丧天良的事；不打没有成年的猎物，那是滥杀。（意思相类似即可）

5. 本题为开放题，言之成理即可。

【参考答案一】白额火狐是赢家。它既保全了自己和小火狐的生命，又用它的勇气和胆量征服了乔顺风等人，使他们的内心发生深刻的变化。这是大自然给人类的一种启示。

【参考答案二】乔顺风是赢家。他虽然在表面上没有实现对奶奶的承诺，杀死火狐。但他从火狐护子的眼神和动作中获得了启示，使他内心发生了深刻的变化，最终乔顺风放弃了对火狐的猎杀。

【参考答案三】火狐和乔顺风都是赢家。这是场双赢的博弈，或者说是无所谓赢家的博弈。体现了人和自然和谐并存、互相启发的共生共荣的状态。

听见燕子的呢喃

（1）对于我，燕子不只是一只单纯的鸟。

（2）我所有关于燕子的记忆，大都潜藏在我的意识里。我的眼睛所及之处，都是燕子的影子，剪刀似的尾巴，乌黑发亮的羽毛。我的耳朵所能听到的声音，都是燕子的呢喃。那种低低的声音，清脆而又响亮，在我的耳边回荡，像一首我喜欢的音乐。

（3）人与燕子的和睦，是与生俱来的。千百年来，人与燕子，房屋与鸟巢，是一个分不开的整体。从一个门里，出出进进，人语鸟声，在院子里飘荡。人与燕子的和平相处，创造出最佳的生存环境。这样的景观，在乡村，司空见惯。

（4）杨树开花，柳树发芽，大地萌出鹅黄的新绿。燕子在这个季节，从南方飞来，它们成双成对，在北方的乡村盘旋。因此人们说，燕子是春的使者。

（5）我常想，人们对于燕子的热爱，大概是源于燕子的文化象征吧！燕子，已不再是燕子了，它的文化意义，已超出了它本身的价值。作为文化，它已在我们的血液中流淌，根深蒂固。

（6）在我的老家，乡亲们对燕子呵护，更多源自燕子对爱情的忠贞。这种鸟儿，一旦相爱，忠贞不渝。在乡亲们的眼里，燕子是一夫一妻制的忠实践行者，不论雄鸟雌鸟，不会见异思迁，背叛爱情。

（7）与爱情有关的传说，也发生在燕子身上，说的是“燕子传书”，几乎妇孺皆知。聪明的燕子，不仅忠于爱情，还可以为人传递情书。这样的说法，随处可以听到。燕子是否能为人们传递情书，我不知道，也没有科学依据，或许只是人们的美好愿望罢了。

（8）我在写燕子时，查阅了一些资料。突然就看到了这样的一个故事，关于燕子传递情书的故事。据说，唐代郭绍兰于燕足系诗传给其夫任宗。任宗离家行贾湖中，数年不归，绍兰作诗系于燕足。时任宗在荆州，燕忽泊其肩，见足系书，解视之，乃妻所寄，感泣而归。其《寄夫》诗云：“我婿去重湖，临窗泣血书，殷勤凭燕翼，寄与薄情夫。”燕子传书，终使郭绍兰与丈夫破镜重圆，夫妻相会。家乡所说的“燕子传书”，大概就是出于此吧！

（9）有些时候，看到天空的鸟儿，我会想起老家的燕子，很多年前那对筑巢在我们家屋顶的燕子。那是1985年的春天，一对燕子，飞到我家，在我家的屋顶上筑巢。母亲很高兴，说："燕子在咱们家垒窝，谁也不许打扰它们，更不能伤害它们。"

（10）在我们家乡，有这样一个说法：燕子是一种很挑剔的鸟，选择筑巢的农家，室内必须干净敞亮，人勤劳善良，只有这样，燕子才会选择在这户农家筑巢。因此，家乡的很多农家，对燕子来不来家中筑巢，十分在意。

（11）燕子的鸣叫，是美妙的。听着它们的鸣叫，你不能不联想到恋人之间的呢喃，你不能不联想到庄稼对土地的呢喃，花朵对绿叶的呢喃，你也不能不联想到细雨对春风的呢喃。

（12）那对燕子，在我们家居住了三年，受到了我们家人的呵护。其实，在我们家乡，热爱燕子的农户，比比皆是。

（13）我曾经看过一部电影纪录片，名字叫《巢》。主人公叫王燕，是个怀孕几个月的准母亲。一日，一对燕子把巢垒到了王家电线上，一场连阴雨导致燕窝所在处的电线短路。为了不惊动燕子，连续几个月来，王家忍着酷暑，挨着黑夜，硬是没去维修坏了的电路。幼燕出生了，王家也添了个小宝贝，人与燕两"家"和睦相处，其情浓浓，其乐融融。幼燕长大了，飞走了，王家不得不与燕子一家依依惜别……

（14）《巢》里的故事，就发生在我的家乡崔庄乡黄楝树村。那对燕子，在今年的春天，又来到了王燕家，在王燕的家里，飞来飞去，辛勤地繁衍着后代。而拍《巢》的导演乔乔，也飞来飞去，从北京飞到家乡，又从家乡飞到北京，继续着《巢》的续集的拍摄。

（15）乔乔让我感动，他用自己的执着，以一个农民儿子博大的情怀，默默地为环保事业奉献。王燕也让我感动，她只是一个普通的农村媳妇，她用自己的善良，以母性的光芒，折射出家乡农民的伟大。

（16）是的，家乡是美丽的。因为有了乔乔，有了王燕，有了纯朴善良的父老乡亲。正是有了他们，家乡的山青了，水绿了，天蓝了。

（17）很多时候，我在想，家乡人热爱燕子，就像热爱土地上的庄稼一样。那些庄稼养育着他们，早已在他们的血液中流淌，而那汩汩的声音，多么像是燕子轻轻的呢喃。

（18）这一刻，我听到来自内心深处的声音，像水的流淌，也像鸟的“啾啾”。（有删改）

1．燕子的文化象征意义有哪些？

2．请用简洁的话概括出燕子传递情书的故事。

3．燕子会选择在什么样的农家筑巢？

4．此篇写的是燕子，实际通过燕子为载体，讴歌了哪一类人？他们有什么品质？

5．在文中找出三个或以上意义相关或相近、结构相同或相似、语气相同的词组或句子。

参考答案：

1.（1）燕子是报春的使者。（2）燕子对爱情忠贞。一旦相爱，忠贞不渝，不论雄鸟雌鸟，不会见异思迁，背叛爱情。

2．任宗离家数年不归，郭绍兰作诗云：“我婿去重湖，临窗泣血书，殷勤凭燕翼，寄与薄情夫。”燕子传书，终使破镜重圆，夫妻相会。

3．燕子是一种很挑剔的鸟，选择筑巢的农家，室内必须干净敞亮，人勤劳善良。

4．讴歌了一个普通的农村媳妇，她用自己的善良，以母性的光芒，折射出家乡农民的伟大。

5．你不能不联想到恋人之间的呢喃，你不能不联想到庄稼对土地的呢喃，花朵对绿叶的呢喃，你也不能不联想到细雨对春风的呢喃。

远去的雁阵

（1）乡间的春天，天很蓝，往往在这样的天气，蓝天白云间，有鸟飞来。它们排着长长的列队，有时候是“八”字形，有时候是“一”字形，整整齐齐，从人们的头顶缓缓飞过。

（2）这就是雁阵。很多年前，在家乡的春天，时常可以看到。现在看不到了，也可能是远离了乡村，也可能是为了生计，整日忙碌，没有留意。在城市的天空上，我没有看到雁阵。

（3）这让我不能不想起老家，想起乡村的那些日子。

（4）在乡村的时候，文化生活匮乏。我们看见大雁，会仰着脸看半天，看大雁变换着队形，从我们的头顶飞过，飞到只剩下一排小小的黑点，我们还仰着脸傻看。

（5）我儿子看鸟与我看鸟有着很大的不同。他看鸟，除了看稀奇外，还在有意无意地学习一些在课本上学不到的知识。我那时看鸟，纯粹就是为了娱乐，消遣与外界隔绝的孤独和寂寞。我现在常想，我之所以喜欢鸟，就是因为我的童年、少年时代，那些鸟们，给我寂寞孤独的生活带来了快乐！

（6）我对大雁，并不陌生，但都是远距离观看，很少见其真面目。这种鸟很少落下来，一如匆匆过客，从头顶一掠而过，很难看到它们的面目。我后来才知道，大雁是鸭科动物，它们喜欢河流、湖泊或沼泽地，那里有丰富的水生植物，还有鱼虾供它们觅食。因此，大雁很少在山野、村庄逗留。

（7）看不到雁阵的时候，我会天真地问母亲："大雁为啥要飞走呢？"母亲告诉我："咱这里天气冷，到了冬天，也就没了食物。南方不一样，天气暖和，食物丰富，大雁飞回南方，是为了不被冻死、饿死。"

（8）就同样的问题，我又问母亲，南方那么好，大雁为啥又要回来呢？母亲说："北方是大雁的故乡，是老家，到了春天，天气暖和了，就回家了。"这是母亲给我的唯一的回答。

（9）母亲告诉我的，都是从生活中学来的知识。其实大雁北归，是一种迁徙习惯。也有人说，大雁是一种感情丰富的鸟，它们有着很强的故乡观念，天气暖和时，它们留恋故乡，就不辞劳苦，回到故乡。久而久之，就形成了南来北往的迁徙习惯。

（10）大雁搬家除了气候的原因外，更多的是为了繁殖后代。春天，阳光温暖，温度适宜，大雁的体内就会分泌出一种刺激素，刺激它身体产生生殖的需要。北方不仅是它们的故乡，而且地广人稀，天敌较少，日照时间延长，树木生长旺盛，昆虫又多，有利于它们寻找食物养育雏雁，安全地繁育后代。

（11）在我的家乡，乡亲们对大雁十分尊重，从不伤害大雁。老年人教育孩子们时总说："大雁是益鸟，既不能伤害大雁，也不能吃大雁肉，吃了，会得烂眼病的。"其实，吃大雁肉，并不会得烂眼病。家乡人之所以这样说，主要是为了吓唬孩子们。

（12）村里有个老教师叫赵传孝，一肚子的学问，人们对他很尊重。不管大人小孩，从不叫他的名字，都称他"赵先生"。赵先生说："大雁具有'五常'之德：群起群飞，携幼助孤，仁也；失偶而寡，至死不配，义也；依序而飞，不越其位，礼也；衔芦过关，以避鹰隼，智也；秋南春北，不失其时，信也。"

（13）听了赵先生的话，以后的很长一段时间，自然不自然地，我就会想起那大雁，想起它们的忠贞。大雁生死相依、忠贞不贰的情感，让我明白了爱情的伟大。尽管那时我还没有结婚，对于爱情还是朦朦胧胧的，但大雁美好的爱情传奇，深深地感动着我。

（14）后来再看雁阵时，雁阵的气势之恢宏，队列整齐之美妙，雁鸣歌喉之清亮，我并不在意。我在观看雁阵时，总喜欢数数大雁是单是双。如果是双的，我就会长出一口气，心情顿时释然。如果是单的，就会有一种莫名的伤感。

（15）再后来我离开乡村，远离了大雁，走进了城市。城市的天空灰蒙蒙的，到处都是喧闹的机器声，嘈杂的人声，不要说雁阵，就是看一只鸟，也是奢侈的。

（16）其实，不仅仅是城市，就是乡村，也很少看到雁阵。在我的家乡，河水经常断流，堰塘水库渐渐干涸，鱼虾螺蚌日益减少。越来越多的是混浊的污水，还有残余的农药。大雁的故乡，到处都是陷阱，稍不小心，就会命丧黄泉。

（17）究竟是谁颠覆了淳朴的民风，我不知道。但我知道，一个被物化了的社会，所有的感恩，所有的良知，所有的尊重，一如秋天的落叶，纷纷坠地，零落成泥。

（18）也许我的担忧是多余的。但有一点真的成了现实，那就是，曾经壮观美丽的雁阵，已经成为遥远的记忆。（有删改）

1. 为什么作者由雁阵油然而生：“这让我不能不想起老家，想起乡村的那些日子。”这样的感慨？

2. “我”和儿子看鸟有什么不同之处？

3. 试着从两个方面来阐述一下，大雁为什么要搬家？

4. 大雁具有“五常”之德是什么？

5. 和题目《远去的雁阵》相照应的是哪句话？

参考答案：

1.（1）在家乡的春天，时常可以看到。（2）“我”的孤独的童年时光，那些“我”的童年、少年时代，那些鸟们，给“我”寂寞孤独的生活带来了快乐！

2. “我”儿子看鸟，除了看稀奇外，还在有意无意地学习一些在课本上学不到的知识。“我”那时看鸟，纯粹就是为了娱乐，消遣与外界隔绝的孤独和寂寞。那些鸟们，给“我”寂寞孤独的童年、少年时代生活带来了快乐！

3.（1）大雁北归，是一种迁徙习惯。大雁是候鸟，冬天来了就离开故乡，到温暖的南方寻找生路。（2）为了繁殖后代，北方不仅是它们的故乡，而且地广人稀，天敌较少，日照时间延长，树木生长旺盛，昆虫又多，有利于它们寻找食物养育雏雁，安全地繁育后代。

4. 大雁具有“五常”之德：群起群飞，携幼助孤，仁也；失偶而寡，至死不配，义也；依序而飞，不越其位，礼也；衔芦过关，以避鹰隼，智也；秋南春北，不失其时，信也。

5. 但有一点真的成了现实，那就是，曾经壮观美丽的雁阵，已经成为遥远的记忆。

故乡的炊烟

（1）许多年前，在我故乡的每一座瓦房或草房的后边，都有一根矗立的烟囱。早晨、午间、傍晚，每一根烟囱里都会飘出袅袅的炊烟，缓缓地向天空飘荡，村庄里到处弥漫着柴草燃烧后的那种淡淡的、煳煳的气息。如果你站在山坡上，把目光凝聚在村庄，你就会看到几十根、上百根烟囱里冒出的青烟是多么的壮观。这样的景象，比任何一幅山水风景画都优美十倍，让你无法忘却，伴着你生生世世，永远留在你的记忆深处。

（2）在我的印象中，最美的炊烟是清晨的炊烟。清晨的炊烟，淡淡的、蓝蓝的，在村庄的房舍、绿树上弥漫，很容易让人想起清晨山野树林里飘动的雾霭。偶尔有微风吹来，弥漫在村庄的炊烟便向蔚蓝的天空飘去，村庄便脱去轻纱般的睡衣，裸露出乡村初醒的清新与美丽。这样的早晨，让人神清气爽，无比愉悦。

（3）傍晚的炊烟，在我看来，它是一种无声的召唤。炊烟飘起时，其实是在告诉田间劳作的家人，该回家了。在我童年的记忆里，我一直无法弄清楚的是，没有手表的父亲为什么总是那么准时地回到家中，我常常看到母亲将饭烧好放到桌上的时候，就会看到父亲吆喝着牛走进院内，那时我就觉得父亲简直就是一个时钟，总是那么准时准点。后来我才知道，父亲之所以那么准时地回家，是因为炊烟的缘故，只要父亲看见炊烟升起，就可以根据回家的路程而断定何时收工。

（4）对于故乡炊烟刻骨铭心的怀念，更多是缘于母亲。因此，一想起炊烟，我就会想起母亲，想起母亲博大无私的爱。记忆里，炊烟是与烤红薯、烤玉米、烤土豆，甚至是与烤鱼、烤螃蟹联系在一起的。小时候我们家穷，没有富足人家的糖块、饼干之类的零食，因此，母亲常根据季节的变化为我们烤红薯、玉米、土豆之类的东西，有时候甚至下河捉鱼捉螃蟹来满足我们兄妹的馋嘴。母亲为我们烤东西的时候总是小心谨慎，翻来覆去地慢慢烤，生怕稍不留心将东西烤煳烤黑。我清晰地记得母亲烤的红薯、玉米是那样的焦香可口，如今想来，依然满口生香。

（5）可如今，母亲已是七十多岁的人了，而且疾病缠身。记得前年我回家，正好赶上玉米成熟的时节，母亲对我说："你小时候最喜欢吃烤玉米了，我给你烤两穗吧！"那天，母亲把多年不用的土灶又烧了起来，母亲在土灶里小心地烤着玉米，玉米烤熟的时候，母亲长叹一声："人老了，手脚不麻利，烤煳了。"吃着母亲烤的玉米，泪水在我的眼眶里打转，我知道，这烤玉米分明是母亲一颗拳拳的慈母之心啊！

（6）我不知道故乡的炊烟在其他人心中是一个什么概念，但对我来说，故乡的炊烟是连接我生命的血脉的。如今，生活越来越好，大鱼大肉不断，可我总觉得电饭锅、高压锅里做出的饭菜和炖出的肉没有乡下的土灶铁锅里做出的饭菜有味。原因在于，我是在故乡的炊烟下长大的，对故乡土灶里烧出的饭菜有一种与生俱来的怀念，大概就是这种怀念冲淡了现在饭菜的滋味吧！

（7）如今，在我的故乡，你很难看到村庄里飘起的炊烟，因为故乡的瓦房和草房越来越少了，土灶和烟囱也基本绝迹了。偶尔飘起的一缕炊烟，似乎在告诉我们，这将是乡村最后的风景。昔日那几十根、上百根烟囱飘出袅袅炊烟的景象只有永远珍藏在我们的记忆深处。

（8）当炊烟渐渐从乡村里消失的时候，当我对故乡的炊烟充满怀念的时候，昔日贫穷落后的乡村已离我们越来越远了，乡村城镇化的步伐已越来越快。也许，这就是人类社会向文明发展的必然趋势吧！尽管如此，我依然是那样强烈地思念故乡的炊烟。

（9）因为，故乡的炊烟，曾经是我慈祥的母亲为我放飞的。

1. 文章第一段对许多年前故乡的炊烟景象进行描写有什么作用？

2. 文章第一段写道“这样的景象，比任何一幅山水风景画都优美十倍，让你无法忘却，伴着你生生世世，永远留在你的记忆深处。”这句话在文中有什么作用？

3. 纵观全文，“故乡的炊烟”留给作者哪些印象，请分条概括。

4. 文章第六段中“但对我来说，故乡的炊烟是连接我生命的血脉的”。这句话该如何理解？

参考答案：

1.（1）文章开篇描写了一幅故乡炊烟图，用优美的语言刻画出了故乡炊烟之美。

（2）这样写既起到了照应文章标题的作用，又引出下文对故乡炊烟的深情回忆。同时也和结尾处思念故乡、感悟母爱亲情呼应。

2.（1）突出了故乡炊烟的美丽壮观及在“我”心中至高无上的地位。

（2）是对下文内容的总领。

（3）为全文营造了抒情气氛（或奠定了情感基调），有利于后文展开抒情议论。

3.（1）清晨的炊烟，美丽，让人神清气爽，无比愉悦。

（2）傍晚的炊烟，是一种无声的召唤。

（3）母亲为“我”烤食物的炊烟，是对母亲刻骨的怀念，代表了博大无私的爱。

4. 故乡是生“我”养“我”的地方，故乡的炊烟与“我”生命相连，“我”在故乡的炊烟下长大，对故乡的土灶和灶里烧出的饭菜有一种与生俱来的怀念；故乡的炊烟是母亲为“我”放飞的，母亲是“我”生命的血脉。

渴望鹰的飞翔

（1）渴望鹰的飞翔，由来已久。多年以来，我一直以仰视的目光，看苍鹰在蓝天翱翔。在乡村，在天空，在山野，在森林，到处都有我寻觅的目光，我希望看见一只鹰，以凌厉、凶猛的姿势，出现在我的眼前。

（2）我崇拜鹰，就像崇拜土地里的庄稼，如麦子、稻谷、玉米、高粱等，它们与我密不可分，用饱满的颗粒，以充足的养分，养育着我。我无时无刻不在吸取它们的养分，那些粮食，在我的身体里游走，在我的血管里流动，与我融为一体。

（3）鹰没有在我的身体里，它在我的思想里，在我的精神里。

（4）关于鹰，有这么一种说法：一只鹰出生了，刚刚长出翅膀，就要经受母鹰残酷的训练。在母鹰的严格要求下，通过成百上千次的训练，幼鹰没多久就能独自飞翔。刚刚会飞的幼鹰，母鹰为了锻炼它们的胆量，就把幼鹰带到高处，或树梢或悬崖上，然后把它们从高处推下去。那些勇敢的幼鹰，活了下来，而那些胆怯的幼鹰，则被活活摔死。存活下来的勇敢的鹰，还要经受更残酷的考验。母鹰一个个把它们的翅膀折断，然后再从悬崖上推下去，经受住了血淋淋的训练，它们才能变成真正的鹰。

（5）母亲告诉我这个传说时说，并不是鹰母亲残酷，幼鹰能不能在蓝天上飞翔，就取决于这次的折翅。没有鹰母亲的残酷，也就没有鹰在蓝天上的飞翔。

（6）也许源于这个传说，人们对鹰，有着与生俱来的崇拜。很多时候，鹰会来到村庄，在村庄的上空盘旋，它们希望看到一只鸡，然后以凌厉的姿势俯冲下来，迅速地抓住，美美地饱餐一顿。

（7）应该说，人与鹰组成的家园，是和谐的。在家乡，天空上飞的是鹰，地上走的是人，鹰看着人，趁人不注意，偷偷地叼走了一只鸡；人看着鹰，心想，老鹰又来叼小鸡了，于是，大声地吆喝着鹰，农人吆喝鹰的声音很滑稽，嗷嗨嗨，嗷嗨嗨……这样的场景有点游戏的性质，但人与鹰已经习惯，在游戏中和谐地相处着。

（8）天空上什么时候少了鹰的飞翔，我也记不得了。那些我仰视的鹰，渐渐离我而去。

（9）鹰是少了，但我看到猎鹰的人却很多，他们带着猎鹰的家什，铁笼子、丝网、还有一种秘制的胶，在山野里、田垄里布下天罗地网，等待着鹰自投罗网。

（10）他们用一只小鸡做诱饵，地上一道网，天上一道网，网上洒满了胶水。那只做诱饵的小鸡，被一根短绳拴着，小鸡不愿被拴，拼命地挣脱，边挣扎边“咯咯咯”地叫着，引诱着那些在天上飞翔的鹰。鹰经不住诱惑，俯冲下来捕捉小鸡，碰到网上的鹰，就被网上的胶水粘着，无论鹰怎么挣扎，都逃脱不了被捉的命运。

（11）其实，就是家乡人不捕杀鹰，鹰也在减少。农药、化肥的滥用，森林的过度砍伐，工业废气的污染，都是导致鹰与动物逐年减少的因素。而这些，不是我们这一代人可以解决的，是需要几代人才能解决的问题。

（12）不仅是鹰，也不仅是动物，包括人都在遭受环境的污染。可有谁想过这些，答案明明白白，更不要说一只鹰，一只鹰对人类来说，微不足道。可有朝一日，在蓝天白云下，看不到鹰的影子，天空是不是有点寂寞？

（13）鹰是生活在大地、蓝天上的，大自然中原生态的鹰，它们高傲、坚韧、凌烈、凶猛。天有多大，它们的舞台就有多大，风是音乐，白云是背景，它们是舞者。它们以优美的雄姿，在辽阔的苍穹振翅。清代文学家陈维崧写有《咏鹰》:“寒山几堵，风低削碎中原路。秋空一碧无今古……”写出了鹰的矫健迅疾。而“鲲鹏展翅九万里，扶摇直上青天”，又是何等的气概和气势啊！

（14）有谁见过这样的鹰，大概不多吧！

（15）我见过，那是很多年前，在乡村的天空上，在大山的森林里，在广袤的原野上，它们的身影让我震撼！

（16）渴望鹰的飞翔，让我的目光，时常在天空中寻觅。但我看到的只是几片白云，还有偶尔飞过的一只鸟。（有删改）

1．母鹰是如何训练幼鹰，锻炼幼鹰的胆量的？请用原文回答。

2．“人们对鹰，有着与生俱来的崇拜。”人们崇拜鹰的什么精神？

3．第七段说：“应该说，人与鹰组成的家园，是和谐的。”从哪些地方看出来是和谐的，请举例说明。

4．鹰越来越少了，都是哪些因素造成的？

5．鹰，是高傲、坚韧、凌烈、凶猛的。你能试着再写出关于鹰的诗句或带有鹰字的诗句吗？

参考答案：

1．刚刚会飞的幼鹰，母鹰为了锻炼它们的胆量，就把幼鹰带到高处，或树梢或悬崖上，然后把它们从高处推下去。那些勇敢的幼鹰，活了下来，而那些胆怯的幼鹰，则被活活摔死。存活下来的勇敢的鹰，还要经受更残酷的考验。母鹰一个个把它们的翅膀折断，然后再从悬崖上推下去，经受住了血淋淋的训练，它们才能变成真正的鹰。

2．没有鹰母亲的残酷，也就没有鹰在蓝天上的飞翔。人们实际崇拜的是鹰母亲看似残酷无情背后的母爱与温情，这才是真正具有智慧的真爱。

3．鹰有着充足的食物，田野里有很多的野兔、老鼠、蛇，都是鹰喜欢的美食。那些被叼走的鸡或者家兔，只是鹰偶尔的一些恶作剧罢了。人与鹰已经习惯，在游戏中和谐地相处着。

4.（1）家乡人和外地人捕杀鹰的越来越多了。（2）农药、化肥的滥用，森林的过度砍伐，工业废气的污染，都是导致鹰与动物逐年减少的因素。

5. 毛泽东《沁园春·长沙》中的“鹰击长空，鱼翔浅底，万类霜天竞自由”。王维《观猎》中的“草枯鹰眼疾，雪尽马蹄轻”。

喑哑的黄鹂鸟

（1）记得很多年前，这种叫黄鹂的鸟有很多，成群结队，落到树上，压得树枝直晃悠。村里的孩子，看黄鹂鸟，就像看风景。他们的眼中，流露着渴盼。那种渴盼我知道，是对美的向往。

（2）黄鹂鸟是一种烈性的鸟，也是很重情谊的鸟，如果一只被抓，被抓的鸟就拒绝进食，为情而亡，因此黄鹂鸟又叫情侣鸟。当然，这些没人知道，养鸟的人只知道，黄鹂鸟不好养，死的多活的少。

（3）我那时也有弄一只黄鹂养养的想法。我也确实逮了一只黄鹂，可没养两天，那只黄鹂就耷拉着头，不吃食也不饮水，很快就死掉了。

（4）那只黄鹂鸟的死，让我伤心，有很多天，我都闷闷不乐。在养黄鹂鸟之前，我也养过很多鸟，像角角鸟、麻雀、斑鸠等，虽说我也养死过鸟，但没有一只鸟会让我如此伤心。毕竟，那些鸟是很容易抓到的。再说，也没有哪只鸟比黄鹂鸟更美丽。我的伤心，源自黄鹂鸟的美丽。

（5）生活在乡村的人都知道，黄鹂鸟是一种很难捉的鸟。这些小精灵一般不在地上行走，它们大都落在高高的树枝上。看黄鹂鸟的人，都要仰着头，才能欣赏到这种美丽的鸟。

（6）也许，黄鹂鸟天生就是一种高贵的鸟，它们的高贵，不在于美丽的羽毛，而在于它们超然物外的本性。面对诱惑，它们不为所动，这是很多鸟所做不到的。我曾多次在落满黄鹂鸟的树下，撒了一些米粒，我希望树上的黄鹂鸟飞下来，吃我撒下的米粒。可它们就像没看见一样，没有一只鸟儿飞下来，这让我想捕获一只黄鹂鸟的愿望屡屡落空。

（7）我的那只黄鹂鸟死后，再养一只黄鹂鸟的愿望，时时占据着我的心，可一直未能实现。不久，我就升入高中，离家住进了学校。高中毕业后的当年，我应征入伍，离开了家乡。

（8）我当兵所在的军营，后面就是居民区，出了军营，就是老百姓的家。在这里，我认识了一个喜欢养鸟的刘姓退休干部。他的家里，养有黄鹂、鹦鹉、八哥等鸟，走进他家的院子，到处都是“叽叽喳喳”的鸟声，像一个小小的鸟的家园。

（9）因为喜欢鸟，去的次数多了，我与刘老先生就熟了。他告诉我，鸟是不好养的，养鸟要有爱心，你爱它们，它们才会喜欢你。说起养黄鹂鸟，他说，最不好养的就是黄鹂鸟，这种鸟性子烈，不容易养活。养黄鹂鸟，必须是养一对，一雌一雄，这样，才容易养活。再就是，刚捕获的野生黄鹂，常会因胆怯而拒食，营养得不到补充、渐渐体力衰竭死亡。对刚捕获的黄鹂鸟要进行人工填喂。填喂时要注意，不要掰伤鸟嘴，应放到鸟口腔内后任其吞食，不要硬塞进食道，以免造成损伤。

（10）大概是1985年吧，在朋友的帮助下，捉到了一对黄鹂鸟。那对黄鹂鸟的外貌十分漂亮、华丽。它体形小巧玲珑，羽毛色泽鲜艳呈亮黄色，只有翅膀和尾巴呈黑色，好似镶嵌了一条黑边。眼血红，嘴粉红，腿脚铅蓝。灿烂奇丽、引人注目的外表，让我爱不释手。

（11）刚捉回来时，两只黄鹂鸟果真如刘老先生说的那样，不吃食。我逮了很多蚂蚱，放到它们嘴边，它们连看一眼的兴趣都没有。没办法只好给它们填食，填喂了几天，它们似乎适应了新的环境，抵触情绪慢慢地消失了，开始自己吃食。

（12）黄鹂鸟是养得很壮实，但就是不叫唤，任凭你怎么挑逗，它们就是不叫。吃饱了，两只鸟扑扑棱棱地在笼子里蹦来跳去，玩累了，蜷缩在鸟笼里打瞌睡。

（13）于是，训练鸟叫，成了我每天必修的功课。每天早晨，吃罢早饭，只要没有特殊的事情，我就拎着鸟笼，来到山坡上，把鸟笼挂在松树上。山野里的黄鹂鸟一叫，鸟笼里的黄鹂鸟就上蹿下跳跟着叫。很快，山坡上就弥漫着黄鹂的叫声，悦耳动听。

（14）奇怪的是，那两只黄鹂鸟在山坡上叫得欢快愉悦，可回到家里，就哑巴似的，一声不吭。偶尔叫几声，也是“嘎——嘎——嘎”的单音调，听着有点喑哑。再把它们放到山坡上，那叫声就不一样了，“滴溜溜、滴溜溜”，婉转的啼鸣，如行云流水一般。

（15）入冬时，我已养它们将近八个月了。可两只黄鹂鸟的状况没有一点改变，身上的羽毛蓬松，长时间睡眼惺忪地蹲在笼桥上，蔫蔫的，打不起精神。更不说让它们叫一声，就是那偶尔的“嘎——嘎”声，也没有了。我逗它们，它们连头都不抬，与我，形同陌路。

（16）那一刻，我做出了一个决定，放飞它们，还它们一个自由，让它们成为真正的鸟。

（17）在一个晴朗的冬日，我提着鸟笼来到家乡的山坡上，在一片葱郁的松林里，我打开鸟笼。两只鸟小心地跳出鸟笼，扑扇了一下翅膀，飞到我面前的树枝上，“滴溜溜、滴溜溜”欢快地叫着，箭一般飞向蓝天。在天空上盘旋了一阵，又落到树枝上，对着我，又是一阵鸣叫。然后，它们跳跃着，消失在茂密的树林里。

（18）两天后的一个早晨，我刚起床，忽然听到一阵接一阵的鸟叫声，美妙动听，如闻仙乐。我走到院子里，看到院里的椿树上，两只黄鹂鸟，不停地叫着。我一眼就看出，那是我的黄鹂鸟，这两只可爱的小精灵啊！

（19）原来，鸟也知道感恩！就在那一瞬间，我的眼角，有点潮湿。

1. 通读全文，回答：黄鹂鸟的重情谊，体现在文中哪两个地方？

2. 为什么“那只黄鹂鸟的死，让我感到伤心”？

3. 第六段中黄鹂“超然物外的本性”指的是什么？

4. 作者认为什么才是“真正的鸟”？全文突出了黄鹂鸟的哪些特点？

5．为什么那两只黄鹂鸟在山坡上叫得欢快愉悦，可回到家里，就哑巴似的，一声不吭。偶尔叫几声，也是“嘎——嘎——嘎”的单音调，听着有点喑哑。

参考答案：

1.（1）一只被抓就拒绝进食，为情而亡。（2）懂得感恩。

2.“我”认为是“我”逼死了这只美丽的鸟，从而感到内疚。

3．面对诱惑，不为所动。

4．“真正的鸟”指在天空自由自在翱翔的鸟儿。全文突出了黄鹂鸟经得住诱惑、重情谊的特点。

5．因为黄鹂渴望自由渴望蓝天，只有真正回到大自然里，它们的鸣叫才是发自内心的欢愉，而没有自由的鸟，怎么能发出优美动听的歌唱呢？